홍천 4
백준 新무협 판타지 소설

초판 1쇄 찍은 날 § 2009년 8월 6일
초판 1쇄 펴낸 날 § 2009년 8월 14일

지은이 § 백준
펴낸이 § 서경석

편집장 § 문혜영
편집 § 문정흠 · 주소영

펴낸곳 § 도서출판 청어람
등록번호 § 제1081-1-89호
등록일자 § 1999. 5. 31
어람번호 § 제2-1795호

주소 § 경기도 부천시 원미구 심곡2동 163-2 서경B/D 3F (우) 420-822
전화 § 032-656-4452 팩스 § 032-656-4453
http://www.chungeoram.com
E-mail § eoram99@chollian.net

ⓒ 백준, 2009

ISBN 978-89-251-1893-2 04810
ISBN 978-89-251-1706-5 (세트)

※ 파본은 구입하신 서점에서 교환하여 드립니다.
※ 저자와 협의하여 인지를 붙이지 않습니다.
※ 이 책은 도서출판 청어람과 저작자의 계약에 의해 출판된 것이므로,
  무단 전재 및 유포 · 공유를 금합니다.

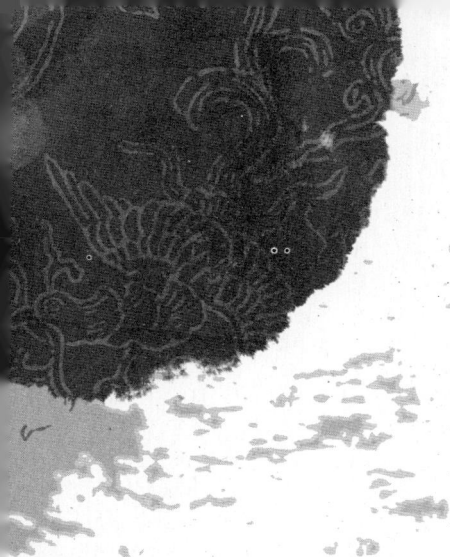

目次

제1장	보금자리	7
제2장	천 년을 약속하다	37
제3장	무공을 얻다	75
제4장	무초식의 한계	111
제5장	과거를 떠올리다	149
제6장	모습을 보이다	179
제7장	못된 사람	211
제8장	강호초출	249
제9장	기억하는 사람	279

第一章
보금자리

보금자리

번쩍!
 순간 강력한 섬광들이 운소명과 손수수의 주변에서 피어올랐다. 그 후 태양처럼 뜨거운 붉은 광채가 번뜩였다.
 쾅!
 두 사람의 그림자가 폭음과 함께 서로에게서 떨어져 나갔다.
 손수수의 긴 비단 같은 검은 머리카락이 흔들리며 전신에선 부드러운 훈풍이 불고 있었다. 그런 그녀의 손에 들린 비수는 백광을 머금고 있었다. 그녀는 한결 여유로운 표정으로 운소명을 쳐다보고 있었다.
 "음……."

운소명은 굳은 표정으로 손수수를 쳐다보았다. 양 볼에 그려진 붉은 선은 근접한 거리에서 날아든 백여 개의 검기를 피하면서 생긴 상처였다. 양팔과 양다리 역시 수십 개의 혈선들이 그려져 있었는데, 검기들을 모두 피할 수 없었기 때문에 생겨난 상처들이었다. 혈정마장을 펼쳐 떨쳐 내지 못했다면 더 큰 피해를 입었을 것이다.

"몰라보겠군."

운소명은 너무 달라진 손수수의 모습에 중얼거렸다. 가슴으로는 매우 놀라고 있었으나 표정의 변화는 거의 없었다. 손수수는 입가에 가벼운 미소까지 그리고 있었다. 마치 어린아이를 바라보는 시선이랄까? 그런 손수수의 여유가 운소명에겐 자존심의 상처로 다가왔다.

쉬익!

운소명은 바람처럼 손수수의 명치를 손가락으로 찔렀다. 혈정마지를 펼친 것이다. 검붉은 광채가 번개처럼 손수수의 명치를 찔러갔다. 하지만 손수수의 신형은 혈정마지가 닿기도 전에 사라졌다. 그 직후 운소명은 자신의 왼쪽 귓가에서 들려오는 목소리에 전신을 굳혀야 했다.

"믿을 수가 없어… 이렇게 마음먹은 대로 내 몸이 움직이다니 말이야."

"……!"

운소명은 눈을 부릅뜨며 신형을 돌림과 동시에 좌수로 상단을 그었다. 팟! 하는 소리와 함께 공기가 잘려 나가며 일어난 맹렬한 바람이 허공 속으로 사라졌다. 하지만 손수수는 그 어디에도 없었다. 순간 운소명의 신형이 회전하며 우측을 향해 쌍장을 뿌렸다.

쾅!

강력한 폭음 소리와 함께 손수수의 신형이 일 장 앞에 나타났다. 그녀는 검을 들어 얼굴을 막고 있었는데, 차가운 눈동자로 운소명을 노려보고 있었다. 손수수는 자신의 움직임을 간파하고 멈추게 만든 운소명의 반응이 놀라웠다. 본능이라고 말할 수도 있지만 그러한 본능도 각고의 노력 없이는 얻을 수가 없었기 때문이다.

"한 꺼풀 벗었다고 여겼지만 아직 나비가 되기엔 모자란 것 같아."

검을 이리저리 허공중에 휘두르며 손수수는 중얼거렸다. 그저 가볍게 검을 허공중에 휘두른 것 같았으나 강력한 검풍이 일며 칼날 같은 힘을 간직한 채 운소명의 면전으로 향했다. 운소명은 양손을 교차하며 허리를 숙였다. 그러자 그의 전신으로 강력한 호신강기가 일어났다.

파팍!

"......!"

강력한 먼지구름이 운소명을 스치고 뒤로 밀려 나갔다. 운소명은 안색을 찌푸리며 양손을 내렸다.

주룩!

그의 팔을 타고 피가 흘러내렸다. 운소명은 자신의 양팔이

거미줄 같은 혈선에 감겨 있다는 것을 알았다. 검풍이라고는 하지만 수십 개의 칼날 같은 실들이 엉켜 있는 바람이었기 때문에 호신강기로 팔을 보호하지 않았다면 전신이 먼지처럼 잘려 나갔을 것이다.

"풍살도(風殺刀)……."

운소명은 손수수가 펼친 은살삼도의 마지막 삼도인 풍살도의 모습을 정확히 보고 있었다. 풍살도의 위력은 분명 이 정도가 아니었다. 손수수가 마음먹고 펼쳤다면 자신은 피할 여지도 없이 온몸이 걸레처럼 변했을 것이다. 이는 분명 손수수가 손에 사정을 두었기 때문이리라.

"피할 줄 알았는데 의외네?"

손수수의 말에 운소명은 어금니를 깨물며 한 발 앞으로 나섰다. 인정하기 싫지만 지금은 눈앞에 있는 손수수를 이길 자신이 없었다.

"그만하지."

"이제야 인정하는 건가?"

운소명은 선선히 고개를 끄덕이며 한쪽에 앉았다. 그 모습을 물끄러미 바라본 손수수는 신형을 돌리며 말했다.

"쉽게 포기할 줄 모르는 사내로 알고 있었는데… 생각보다 시시해서 실망이야."

"더 이상 내 무공이 어느 정도인지 가르쳐 주기 귀찮거든."

운소명의 말에 손수수는 입가에 미소를 그리며 자신의 동부로 향했다. 운소명의 말처럼 손수수는 운소명을 통해 자신의 무공을 시험하고 있었기 때문이다. 자신의 몸이 변한 것 같은데 그 정도가 어디까지인지 파악할 수 없었다. 그렇다면 운소명 같은 고수와의 싸움이 최고의 방법이었다.

자신의 능력이 어느 정도인지 그는 쉽게 가르쳐 줄 것이다. 그런 생각에 운소명과의 대결을 쉽게 받아들이고 자신의 무공을 시험한 것이다. 그것을 운소명 역시 잘 알고 있었을 것이고.

'조금 시시했지만……'

손수수는 자신의 손을 잠시 바라보다 곧 동부 안으로 들어가 누웠다.

어느덧 삼 일이란 시간이 흘렀지만 꽤 오랜 시간이 흐른 것 같은 기분이 들었다. 여전히 밖은 안개가 짙었으며 하늘 높이 솟구친 암벽은 어디가 끝인지 여전히 보이지 않았다.

삼 일 동안 먹은 거라곤 물이 다였다. 처음 지네들이 나타났을 때 먹은 것을 제외하곤 아직까지 제대로 된 음식조차 먹지 못한 것이다.

천년오공이라 불린 지네를 먹지 못하였다면 운소명은 아마도 아사했을지도 몰랐다. 그 정도로 몸이 좋지 않은 상태였기 때문이다.

운소명은 흑마곡에 갇힌 채 한 달 가까이 제대로 된 음식을 먹지 못했다. 그렇게 몸이 야위고 체력과 기력이 한계에 달해 갈 때 천년오공을 통해 양기를 흡수하게 된 것이다. 그랬기에 지금은 본래의 모습을 유지할 수가 있었다. 하지만 이러한 생활이 길어지면 당연한 이야기지만 결국엔 죽을 수밖에 없었다. 그러한 걱정에 운소명의 얼굴에는 어두운 그림자가 드리워져 있었다.

그나마 다행이라면 손수수가 자신을 제압하지 않았다는 점이다. 그녀의 입장이라면 당연히 자신을 제압해야 했으나 그녀는 왜 그런지 모르게 제압하지 않았다. 오히려 편하게 생활할 수 있도록 놔둔 것이다.

운소명은 단순하게 생각했다. 이곳에 갇힌 채 평생을 보내야 할지도 모르는데 굳이 제압할 이유가 없다고 여긴 게 아닐까? 문득 그런 생각이 들었다. 그런데 손수수는 정말 탈출에 대해서 생각해 본 적이 없을까?

분명 있을 것이다. 운소명은 그렇게 생각했다. 무공의 성취가 높아졌는데 가만히 이곳에서 평생을 보낸다는 게 얼마나 억울한 일일까? 그녀는 자신보다 더욱 강하게 탈출을 꿈꾸고 있을 게 분명했다.

"오늘도 여전히 안개가 심하네."

운소명은 자신에게 다가오는 손수수의 목소리에 고개를 끄덕였다.

"이 안개만이라도 조금 걷히면 기분이 좋을 텐데……."

시야가 좁다는 건 답답함을 안겨주었다. 마음이 답답하니 더욱 이곳이 좁게 보일 수밖에 없었다.

"휴……."

깊게 숨을 내쉰 손수수는 동부 안으로 모습을 감추었다. 그녀가 들어가자 운소명은 다시 한 번 주변을 돌기 시작했다.

 동부 안으로 들어선 손수수는 벽에 기댄 채 밖을 바라봤다. 안개는 여전히 심했으며 흐릿한 세상은 영원히 변하지 않을 것처럼 눈 속을 파고들었다.

 "젠장!"

 팍!

 자신도 모르게 바닥을 손바닥으로 때렸다. 그러자 동부 안이 미미하게 흔들렸다. 앞이 보이지 않는 답답함에 화가 난 것이다.

 "휴우······."

 다시 한 번 길게 숨을 내쉰 손수수는 벽에 기댄 채 우울한 눈동자를 이리저리 굴렸다. 운소명은 모르지만 손수수는 며칠 동안 계속해서 벽을 탔다. 하지만 미끄러운 이끼가 벽호공을 펼칠 수 없게 가로막았다. 비수를 사용해 벽에 매달리면서 올라가기도 했지만, 그 어디에도 출구는 없었다.

 주변은 높이가 사십여 장이나 되는 절벽들이 사방을 에워싸고 있었다. 절벽을 올라가는 일도 쉬운 게 아니었다. 특히 삼십 장 이상부터는 상당한 진기가 소모되었다. 불어오는 강한 바람 때문에 매달려 있는 것조차도 힘들 정도였기 때문이다.

 그렇게 정상에 올라가면 불과 몇 장 정도 넓이의 평평한 평지가 나온다. 그리고 안개 너머로 더 높게 솟은 절벽들이 눈에 들어온다.

병풍처럼 둘러싸인 절벽을 넘어도 또 다른 절벽이 길을 막고 있는 것이다. 그렇게 과연 몇 번이나 해야 탈출할 수 있을까?

자신 혼자라면 어떻게 해서라도 절벽을 타고 넘었을 것이다. 몇 번이고 반복하다 보면 결국에는 출구가 나올 것 같았기 때문이다.

'이 미로를 어떻게 빠져나갈 수 있을까?'

손수수는 처음 며칠 동안은 운소명을 남겨두고 혼자 절벽을 넘어가는 건 별로 좋은 방법이 아니라고 생각했다. 그녀에겐 운소명을 백화성으로 데리고 가야 한다는 의무가 있었기 때문이다. 하지만 그것도 며칠이 지나자 혼자만이라도 살아야겠다는 생각으로 바뀌어갔다.

무엇보다 무공이 높아진 지금 세상에 나가야 한다는 강렬한 욕구가 가슴을 계속해서 방망이질 치고 있었다. 감정과 이성의 충돌이 끝나고, 결국 손수수는 혼자라도 이곳을 빠져나가 길을 찾게 되면 그때 운소명을 데리러 와야겠다는 생각을 하였다.

그런 마음을 먹게 되자 운소명이 잠든 밤 그녀는 이내 실행에 옮겼다. 하지만 수십 개의 봉우리를 넘은 후 도착한 곳은 자신이 처음 들어온 바로 이곳이었다.

수십 개의 봉우리를 넘고 나서 물소리를 들었을 땐 드디어 탈출했다는 생각에 가슴이 뛰었다. 하지만 도착한 곳이 눈에 익은 곳임을 알게 되자 거대한 허탈함이 밀려왔다.

하지만 포기할 수는 없었다. 오늘도 새벽부터 일어나 주변을 살피고 돌아왔다. 자신이 돌아오면 운소명이 주변을 탐색하고 다녔다. 그것을 손수수도 잘 알고 있었기에 말리지 않았다.

"이상하군……."

손수수는 동부 밖으로 나오며 중얼거렸다. 운소명의 기척이 사라졌기 때문이다.

'설마……'

손수수는 운소명이 자신과 같은 방법을 생각한 게 아닌가 하는 의심이 들었다. 어둠이 밀려오자 손수수는 동부 안으로 들어가 운기를 하기 시작했다.

이틀이란 시간이 지나는 동안에도 운소명은 나타나지 않았다. 그러자 손수수는 설마 그가 출구를 찾은 게 아닌가 하는 생각이 들었다. 그렇지 않다면 이렇게 오랜 시간 동안 모습을 감출 수가 없기 때문이다. 이곳은 좁았고, 숨을 곳은 어디에도 없었다.

"찾아볼까……."

손수수는 호숫가로 걸음을 옮기며 중얼거렸다. 혼자 남겨졌다는 불안감이 밀려왔기에 운소명을 찾아보려 한 것이다. 그때, 멀리서 웃음소리가 들려왔다.

"하하하하!"

손수수는 그 소리에 고개를 돌렸다. 그리고 빠른 속도로 달려오고 있는 운소명의 눈과 마주쳤다.

"헉!"

운소명은 매우 놀란 표정으로 손수수를 쳐다보았다. 그러다 어느 순간 어이없다는 표정으로 주변을 둘러보다 이내 자리에 주저앉았다.

"제기랄!"

운소명은 자신도 모르게 소리치며 손으로 바닥을 내려쳤다. 그 모습에 손수수는 상황을 대충 파악할 수가 있었다.

"혼자 열심히 돌아다닌 모양이네?"

손수수의 목소리에 운소명은 한숨을 크게 내쉬더니 자리에서 일어섰다.

"어이가 없어서… 지난 이틀 동안 죽도록 절벽만 탔는데… 결국 한 발자국도 이곳에서 못 벗어났어. 설마… 너도 알고 있었어?"

손수수는 그 물음에 고개를 끄덕였다. 자신도 운소명이 한 것처럼 해봤기 때문이다. 그 모습에 운소명은 이마를 손으로 잡으며 비틀거렸다.

"알고 있었으면서 왜 말 안 해줬는데? 미리 알았다면 이렇게 개고생하는 일도 없었을 거고… 제기랄, 뭐 이런 곳이 다 있어!"

운소명은 크게 화가 난 표정으로 말하다 이내 바닥을 찍으며 물을 마시기 위해 웅덩이로 향했다.

"물어봤어? 그리고 왜 내게 성질인데? 나도 지금 신경이 많이 예민한 상태니까 건드리지 않는 게 좋아."

손수수의 살기 어린 목소리에 운소명은 대답없이 빠르게 걸음을 옮겼다. 그 뒤를 손수수가 바짝 쫓았다. 그녀도 물을 마시고 싶었기 때문이다.

후두둑!

물을 먹던 운소명은 고개를 들었다.

안개뿐인 하늘에서 빗방울이 떨어지기 시작하자 조금 놀란 것일까?

운소명은 눈을 크게 떴다.

쏴아아아!

쏟아지는 빗소리가 제법 거세게 들려왔다. 영원히 비가 오지 않을 것 같은 세상에 비가 쏟아지자 습한 공기가 채워지기 시작했다.

"비라……."

손수수는 떨어지는 비를 맞으며 안색을 찌푸렸다. 그녀는 비 오는 날을 그리 좋아하지 않았기 때문이다. 그녀는 물을 마신 후 동부 안으로 들어갔다.

"비가 온다……."

운소명은 비가 오는 하늘을 쳐다보며 가만히 중얼거렸다. 비가 내리는 걸 막을 수 있는 것은 아무것도 없을 것이다. 하지만 왠지 이상한 생각이 들었다. 이틀 동안 직진했다고 생각했던 자신의 절벽타기가 결국 이곳까지 다시 돌아오게 했다. 자연이 진법을 형성한다 해도 결국 길이란 것은 있기 마런이다.

 무엇보다 자신은 어릴 때부터 수많은 훈련을 받아왔지 않은가? 이 정도에 비할 바는 아니지만 끝없이 펼쳐진 사막에서 살아나오기도 했으며 칠흑 같은 어둠뿐인 숲 속에서 맹수들의 어금니를 피해 숲을 빠져나오곤 했다.

 그런 자신이 길을 잃은 것이다. 착각이 아니라면 분명 이곳은 진법이 형성되어 있었다. 그런데 지금 비가 내리고 있었다. 이 정도 규모의 진법이라면 자연도 조화를 부릴 수 있을 정도의 진법일 것이다. 그 증거로 들 수 있는 게 바로 끝없이 펼쳐진 안개였다. 날씨까지도 마음대로 조종할 수 있는 진법이 있다는 소리를 언젠가 들은 기억이 있었다.

 이런 안개 속에서 비가 내린다는 것은 진법에 변화가 생겼다는 증거였다. 날씨의 변화는 곧 진법의 변화였기 때문이다. 어쩌면 휴문이 생겼을지도 모르는 일이었다.

 "손 동생!"

 운소명은 소리치며 동부 안으로 들어갔다. 갑작스러운 외침에 손수수는 안색을 찌푸리며 운소명을 노려보았다. 무슨 쓸데없는 소리를 하려는지 궁금했기 때문이다.

 "비 온다."

 운소명이 들어와 기쁜 표정으로 말하자 손수수는 시선을 밖으로 돌렸다. 그녀 역시 입구를 통해 떨어지는 빗방울을 확인할 수가 있었다. 물론 비가 오는 것은 처음부터 알고 있었다. 그런데 그게 이렇게 흥분할 일인가?

"그게 어쨌는데?"

"비가 온다고. 이게 무슨 뜻인지 몰라?"

운소명은 말을 하며 여전히 표정의 변화가 없는 손수수의 얼굴을 잠시 쳐다보았다. 그러다 짧게 한숨을 내쉬며 벽에 기대앉았다.

"설마… 백화성 같은 곳에서 진법조차 가르쳐 주지 않을 줄이야. 기본적인 진법의 지식을 배우지 못한 모양이군?"

"진법? 글쎄, 태어날 때부터 배운 거라곤 사람 죽이는 것뿐이라서… 미안하군."

운소명은 그 말에 비웃 듯이 말했다.

"그러니까 백화성이 중원의 패자가 될 수 없는 거야."

그 말에 손수수는 이마에 내 천(川) 자를 그리며 말했다.

"너, 원래 이렇게 말이 많은 놈이었어?"

그녀의 말에 운소명은 잠시 안색을 굳혔다. 그러다 피식거리며 말했다.

"원래는 상당히 밝은 아이였지… 놀기도 좋아했고 말이야. 조직에 끌려가 훈련받기 전까지는 말도 많이 하고 잘 놀았다고 하더군… 누군가가……."

운소명은 말을 하며 장림의 얼굴을 떠올렸다. 이내 표정을 바꾼 운소명이 다시 말했다.

"조직에 몸담는 순간부터 말을 할 일이 거의 없더군. 나만 그런가?"

"아니… 나도 마찬가지야."

손수수는 애써 부정하지 않으며 고개를 끄덕였다.

동질감. 손수수는 운소명과 자신이 다르면서도 비슷하다고 생각했다. 그럴 수밖에 없을 것이다. 운소명은 자신과 비슷한 훈련들을 겪어왔을 게 분명했다. 그렇다면 성격 역시 하나로 통일되어진다, 주어진 임무에 충실하게 행동하는 성격으로.

손수수는 문득 자신의 어릴 때가 어땠는지 떠올리고 싶었다.

"진법의 기본적인 지식만 배워도 비가 온다는 게 어떤 의미인지 잘 알 텐데… 아쉽군. 백화성은 무림을 포괄적으로 이해하고 사람을 가르쳐야 할 거야. 그렇지 않으면 무림맹에 뒤처질 테니."

"그 비가 온다는 의미가 도대체 뭔데 그러지?"

손수수가 어서 본론을 말하라는 듯 묻자 운소명은 재빠르게 대답했다.

"우리는 알지 못하는 사이에 자연적으로 형성된 진법 안에 갇힌 걸 거야. 아니면 누군가가 만든 엄청난 규모의 진법 속에 갇힌 채 빠져나가지 못하고 있는 걸지도 모르지. 이틀 동안 수많은 절벽들을 넘으며 탈출에 성공했다고 여겼는데… 결국 같은 자리로 돌아왔잖아."

손수수는 가만히 고개를 끄덕였다. 운소명은 역시 자신의 예상이 맞았다는 생각을 했다. 자신이 생각한 것을 과연 손수수라고 하지 못했을까? 분명 그녀도 절벽을 넘었을 것이다. 그런 생각에 물은 것이다.

"반나절 동안 수십 개의 봉우리를 넘고 도착한 곳이 여기였지. 후후."

손수수의 말에 운소명은 안색을 굳혔다. 그녀와 자신의 무공 차이가 반나절과 이틀이라는 차이가 있다는 말이었기 때문이다. 그러나 운소명은 잠시 그런 생각을 접어두었다. 중요한 건 그게 아니었기 때문이다.

"비가 온다는 건 진법 안에서 날씨가 변했다는 것을 뜻하지. 날씨가 변했다는 것은 진법이 변한 것이고… 다시 말해 천연인지 아니면 인공적인지 모를 이 진법에 특수한 변화가 생겼다는 뜻이야."

"이 안의 날씨가 변했다고 해서 지금 우리의 신세가 달라질 수 있을까?"

손수수의 힘없는 물음에 운소명은 눈을 반짝이며 말했다.

"며칠 전 천년오공이 나타난 것은 혹시 비가 오는 것을 예상한 것이 아닐까? 아니면 내가 먹음직스러운 시체로 보였든지."

그 말에 손수수는 어이없다는 듯 대답했다.

"천년오공은 시체를 먹고 사는 놈들이야. 그런데 비가 오는 것과 관계있을 리 없잖아. 아마도 네가 시체로 보였겠지. 그땐 네놈의 몸에서 시체 향기가 흘렀으니까. 다 죽어가고 있었잖아?"

"그랬군……."

운소명은 선선히 고개를 끄덕였다.

"그놈들이 나타나지 않는 것은 아마도 왕이 잡혔기 때문일 테고, 우리도 이곳에서 벗어나야 한다는 의미이기도 하지. 더 이상 먹을 만한 게 없잖아."

"내일부터는 땅을 파야겠어. 혹시 알아, 구더기라도 나올지? 애벌레라 해도 좋은 먹잇감이니 찾아봐야지."

손수수의 말에 운소명은 멍하니 그녀를 쳐다보았다. 여자가 하는 말치곤 꽤나 징그러운 말이었기 때문이다. 혐오스러운 모습의 애벌레와 구더기들이 그의 머릿속에 떠올랐다.

"서, 설마… 그걸 생으로 먹는 건 아니겠지?"

"상관없는데? 이미 여러 번 먹어봤으니까. 생존을 위해서라면."

손수수의 대답에 운소명은 잠시 놀랍다는 듯 그녀를 쳐다보았다. 아무리 훈련을 받은 여자라도 그런 혐오음식을 아무렇지 않게 생으로 먹지는 않기 때문이다. 죽어도 못 먹는 여자도 있을 것이다.

"지렁이도 먹어봤다."

운소명의 표정이 재미있다고 생각되었을까? 손수수의 결정적인 한마디에 운소명은 어깨를 미미하게 떨었다.

"그런데 정말 우리가 갇힌 이곳에 변화가 올까?"

손수수의 믿을 수 없다는 듯한 물음에 운소명은 고개를 끄덕였다.

"분명히!"

확신에 찬 목소리에 손수수는 고개를 끄덕이며 앉아 있는 운소명을 쳐다보았다. 그러다 생각난 듯 다시 말했다.

"그런데 언제까지 여기 있을 거야? 그렇게 나와 함께 있고 싶어?"

손수수의 말에 운소명은 투덜거리며 일어나 자신의 동부로 들어갔다.

비는 새벽까지 떨어지고 있었다. 운소명의 말에 자극이 되었을까? 혹시 모른다는 기대감에 잠을 이룰 수가 없었던 손수수는 지금까지 배운 무공들을 하나하나 정리하며 시간을 보내고 있었다.

물론 눈은 밖을 향한 채 비가 그치기를 기다리고 있는 중이었다. 하지만 비는 계속해 떨어지며 좀체 그칠 것 같지가 않았다. 가만히 떨어지는 비를 쳐다보고 있다 보니 어느새 날이 밝아왔다.

"벌써 아침인가?"

멍하니 밖을 바라보며 중얼거리던 손수수는 자신도 모르게 눈을 크게 떴다. 그동안 안개에 가려 보이지 않았던 호수가 보였기 때문이다. 깜짝 놀란 표정으로 뛰쳐나온 그녀는 사방을 둘러보며 펄쩍 뛰었다. 안개 때문에 보이지 않았던 하늘이 보였으며 주변 경관이 한눈에 들어왔기 때문이다.

후두둑!

빗방울은 여전히 떨어지고 있었으며 바람도 불어오는 것 같았다.

"무살!"

손수수의 외침 소리에 머리를 긁적이며 운소명이 고개를 내밀었다. 순간 그의 얼굴 표정도 굳어졌으며 이내 동부 밖으로 나와 사방을 둘러보았다.

"안개가 사라졌어……."

운소명은 자신도 모르게 중얼거렸다. 마치 새로운 무공을 연마할 때 가져 본 설레임과도 같은 기분이었다.

사방을 둘러싸고 있는 절벽들을 쳐다보던 손수수는 어느 순간 한곳을 응시했다. 그녀가 쳐다보는 곳에 운소명의 눈 역시 멈춰 서 있었다.

호수 너머로 높게 솟은 절벽들 가운데 유일하게 한 군데만 움푹 들어간 것처럼 낮은 봉우리가 눈에 띄었다. 높이는 불과 십여 장 정도였고, 정상에는 풀들만이 바람에 흔들리고 있었다.

"신기하군. 저런 곳이 있었다니!"

중얼거리던 운소명은 눈을 부릅뜬 채 옆에 서 있는 손수수를 쳐다보았다. 어느새 그녀에게 마혈을 제압당했기 때문이다.

"손 동생, 이건 무슨 뜻이지?"

"가만히 이곳에 있으라는 뜻이야."

휙!

손수수의 신형이 호수를 넘어 절벽으로 향했다. 그 모습을 운소명은 멍하니 쳐다보았다. 설마하니 그녀가 자신을 제압할 줄은 몰랐기 때문이다.

　손수수는 마음속에서 일어난 본능에 충실했을 뿐이다. 만약 저곳을 통해 탈출할 수 있다면 운소명을 제압할 필요가 있었다. 물론 만약을 위해서였다.

　파팟!

　손수수의 신형이 바람처럼 절벽을 오르더니 눈 깜짝할 사이에 정상에 올라섰다. 그녀의 모습을 뒤에서 바라보던 운소명은 그 움직임에 자신과의 무공 차이가 크다는 것을 새삼 깨달았다.

　'젠장! 내가 먹었어야 했는데. 그런데 이상하단 말이야? 극양의 내단을 먹었는데 어떻게 죽지 않을 수가 있는 거지? 극음에 해당하는 신공을 익히고 있는 것일까, 아니면… 내가 모르는 극음지기를 가지고 있는 것일까? 거참, 수수께끼로군.'

　운소명은 천년오공을 떠올리며 혀를 찼다.

　"길이 있는 것 같다!"

　정상에서 들려오는 목소리에 운소명은 눈을 크게 떴다.

　바람처럼 절벽을 내려온 손수수는 운소명의 앞에 서서 마혈을 풀어주었다.

　"이젠 제압하는 것도 귀찮은가?"

　몸을 움직이며 내뱉은 운소명의 말에 손수수는 피식거리며 말했다.

　"너를 안고 가기엔 조금 귀찮아서 풀어준 것뿐이야."

"마음먹으면 언제든지 마혈을 제압할 수 있다는 뜻이로군."
"물론."
"훗!"
운소명은 그 말에 가볍게 미소를 그렸다. 애써 부정할 필요는 없었다. 무엇보다 지금은 손수수를 어떻게 해볼 생각이 없었다. 일단 이곳에서 벗어나는 게 중요했다.
"그런데 그 길이 어디에 있는지 보여?"
"밑에서는 안 보였는데 저기 올라가니까 보이더라. 저 앞에 작은 동굴이 하나 뚫려 있어. 물론 거기가 정말 길인지 아닌지는 모르지. 막혀 있을 가능성도 있으니."
"음……."
운소명은 손수수의 설명에 침음성을 삼키며 고개를 끄덕였다. 그리고는 곧 손수수를 따라 바람처럼 몸을 움직였다. 호수를 넘어 절벽 가에 다가선 손수수는 위를 쳐다보았다. 약 십여 장 정도 위에 바위 같은 게 밖으로 튀어나와 있었다. 절벽이 버섯 모양처럼 변한 지점이었다.
"평소에는 안개 때문에 안 보였을 테지. 안개가 사라졌다 해도 밑에서는 그냥 절벽처럼 보일 만한 곳인데, 옆에 저 낮은 봉우리에 오르니 저 위에 동굴이 하나 뚫려 있는 게 보였어."
"저 위에 있다고?"
운소명이 다시 확인 차 묻자 손수수는 고개를 끄덕였다.
"믿기 싫으면 오지 말든가."
말과 함께 손수수는 절벽을 타고 오르기 시작했다. 잠시 망설이던 운소명은 이내 그녀의 뒤를 따랐다.

"헉! 헉!"
 동굴의 입구에 다다른 운소명은 숨을 몰아쉬며 벽에 기대앉았다. 그 옆에 서 있던 손수수는 가로로 벽이 갈라진 동굴의 입구를 쳐다보고 있었다. 허리를 구부려야만이 들어갈 수 있을 정도로 작은 틈이 있고 안에선 선선한 바람과 함께 물소리가 들려왔다.
 "지금 들어가면 다시는 이곳에 못 올지도 몰라. 어때, 그래도 갈 거야?"
 "여기 있어봤자 어차피 죽을 텐데, 이왕이면 움직이다 죽는 게 낫겠지. 적어도 가만히 있는 것보단 낫잖아?"
 그렇게 말하며 운소명이 먼저 안으로 들어가자 손수수가 미소를 보이며 뒤따랐다.
 안으로 들어간 운소명은 안력을 키우며 조금씩 앞으로 걸어 나갔다. 비록 입구는 좁았지만 안으로 들어가자 천연적인 동굴이 눈에 들어왔다. 오랜 시간 동안 사람의 발길을 거부한 듯 수많은 종유석과 석주들이 그들의 앞을 가로막았다.
 "이거, 겁나는데? 사방이 온통 어둠뿐이니."
 "왜 자꾸 내 머리에 남은 무살의 기억을 바꾸려고 하는지 모르겠어. 지금 네 모습과 무살의 모습이 전혀 겹쳐지지가 않거든."
 손수수가 웃으며 운소명의 앞으로 나섰다. 그녀가 앞으로 나서자 운소명은 조용히 뒤따랐다. 곧 걸음을 멈춘 손수수는 강한 물소리와 함께 급하게 경사진 동굴의 밑을 쳐다보며 말했다.

"꽤 깊게 내려가는데… 그냥 가볼까?"

"어차피 달리 선택할 것도 없잖아?"

운소명의 대답에 손수수는 고개를 끄덕이며 물길을 따라 밑으로 내려가기 시작했다.

도대체 얼마나 내려가고 있는 것일까? 어둠과 동화되어 무감각이 전신을 지배하고 시간의 흐름조차 목적지 없는 걸음 속에서 사라져 갔다.

"손 동생은 고향이 어디야?"

"없어, 그런 거."

운소명의 물음에 앞서 걷던 손수수가 짧게 대답했다. 적막감만이 감도는 동굴 속에서 오직 물소리만이 그들의 귀에 들어왔다. 끝없이 이어진 길을 따라 시간이 지루하게 흘러가고 있었다. 대화조차 없다면 더욱더 이 어둠 속에 몸이 녹아내릴 것 같았다.

"좋아하는 사람은?"

"그런 게 있었다면 이미 가정을 가지고 있었겠지."

손수수의 대답에 운소명은 고개를 끄덕였다.

"하긴, 무림인에게 혼인은 축복이라기보다 발목을 잡는 덫이 될 수도 있지."

"우리 같은 사람들에겐 더욱……."

손수수의 낮은 목소리에 운소명은 짧게 숨을 내쉬었다. 좀체 이야기가 길게 진행되어 가지 않았기 때문이다. 운소명이나 손수수, 둘 다 이야기를 길게 나누어본 적이 거의 없기에 둘의 대화는 어색하기 짝이 없었다. 아무리 노력하려 해도 대화에 서툰 모습은 자연스럽게 흘러나왔다.

"홍천은 무림맹주의 직속이야?"

오랜만에 먼저 물어오는 손수수의 물음에 운소명은 기분 좋은 표정으로 대답했다.

"그렇다고 봐야지. 무림맹주의 명령을 최우선으로 따르니까. 본래는 다섯 명인데, 그들 모두를 알지는 못해. 우리는 천주라고도 부르지만… 그중 한 명이 무림맹주라는 것 정도? 나머지는 나조차 본 적이 없어. 무림맹주의 밑으로 우리를 관리하는 사람들이 존재하긴 한데 거의 죽었을 거야. 아마도……."

"아마도는 또 뭐야, 아마도는. 죽었으면 죽은 거고 살았으면 산 거지, 그런 불확실한 대답은 난 별로 좋아하지 않아. 확실한 게 좋지."

손수수의 냉담한 반응에 운소명은 다시 말했다.

"맹주가 우리를 죽이려 했으니까 우리를 알고 있는 사람들도 죽지 않았을까? 대다수… 어쩌면 재수 좋은 놈들은 살아남았을지도 모르지만."

"맹주가 죽이려 했다면 살아 있는 게 오히려 이상하겠지. 우리가 보는 무림맹주는 거의 완벽한 인간이니까."

"오호, 백화성이 그리 높게 무림맹주를 생각할 줄은 몰랐는데?"

"그가 맹주의 자리에 어떻게 올라갔는지, 그리고 지난 시간 동안 그가 어떻게 무림맹주의 자리를 유지하면서 우리 백화성과 대적했는지 알고 있다면 당연히 인정할 수밖에 없지 않을까?"

손수수는 말과 함께 고개를 돌려 운소명을 쳐다보았다. 마치 아무것도 모르는 사람을 쳐다보는 듯한 눈빛이었다. 운소명은 슬쩍 웃으며 고개를 끄덕였다.

"나보다 무림맹에 대해선 더 많이 알겠지, 아무래도 백화성 출신이니. 나 역시 무림맹보단 백화성에 대해서 더 잘 알고 있으니 말이야."

손수수는 그 말에 미묘하게 눈을 빛내며 걸음을 다시 옮기기 시작했다. 곧 둘은 여러 가지 일들을 이야기하며 전진하였다.

꽤 많은 대화들이 둘 사이에 오갔다. 그러는 가운데 경사가 어느 정도 완만하게 변하기 시작했으며, 다시 완만하던 경사가 어느 순간 평지로 변하였다.

졸! 졸!

꽤 크게 울리던 물소리도 평지로 들어서자 어느새 조용하게 흘러가고 있었다. 동굴은 더욱 넓어졌고 물은 동굴의 바닥을 조금씩 차지하며 커지더니, 급기야는 동굴의 바닥은 더 이상 디딜 곳 없이 모두 물로 채워졌다.

"후우."

물과 바다의 경계에 선 손수수는 절로 한숨을 길게 내쉬었다. 아직 동굴이 끝난 것은 아니었기 때문이다. 하지만 공기는 전과는 다르게 맑아지고 있었다.

그것을 느낀 것일까, 운소명이 손수수의 옆으로 나서며 앞을 쳐다보았다.

"혹시 지금은 밤이 아닐까?"

"밤?"

"바람이 우리에게 오잖아."

운소명의 말에 손수수는 앞에서 불어오는 바람을 느낄 수가 있었다. 그 바람 속엔 풀숲의 냄새가 스며들어 있었다.

푸드득!

순간 그들의 머리 위로 검은 그림자가 지나쳐 갔다. 그 소리에 운소명과 손수수의 안색이 굳어졌다. 박쥐 몇 마리가 눈에 들어왔기 때문이다. 순간 귓가를 파고드는 소음에 둘은 안색을 굳히며 재빠르게 바닥에 엎드렸다.

파파파팟!

수많은 박쥐 떼가 동굴을 가득 채우며 안으로 밀려들어 오고 있었다. 그 모습을 바라보던 둘은 눈살을 찌푸렸다.

"피부가 붉은색이라… 처음 보는 것 같은데?"

"세상엔 우리가 알지 못하는 동물이나 식물들이 널려 있잖아. 아마도 혈편(血蝙)인가 보지."

운소명의 중얼거림에 손수수가 대수롭지 않게 대답했다. 피부가 붉은색처럼 보이니 그냥 혈편이라 부른 것이다.

박쥐들이 모두 동굴 안으로 들어온 듯 사방이 조용해지자 운소명과 손수수는 자리에서 천천히 일어났다. 고개를 돌려 뒤를 보자 동굴의 천장이 어둠 속에서 검붉은색을 띠고 있었다. 천장 가득 박쥐들이 자리를 잡고 앉은 것이다. 그 모습에 둘의 안색이 굳어졌다.

"왠지 모를 살기가 느껴지는데?"

운소명은 왠지 수없이 많은 시선들이 자신을 쏘아보고 있다는 생각이 들자 낮게 물었다. 그러자 손수수가 미미하게 고개를 끄덕였다. 그녀 역시도 그러한 살기를 느꼈기 때문이다.

파팟!

순간 한두 마리의 박쥐가 날개를 퍼덕이자 손수수와 운소명은 누가 뭐라 할 것도 없이 눈을 부릅떴다.

쏴아아아!

마치 소나기가 떨어지는 모습처럼 눈앞이 온통 붉게 변하였기 때문이다. 간담을 서늘하게 만드는 모습이었다.

"뛰어!"

첨벙! 첨벙!

둘의 신형이 물속으로 사라지자 붉은 박쥐 떼가 수면을 스치듯 동굴 안을 지나쳤다.

"휴우······."

물속에서 튀어나온 운소명은 뭍으로 올라가 풀밭에 누웠다.

"……!"

 운소명은 하늘을 바라보다 눈동자를 반짝였다. 지금까지 본 적 없는 밤하늘이 한눈에 들어왔기 때문이다. 은하수와 함께 달빛과 어우러진 별들의 모습은 마치 춤을 추고 있는 것 같았다.

 주륵!

 물소리와 함께 옆으로 손수수의 모습이 나타났다. 그녀는 운소명의 옆에 서서 하늘을 올려다보았다. 어느 순간 마른 것일까, 그녀의 옷자락과 머리카락이 산들바람에 휘날렸다.

"얼마 만에 보는 하늘일까?"

 가만히 중얼거리는 손수수의 목소리는 상기되어 있었다. 운소명은 곧 자리에서 일어나 주변을 둘러보았다. 풀 내음과 함께 숲이 그의 눈에 들어왔다.

"가자."

 운소명이 말하며 먼저 걸음을 옮겼다. 그 뒤로 손수수가 따라 걸었다.

第二章

천 년을 약속하다

천 년을 약속하다

곡비연은 평소와는 달리 상당히 굳은 표정이었다. 그녀의 시선은 앞에 앉은 묵선명을 향하고 있었으며, 묵선명 역시 경직된 표정으로 서 있었다.

"혼인이라고요?"

묵선명은 복잡한 표정으로 고개를 끄덕였다. 곡비연은 그 말이 사실임을 알게 되자 더없이 당황스러운 표정으로 묵선명을 쳐다보았다.

"휴우……."

묵선명은 길게 숨을 내쉬곤 의자를 당겨 앉았다. 그런 묵선명의 눈동자엔 깊은 고민이 담겨져 있었다.

"아버님과 성주님께서 이야기하는 것을 언뜻 들었을 뿐이오. 아직 확실한 것은 아니니 너무 걱정하지 마시오."

묵선명의 말에 곡비연은 어느새 평정심을 찾았는지 평소의 표정으로 돌아와 있었다. 그녀는 담담한 표정으로 묵선명을 쳐다보고 있었는데, 묵선명은 그 눈과 마주하자 자신도 모르게 무언가 빨려들어 가는 것 같은 착각을 느껴야 했다. 깜짝 놀란 그는 이내 고개를 돌렸다.

"어찌 걱정하지 않을 수가 있나요. 제 혼사인데… 그것도 묵각주와의……."

묵선명은 그녀의 담담한 목소리를 통해 자신에 대한 감정이 없다는 것을 알 수 있었다. 조금이라도 감정이 담겨져 있다면 좀 더 따뜻하게 다가왔을 것이다. 하지만 담담한 그녀의 목소리는 차갑게만 느껴졌다.

"아버님과 성주님의 대화를 살짝 들었을 뿐이오. 설마하니 성주님께서 원주님의 의견도 듣지 않은 채 아버님과 그런 대화를 하시겠소?"

묵선명은 혹시라도 성주가 그녀의 의중을 물었는지 알고 싶어 곡비연을 쳐다보았다. 그러나 곡비연은 미미하게 고개를 저으며 말했다.

"전혀 들은 바가 없어요. 거기다 저는 할 일이 많아요. 아직 못한 일도 있구요."

"무살이 사라진 지금 급한 것도 없지 않소? 아버님의 장사도 지냈는데 아직도 원주로서 앉아 있을 생각이오?"

묵선명의 물음에 곡비연은 미미하게 고개를 끄덕였다. 그런 모습에 묵선명은 잠시 멍하니 곡비연을 쳐다보았다. 권력과는 거리가 멀다고 느꼈던 그녀였기 때문이다. 그녀가 백문원주에 계속 앉아 있다면 분명 권력 싸움이 일어날 여지가 있었다. 경험이 부족한 그녀가 단지 아버지의 후광으로 그 자리에 앉아 있을 뿐이라고 생각하는 이들도 많았기 때문이다.

"무살은 죽지 않았어요. 사라졌을 뿐이지."

"죽었소. 지금껏 그곳에서 살아 나온 사람은 없었소이다. 거기다 원주님이 그 자리에 계속 앉아 있게 된다면 머지않아 분명 큰 내전이 있을 것이오."

묵선명이 단정 짓듯 말하자 곡비연은 무심한 눈동자로 묵선명을 쳐다보았다. 마치 그 모습이 그의 생각을 읽으려는 듯 보였다.

"저를 걱정해 주시는 것은 고마우나… 당분간은 이 자리에 앉아 있을 생각이에요."

묵선명은 가만히 곡비연을 쳐다보았다. 둘의 시선이 허공에서 마주쳤다. 이내 묵선명은 미미하게 고개를 저으며 짧게 숨을 내쉬었다.

"이유라도 있소?"

묵선명의 시선에 곡비연은 고개를 끄덕였다.

"아버님의 뜻을 이루고 싶어서예요."

"그 뜻이 무엇인지 알 수 있겠소?"

"아버님은 무림맹과 손을 잡고 싶어하셨어요. 지금까지의 과거를 모두 잊고… 쓸데없이 피를 흘리는 일이 없었으면 좋겠다고 생각하셨지요. 지금도 무림맹과 우리는 보이지 않는 곳에서 서로의 힘겨루기를 하고 있어요."

곡비연의 말에 묵선명은 선선히 고개를 끄덕였다. 그녀의 말처럼 여기저기서 일어나는 소모전은 끝이 없었기 때문이다.

"제가 물러선다면… 분명… 이 자리에 앉게 될 사람은 칠성대의 총대주인 종 대주겠지요."

"종 대주님이 앉게 될 가능성이 매우 높을 것이오."

묵선명은 애써 부정하지 않았다. 그러자 곡비연은 천천히 다시 말했다.

"그분이 앉게 된다면… 백무원과 백문원은 모두 성주님의 두 제자분의 손에 놓이게 돼요. 아시다시피 그분들은 강경파예요. 무림맹과의 전쟁을 원하는 분들이지요."

그렇게 말한 곡비연은 다시 짧게 숨을 내쉬며 입을 열었다.

"백화성의 두 기둥이 하나가 되어 무림맹을 공격할 것이고, 무림맹 역시 사력을 다해 저희와 싸우겠지요. 서로의 존망(存亡)이 걸린 싸움이니 결국 공멸(攻滅)하거나 치유할 수 없는 상처만을 남긴 채 끝날 것이에요. 저는 제 자리를 지켜 본 성이 무림의 한 축으로서 천하에 남게 할 생각이에요."

곡비연의 확고한 뜻이 담긴 말에 묵선명은 깊게 숨을 내쉬며 고개를 끄덕였다. 그녀의 말도 사실이었기 때문이다. 자신이 볼 때 강경파가 이원을 장악하면 분명 백화성은 무림맹과 대대적으로 싸울 것이다. 그때가 되면 자신 역시도 싸울 것이고, 그 싸움의 결과에 따라 백화성의 운명이 달라질 것이다. 쇠

락하느냐, 더욱 세를 확장하느냐.

"묵 각주님도 강경파가 아니던가요? 이런 이야기는 잊어주세요."

그녀의 목소리에 묵선명은 슬쩍 미소를 보였다.

"묵가는 원래 대대로 강경파였지 않소."

"그것도 수장이었죠?"

곡비연 역시 미소를 보였다.

"초대 성주님과의 관계도 있으니… 후후."

묵선명의 대답에 곡비연은 미소를 보이다 탁자 옆에 놓인 줄을 당겼다. 그러자 작은 종소리가 울렸고, 시비들이 들어오자 곡비연은 차와 다과를 다시 가져오게 하였다. 곧 시비들이 묵선명의 앞에 놓인 다탁 위를 치우고 새로운 차와 다과를 내려놓곤 밖으로 나갔다.

쪼르륵!

차를 따른 묵선명은 뜨거운 차를 한 모금 마신 후 마음속의 답답함을 없앴다. 곡비연과 대화하면서 많이 답답했기 때문이다. 그녀에게 어울리는 자리는 이런 권력의 중심이 아니라 꽃과 새들이 있는 아름다운 정원 속의 집이었다.

"곡 소저는 아름다운 사람이오."

묵선명의 급작스러운 말에 곡비연은 놀란 토끼마냥 눈을 크게 떴다. 그런 그녀의 볼은 붉게 상기되어 있었다. 하지만 그것도 잠시뿐, 이내 본래의 모습으로 돌아온 곡비연이었다.

"그렇게 부르는 건 이곳이 아닌 밖이 아니던가요?"

곡 소저라는 말이 귀에 거슬린 듯 그녀의 목소리는 딱딱하게 굳어 있었다. 묵선명은 미소를 그리며 다시 말했다.

"내가 실언을 한 것 같소. 하지만 난 그저 사실을 말했을 뿐이오. 아버님의 생신 때 곡 소저와 함께 걷던 유화원 속의 모습은 아직도 기억에서 떠나지 않소이다."

곡비연은 묵가주의 생일잔치 때 묵선명과 함께 걸었던 유화원을 떠올렸다. 분명 아름다운 곳이었고, 그녀도 마음에 드는 곳이었다. 그때 친해진 이후로 가끔 둘이 만나는 경우가 있었다. 묵선명은 분명 백화성 내 최고의 기재였고, 미남이었다. 거기다 백화성 내의 최대 세력인 묵가의 장손이었다.

그런 묵선명이었기에 곡비연이라고 해서 호감이 없는 것은 아니었다. 여자의 눈으로 봐도 묵선명은 기대고 싶은 사내였다. 혼사 문제도 그 직후에 나온 게 분명하다고 생각했다.

지금 와서 생각해 보면 그때 그 장소에 자신과 묵선명을 만나게 한 것도 어른들의 농간이었단 생각이 들었다. 왜 그런 생각이 든 것일까? 자신과 함께 유화원을 걷던 그날 이후 묵선명에게 오던 혼담이 뚝 끊어졌기 때문일까?

"솔직히… 나는 곡 소저가 원주가 아닌, 여자로 남았으면 좋겠소."

묵선명의 목소리가 잔잔한 파도처럼 곡비연의 가슴에 밀려왔다. 곡비연은 입을 닫은 채 움직이지 않았다. 그러자 묵선명은 이내 기분 좋은 미소를 입가에 그리며 다시 말했다.

"지금이야 어렵다고 하지만 나는 기다릴 것이오."

묵선명의 말에 곡비연은 어깨를 미미하게 떨었다. 자신을 기다려 준다는 말에 담긴 그의 마음이 뜨겁게 느껴졌기 때문이다. 곡비연은 낮은 목소리로 입술을 열었다.

"영원히 그럴 기회가 없다면… 혹여… 내가 성주가 된다면……."

"그대가 성주가 된다면 포기할 것이오."

묵선명이 가볍게 농담하듯 대답하자 곡비연은 눈웃음을 흘렸다. 자신이 성주가 될 가능성은 전혀 없었기 때문이다.

"나는 강경파이긴 하나… 원주님의 뜻이 그러하다면 당분간은 중립을 지키겠소. 후후, 묵가라는 허울이 있는 이상 백무원주와 대놓고 대립할 수는 없기 때문이오."

"오늘 한 말들 중 가장 반가운 말이네요."

곡비연의 미소 띤 모습에 묵선명은 자신도 기분이 좋아지는 것 같았다. 이런 마음이 자신을 뜨겁게 만들고 있다는 것도 잘 알고 있었다. 그래서 더욱 그녀를 좋아하는 것이리라.

이후 둘의 담소가 꽤 긴 시간 동안 계속 이어졌다.

어둠이 내리자 방으로 돌아온 묵선명은 창밖을 쳐다보다 유성이 떨어져 내리자 가볍게 미소를 입가에 그리며 눈을 감았다.

그녀는 웃지 않았다. 아니, 미소조차 얼굴에 나타내지 않았다. 마치 얼음 속에서 태어난 얼음소녀 같았다.

무공이 높아 얼음처럼 차가운 한기를 느끼게 해주는 것도 아니었다. 그렇다고 정말 웃지 않는 것도 아니었다. 하지만 그녀의 웃음과 미소는 언제나 가짜였다.

잘은 모르지만 처음 봤을 때부터 그녀는 단 한 번도 웃지 않았다. 그저 너무 말라 그 뿌리조차 꼬여 버린 다 죽어가는 미소. 나에게 물을 달라고 외치고 있는 애처러움과 홀로 서 있는 고독까지……

그녀가 아름답다는 소문은 익히 들어서 알고 있었다. 하지만 단 한 번도 만난 적은 없었다. 곡씨세가 역시 백화성에선 꽤나 이름있는 세가였으나 묵가에 비할 바는 아니었고, 자신은 무공 수련에 전념하고 있을 때였기 때문이다. 그리고 대막의 모래폭풍을 견디며 수행을 떠나게 되었다.

그렇게 오 년이 흘러 백화성의 각주로 돌아왔을 때 그녀가 앉아 있었다. 백화성의 이원 중 하나라는 백문원의 원주로서 그녀는 왜소한 체구를 간직한 채 홀로 그 높은 자리에 앉아 있었다. 그 높은 자리에서 보인 그녀의 무미건조한 미소. 그건 미소가 아니었다.

왜 그런 것일까? 아름답다는 것보다 단지 안타까워서일까? 주변의 여자들이 그 이후 눈에 들어오지 않았다. 오직 그녀만이 가슴 한편에 남게 되었다.

묵선명은 생각을 접으며 곧 한쪽에 놓인 칠현금을 집어 들었다. 자리에 앉은 묵선명은 눈을 감으며 곧 칠현금을 튕기기 시작했다. 그의 손가락에서 흘러나오는 소리가 어두운 묵가에 잔잔한 바람이 되어 불었다.

*   *   *

　작은 마당이 덩그러니 놓인 다 허물어져 가는 초가집이 하나 있었다. 사람이 살았을 것 같은 흔적 역시 있었으나 몇십 년은 훌쩍 지난 것 같았다. 마당 한쪽엔 우물이 하나 있어 물을 퍼 올릴 수가 있었다.
　마당 앞에는 계단식으로 이루어진 논이 있었고, 초가집의 뒤로는 자그마한 밭도 있었다. 조금 내려가면 냇물이 흘렀고, 저 멀리로는 꽤 큰 호수도 있었다. 초가집의 우측으로는 꽤 높은 암벽이 솟아 있었는데, 길이 트여 있어 올라갈 수도 있었다.
　암벽 위는 오백여 장의 드넓은 평야였다. 풀밭이 낮게 자라 푹신한 침대마냥 누우면 저절로 잠이 들 것 같은 그런 곳이었다. 그곳에 서서 주변을 둘러보면 저 멀리까지 한눈에 들어왔다. 단지 저 멀리 보이는 것이 병풍처럼 늘어선 암벽들이라는 게 문제였다.
　원을 그리고 한 바퀴 돌며 주변을 보면 이곳이 드넓은 분지라는 것을 알 수 있었다. 숲도 있었고, 호수도 있었고, 집도 있었다. 가끔 들짐승들도 보였는데, 다행이라면 다행일까? 호랑이나 늑대 같은 맹수는 보이지 않았다.
　손수수는 잠시 호흡을 가다듬고 편한 표정으로 가부좌를 틀고 앉아 운기행공을 하기 시작했다.

탕! 탕!

초가집의 지붕 위에 올라 집을 보수하고 있던 운소명은 망치질을 잠시 멈추고 주변을 감상했다. 눈에 보이는 경치는 마치 도원경을 보는 것처럼 신비스럽고 아름다웠다. 냇물 너머로 드넓게 펼쳐진 울창한 숲과 그 너머에 병풍처럼 늘어선 절벽들은 구름에 가려 신비스럽게 다가왔다.

"아직 멀었어?"

들려오는 목소리에 고개를 돌려 마당을 내려다보자 한 손에 토끼를 든 손수수가 보였다.

"대충."

운소명의 말에 손수수는 콧노래를 흥얼거리며 안에 들어가더니 단검과 함께 그릇을 들고 냇가로 내려갔다.

지붕에서 내려온 운소명은 곧 장작을 패기 시작했다. 얼마 지나지 않아 장작을 다 팬 운소명은 방 안으로 들어왔다.

두 사람이 살기에는 조금 좁은 집이었으나 지금은 이곳밖에 달리 지낼 곳이 없었다. 부러진 침대 다리는 보수했고, 그 옆에 새로 다른 침대를 하나 만들어놓았다. 천이 없어 마른풀을 그냥 침대 형태의 틀에 올려놓았을 뿐이었으나 잠을 자기에는 불편함이 없었다.

부엌은 바로 옆에 붙어 있었기에 집 안은 흙냄새로 늘 가득 차 있었다. 불을 피우면 그 흙냄새도 사라지기에 운소명은 장작을 다 팬 후 방으로 들어와 아궁이에 불을 피웠다.

"다행이라면 다행이군. 우리 말고도 이 빌어먹을 곳에 누군가는 살았으니까."

불을 피우며 조용히 중얼거린 운소명은 잘 정리된 가재도구들을 바라보았다. 이곳을 발견한 손수수가 쓸 만한 식기들을 이미 모두 정리해 놨다. 운소명은 그 외적인 일들을 하였다. 그렇게 보름이 지난 지금 어느 정도는 집으로써 자리를 잡았다.

"그나마 여기선 굶어 죽을 일이 없을 것 같은데?"

그릇을 들고 들어온 손수수는 미소 지었다. 그녀는 어느새 가죽을 벗기고 뼈도 발라낸 듯 오직 살코기만 그릇에 담아 들고 있었다.

"가죽은?"
"지붕에 있어."

운소명은 그 말에 고개를 끄덕이며 탁자 옆에 앉았다. 그 모습을 본 손수수가 고개를 내저었다. 마치 음식을 만들어 어서 대령하라는 듯한 모습이었기 때문이다.

"아무것도 안 할 거야?"

손수수의 살기 어린 목소리에 운소명은 심각한 고민에 빠진 표정을 지었다.

"음, 할 줄 아는 게 아무것도 없어서……."
"쌀이라도 씻어와."
"예이."

운소명은 자리에서 일어나 문을 열고 밖으로 나가 우물 옆에 있는 창고에서 쌀을 꺼내 씻었다. 물을 퍼 쌀을 씻던 운소명은 고개를 들어 서산으로 기울어가는 태양을 바라보았다.
 '재수없으면 저 여자랑 평생 여기서 살아야 하는데…….'
 어디에도 빠져나갈 곳은 없었다. 그 어디에도 도망갈 구멍은 없었고 오직 이곳만이 유일하게 살 만한 곳이었다. 그렇다면 이곳에서 손수수와 함께 지내야 한다는 뜻이었고, 만약 출구를 찾지 못하거나 이곳에서 빠져나가지 못한다면 평생 그녀와 살아야 했다.
 '뭐, 그것도 나쁘지는 않겠지. 손 동생… 의외로 미인이고…….'
 벅! 벅! 벅!
 쌀 씻는 소리가 경쾌하게 울렸다.

"내가 왜 너 같은 쓰레기하고 여기에서 평생을 보내야 하는데? 미친 거 아니야?"
 평소보다 더욱 날카로운 반응이었고, 살기까지 내뿜으며 운소명을 노려보는 손수수였다. 그녀는 침대에 누운 채 팔베개를 하고 있었는데, 눈빛엔 한광까지 머금고 있었다. 쳐다보는 것조차 두려운 모습이었다.
 "여길 빠져나가지 못한다면… 그렇다고."
 운소명은 애써 시선을 회피하며 중얼거렸다.
 "시끄러워. 아직 난 포기한 게 아니야. 분명히 말하지만 네놈을 백화성에 데리고 가는 게 내 임무다."
 "거, 고집하곤. 나는 더 이상 네게 숨길 게 없어. 홍천에 대해서도 다 털어놨고 내 무공도 다 털어놨잖아. 또 뭐가 필요한 건데?"

"네 목숨."

차갑게 말한 손수수는 이내 등을 보이며 신형을 돌렸다. 운소명은 혀를 차며 눈을 감았다.

고개를 돌린 손수수는 입술을 깨물고 있었다. 운소명에겐 드러내지 않았으나 그녀는 불안했다. 하루빨리 이곳에서 나가야 했기 때문이다. 처음에는 삶을 거의 포기했었다, 이곳에 오기 전까지는. 하지만 이곳에 도착하고 나자 어딘가엔 분명 이곳을 빠져나갈 길이 있다고 굳게 믿었다.

그런데 보름 동안 아무리 뒤져 봐도 밖으로 나갈 만한 길은 보이지 않았다. 병풍처럼 늘어선 절벽을 넘어가 보기도 했다. 하지만 보이는 건 안개뿐이었고 어느 순간 다시 이곳에 서 있는 자신을 발견하였다. 절망감이 밀려왔다. 무엇보다 화가 나는 것은 운소명과 함께 있다는 점이었다. 적과 함께 단둘만이 있어야 했다.

스륵!

소리없이 자리에서 일어선 손수수의 손엔 어느새 새하얀 검이 들려 있었다. 가만히 서서 잠들어 있는 운소명을 바라보던 그녀의 손이 어느새 운소명의 목을 향해 움직였다.

'차라리 이놈을 죽이자. 죽이면 내 임무도 끝이니까. 그 이후에 이곳을 어떻게 빠져나갈지 생각해 보자.'

검끝이 운소명의 목 앞에 멈춰 선 채 움직이지 않고 있었다.

조금만 힘을 가하면 검은 운소명의 목을 찌를 수 있었다. 그럴 준비도 되어 있었다. 검에 조금만 내력을 주입해도 유형의 검기가 운소명의 목을 뚫을 것이다.

자고 있는 운소명의 숨소리는 고르게 흐르고 있었다. 정말 피곤한지 손수수의 행동조차 모르고 있는 사람처럼 보였다. 그게 마음에 안 들어서일까?

"깨어난 거 알아."

손수수의 낮은 목소리에 운소명은 조용히 눈을 떴다. 그리곤 자신의 목에 겨누어진 검과 손수수의 얼굴을 번갈아 바라보다 이내 아무렇지도 않다는 듯 신형을 돌리며 모로 누웠다.

"죽이고 싶으면 언제든지 죽여. 저항하지 않을 테니까."

"훗!"

손수수는 그 말에 가볍게 웃음을 흘린 후 검을 거두었다.

"혼자 찾는 것보다 둘이 찾는 게 나을 것 같기 때문에 살려 주는 것뿐이야."

"심심할까 봐 그런 건 아니고?"

운소명의 낮은 목소리에 손수수는 말없이 자신의 침대에 누웠다.

'만약… 이곳에서 평생을 보내야 한다면…….'

손수수는 잠시 생각하다 이내 강하게 부정하며 눈을 감았다.

아침에 일어나면 먼저 논으로 갔다. 논의 상태를 파악하고 논농사를 시작해야 했기 때문에. 다행히 쌀과 여러 곡식들은 건조된 상태로 창고에 남아 있었다. 밭농사는 그리 어렵지 않았으나 논농사는 지식이 거의 없어서 힘들었다.

몇 번의 실패를 거듭하고 나서야 겨우 논농사를 시작할 수가 있었다. 논에 나간 후 일을 끝내면 집을 보수했다. 집의 보수는 매일매일 반복적으로 했기 때문에 날이 갈수록 초가집은 사람이 사는 집의 형태를 갖춰가고 있었다.

오늘은 오전에 논에 나가 물길을 만들어주었다. 오후가 되어선 조금 큰 물가로 가 작은 자갈들을 골라 바구니에 담고 올라와 마당에 뿌렸다.

쫘르륵!

작은 돌들이 마당에 쏟아지자 문에서 손수수가 모습을 보였다. 문은 대나무로 주렴처럼 만들었기에 굳이 열 필요가 없었다.

"뭐 하는 거야?"

궁금하다는 표정으로 묻자 운소명은 미소 지으며 땀을 닦았다. 상의는 이미 없어진 지 오래인 듯 그의 구릿빛 상체가 햇살에 반사되고 있었다.

"비가 오면 마당에 물이 고이잖아. 그래서 마당을 작은 돌로 채우려고."

"쓸데없이……."

"달리 할 일이 없잖아."

웃으며 대답한 운소명은 다시 냇가로 걸어 내려갔다. 그 모습을 지켜보던 손수수는 집 안으로 들어가 밥을 하기 시작했다. 굴뚝에서 흰색의 연기가 피어나기 시작했다.

집 안의 바닥은 돌로 이루어져 있었는데, 그 단면이 마치 거울처럼 매끄러웠다. 며칠 전 손수수가 검법을 수련할 때 바위를 자르자 그 단면이 거울 같은 것을 본 운소명이 어디선가 자기 몸통만 한 바위들을 구해와 자르게 했다.

운소명의 요구대로 손수수는 검기로 바위들을 잘랐다. 운소명은 그 잘려진 바위로 집 안의 흙을 덮었다. 그러자 집 안에서 흙냄새가 사라지게 되었다.

"정말 여기에서 살아야 할까? 평생 동안……."

침대에 누운 손수수가 무심히 어둠뿐인 창밖을 바라보며 중얼거렸다.

"뭐, 어때. 나름대로 살 만한 곳인데. 나는 이곳이 마음에 드는데?"

운소명의 조용한 목소리에 손수수는 비웃듯 말했다.

"너야 그렇겠지. 천하가 모두 적인데 차라리 이곳에서 평생 썩는 게 더 안전하고 좋을 테니까. 하지만 난 아니야. 내겐 수하들이 있어. 내 집이 있고, 나를 기다리는 사람도 있어."

운소명은 물끄러미 손수수를 쳐다보며 말했다.

"세상 모든 근심 걱정 사라지니 이 모든 게 극락이로세."

"풋! 부처도 믿지 않으면서 극락은 무슨."

"부처는 안 믿지만 여기가 내겐 극락인 것 같아. 무림이 아니니까. 어릴 때부터 말이야, 사실 벗어나고 싶었어. 그냥 평범하게 살고 싶었지. 한때는 무림맹이 전부였지만 그 무림맹이 나를 버렸으니 돌아갈 집도 없고 말이야. 과연 내가 세상에 나가면 어떻게 살아야 할까? 홍천 일호로서 살아야 하는 것일까? 나는 말이야, 내 자신을 잊어버리고 싶어. 전혀 다른 내가 되고 싶다고. 나는 홍천 일호도 아닌, 운소명도 아닌 지극히 평범하게 살고 싶은 것뿐이야."

손수수는 미미하게 고개를 끄덕였다. 자신도 가끔 그런 생각을 했기 때문이다.

"평범해지고 싶다라… 그런데 웃기지. 여기도 평범한 곳은 아니잖아?"

운소명은 손수수의 말에 잠시 생각하는 듯하더니 이내 크게 웃기 시작했다. 그녀의 말이 맞았기 때문이다. 이곳은 결코 평범한 곳이 아니었다. 이내 운소명은 큰 소리로 말했다.

"그냥 잊자고. 모두… 무림맹이니 백화성이니… 홍천이니… 암화단이니… 그런 것들 말이야."

"노력해 보지."

손수수의 짧은 대답에 운소명은 고개를 저으며 한숨을 짧게 내쉬었다.

초가집의 우측, 절벽 위에 올라온 운소명은 떠오르는 해를 바라보며 운기하고 있었다. 그는 상의를 벗어버린 지 오래라 늘 바지만 입고 생활했다.

세상을 모두 잊어버리고 싶었으나 구공에 대한 열망은 쉽게 잊혀지지 않았다. 그렇기 때문에 새벽만 되면 이곳에 올라와 운기를 하였다. 손수수 역시 조금 떨어진 곳에서 운기하고 있었다. 둘의 새벽은 늘 이렇게 함께 시작되었다.

 운기가 끝나면 둘은 대련을 하였는데, 운소명은 비살삼검(飛殺三劍)과 은살삼도를 중심적으로 펼쳤다. 여러 가지 무공을 익히는 것보다 한 가지만 파는 게 더 낫다는 손수수의 말과 자신의 생각 때문이다.

 혈정마장과 혈정마지보다 검법과 도법이 더 부동심법에 맞았기 때문이다. 양심신공은 과감하게 버렸다. 불완전한 비급을 통해 익힌 신공이었기에 임독양맥이 서로 충돌하게 된 것이라 여겼기 때문이다.

 그렇게 반 시진의 대련이 끝나면 가볍게 아침을 먹고 운소명은 논으로, 손수수는 밭으로 갔다. 그리고 점심식사를 하고 난 뒤에 운소명은 사냥을 나갔다. 맹수는 없으나 들짐승들이 많았기 때문이다. 유일하게 이곳에서 맹수라고 불릴 만한 게 있다면 독수리 몇 마리뿐이었다. 그 외엔 보이는 게 없었다.

 밤이 되면 호롱불을 밝혔는데, 짐승의 기름으로 만든 것이었다. 호롱 불빛 아래에 앉은 둘은 죽엽차를 따라 마셨다. 대나무 숲이 절벽 반대편에 있었기에 죽엽차를 만드는 데는 그리 어렵지 않았다.

"이곳에 온 지 얼마나 된지 알아?"
"글쎄, 한 반년 정도 되지 않았을까?"
"여긴 날씨의 변화가 없으니… 계절이 늘 초여름 같으니 날

짜에 대한 관념조차 무감각해지는 것 같아."

그 말에 운소명은 손수수의 가슴을 쳐다보며 말했다.

"나는 그것보다 네 낡은 옷이 더 걱정인데?"

그 시선에 손수수는 자신의 무복이 많이 낡았다는 것을 깨달았다. 하루에 두세 번씩 빨아 내력으로 말리다 보니 평소보다 빨리 낡게 되었고, 어느새 옷깃은 찢어져 있었다. 그뿐만이 아니었다. 그녀의 무복은 대련으로 인해 여기저기가 뜯어져 있었다. 하지만 그녀는 여전히 같은 옷을 입고 있었다. 그럴 수밖에 없는 게, 옷이 단 한 벌뿐이었기 때문이다.

"안 그래도 요즘 가죽으로 옷을 만드는 중이야. 걱정하지 마셔."

손수수는 그렇게 말하며 자리에서 일어섰다.

"먼저 잔다. 내일은 과일이라도 구해와."

"명령인가?"

"밥 먹기 싫으면 관두고."

"음······."

운소명은 침음을 삼키며 자리에서 일어나 불을 끄고 자신의 침대에 누웠다.

풀숲을 헤치며 지나가는 운소명의 눈은 오직 과일나무를 찾고 있었다. 과일을 구해오라는 손수수의 부탁 아닌 명령을 들어주기 위함이었다.

한참 동안 숲을 헤매다 보니 능금과 귤나무가 보였다. 귤은 아직 익지 않아 먹을 수가 없었으나 능금은 적당히 익어 먹을 수 있을 것 같았다. 어깨에 메고 온 바구니에 능금을 따다 담은 운소명은 다른 과일을 찾기 위해 앞으로 전진하였다.

해가 중천에 떠오를 때쯤 되자 숲 속을 헤매던 운소명은 넓은 평지로 나올 수가 있었다. 주변을 둘러보던 운소명은 천천히 풀밭을 걷다 사람이 산 흔적을 발견하였다. 다 허물어진 집의 모습이 보였기 때문이다. 집을 살피던 운소명은 집 뒤편의 땅이 햇살에 반사되자 다가갔다.

'거울이라도 깔아놨나……'

운소명은 실소를 흘리며 뒤편으로 돌아가다 평평한 바위가 십여 장 정도 펼쳐져 있는 것을 발견하였다. 마치 하늘 높이 솟은 절벽이 옆으로 누운 것 같은 그곳은 철썩거리는 소리와 함께 호수를 옆에 끼고 있었다.

끝에 다다르자 마치 낚시라도 즐길 수 있을 듯한 자리가 눈에 보였다. 분명 이곳에 살았던 사람은 낚시를 좋아하는 사람임이 분명했다.

'나와는 상관이 없으려나.'

주변을 둘러보던 운소명은 이내 집 쪽으로 향했다. 다 허물어진 집이지만 뒤지다 보면 쓸 만한 무언가가 나올 것 같았기 때문이다. 그렇게 몇 걸음 옮기던 운소명은 잠시 걸음을 멈추고 바닥을 쳐다보았다.

바닥엔 오래된 듯한 문자들이 쓰여져 있었는데, 운소명은 잘 안 보이자 바위 위를 깨끗이 쓸었다. 그러자 거꾸로 된 쾌

많은 문자들이 그의 눈에 들어왔다. 운소명은 곧 신형을 돌려 집 쪽을 등지고 섰다.

떠날 수 있었으나 떠나지 않았다.

야화(野花).

떠날 수 있었으나 떠날 수 없었다.

무열(無熱).

떠날 수 없으니 내 심화(心火)만 커져 결국 사라지고 마는구나.

성풍(星風).

여기에 세상 모든 근심을 남기니, 천하가 보이더라.

영운(嶺雲).

천하를 보았다고 믿었으나 이곳이 진정 천하로구나.

무정(無情).

천하가 무엇인지 알았을 때 공허함이 가슴에 남았네.

파석(破石).

가슴에 남은 공허함, 해와 달이 어루만져 주는구나.

조형(曺澄).

"도대체… 이곳을 벗어날 수 있다는 거야, 없다는 거야?"

운소명은 모든 문구를 읽고 난 뒤 고개를 갸웃거렸다. 도무지 종잡을 수 없는 글귀였기 때문이다. 시구라고 보기에는 음률이 없었고, 무공이라 볼 수도 없었다. 사람 이름으로 보이는 글씨가 문구 밑에 쓰여져 있었기 때문이다.

그렇다고 호기심을 버릴 수는 없었다. 마지막 이름으로 보이는 '조형'이란 글귀가 마음에 걸렸기 때문이다.

'북패(北覇) 유성도(流星刀) 조형… 유성도가 분명하다면 뜻밖이군.'

운소명은 자신이 태어났을 당시 천하를 떨게 했던 유성도의 명성을 익히 알고 있었다. 현 무림맹주보다 한 배분 높은 인물로, 천하제일도객이라 불리던 인물이었다. 그는 북쪽에서 홀연히 나타나 남쪽 끝으로 사라진 인물이었다.

그가 천하를 주유하면서 한 일은 비무와 악질적인 사파의 거두들을 죽이는 일이었다. 단 십 년 동안 이백 번이 넘는 비무를 하였고, 수백의 사파인들을 죽인 그는 남만으로 들어서자 행적이 끊어졌다고 알려졌다.

그가 활동했던 십 년간의 강호는 사패가 천하제일을 다투던 시대였다. 그리고 조형은 사패 중 북패(北覇)라는 명성을 얻은 인물이었다. 어느 날 홀연히 사라진 그의 이름이 지금 이곳에 있었다.

'조형의 이름이 마지막에 있다면 그 위의 이름들은 도대체 어떤 이름들일까?

운소명은 조형이란 인물을 생각하며 안색을 찌푸렸다. 그는 천하를 주름잡던 패자였기 때문이다. 그런 그의 이름이 이곳에 있다는 것 자체만으로도 큰 사건이라 볼 수 있었다.

처음부터 끝까지 다시 한 번 글들을 읽던 운소명은 가장 윗글이 제일 오래되었다는 것을 알았다. 그리고 밑으로 내려갈수록 글은 선명하게 쓰여져 있었다. 야화와 무열이란 사람들의 글은 거의 비슷한 시기에 쓰여진 것처럼 보였고, 가장 밑의 조형의 글이 최근의 글로 보였다.

그렇다면 지금 자신이 살고 있는 집은 조형이 살던 집일 가능성이 높다고 생각했다.

"내일 손 동생을 데려오면 좀 더 알게 되겠지."

운소명은 호기심을 뒤로 미루고 쓰러진 집을 살피기로 했다. 그리고 먼지 쌓인 집터에서 일기처럼 보이는 가죽 두루마리 몇 개를 발견하곤 경공을 발휘하였다.

맑은 물이 흐르는 냇가에 누운 손수수는 시원함을 온몸으로 느끼고 있었다. 물론 옷은 입지 않은 채 멍하니 누워 하늘을 올려다보고 있는 중이었다.

'정말 평생 이곳에서 살아야 하는 것일까?'

지금까지 수없이 반복해 스스로에게 묻던 질문이었다. 이곳에 살아야 한다면 어떻게 살아야 하고, 또 자신은 어떤 방식으로 생활해야 하는지 아직도 갈피를 잡지 못하고 있었다. 그렇기 때문에 그 답을 구하고자 하였다.

 평생 동안 몸과 마음을 바쳐 생활하고 충성했던 백화성을 하루아침에 잊으라고 한다면 그럴 수 없을 것이다. 백화성은 그녀에게 고향과도 같은 곳이었다. 그런데 그 모든 것을 잊어버리고 이곳에서 살 수 있을까?

 운소명의 행동이 오히려 신기하게 보이는 손수수였다. 하지만 운소명의 입장도 이해가 되었다. 몸과 마음을 바쳐 충성했던 무림맹에 배신을 당했으니 모두 잊어버리는 게 그에겐 오히려 속편한 일이라고 생각했다.

 하지만 자신은 운소명의 입장이 아니었다. 그렇기 때문에 갈등하고 있었다. 지금의 삶이 불만이라면 고민도 덜했을 것이다. 하지만 지금의 삶이 그렇게 불만스럽지는 않았다. 나름대로 여유가 있었기 때문이다.

 무림에서 생활할 때는 온종일 긴장의 끈을 놓치지 않고 살았다. 임무가 끝나도 언제 다른 임무가 주어질지 모르기 때문에 휴식이란 것도 없었다.

 하지만 이곳에선 그런 긴장감을 가질 이유가 없었다. 그저 마음 편히 지금의 하루에 충실하면 그만이었다.

 '어쩌면 정말 도원경일지도 모르지.'

 손수수는 그런 생각이 문득 들었다. 바로 그때, 바람 소리가 허공중에 울렸.

 "……!"

 손수수는 안색을 굳히며 일어나는 순간 물보라를 일으켜 날아오는 둥근 물체를 가격하였다.

쾅!

폭음 소리와 함께 둥근 물체가 흔적도 없이 사라졌으며 허공으로 솟구친 물보라가 사라지는 순간, 손수수의 모습도 그 자리에서 사라졌다.

"빠르네."

운소명은 나뭇가지에서 내려와 좀 전까지 손수수가 놀던 냇물을 바라보았다. 하지만 머릿속에선 손수수의 나신이 떠나지 않았다. 욕정을 불러일으켰기 때문에 그 모습이 기억에 남은 게 아니라 냇물 위에 떠 있는 그녀의 모습이 너무나도 조화롭게 보여 머릿속에 선명하게 그려진 것이다.

햇살에 반사되는 맑은 물속에 떠 있는 그녀의 모습은 신비롭게 다가왔다. 그랬기 때문에 운소명은 자신도 모르게 나무 위에 올라서서 그 모습을 멍하니 쳐다보았다. 하지만 계속 쳐다볼 수는 없었기에 바구니에 담겨 있던 능금을 하나 던져 준 것이었다.

터벅! 터벅!

운소명은 일부러 발걸음 소리를 크게 내며 마당에 들어섰다. 좀 전의 일도 있고 해서 나름대로는 손수수가 알아차리고 옷을 입고 나오라는 뜻에서 한 행동이었다. 그렇게 우물가에 바구니를 내려놓고 신형을 돌리던 순간, 바람 소리와 함께 어느새 손수수의 모습이 눈앞에 나타나 있었다.

슥!

가볍게 들린 손수수의 검은 운소명의 심장을 겨누고 있었다. 그런 손수수의 눈동자는 차갑게 가라앉아 있었는데, 살기는 보이지 않았다. 하지만 살기보다 차가운 한기가 전신에서 흘러나오고 있었다.

"남을 훔쳐보는 짓은 원숭이들이나 하는 짓이 아닐까?"

운소명은 자신을 원숭이로 부르자 입가에 미소를 그리며 한 발 앞으로 나섰다. 그러자 손수수가 안색을 굳히며 한 발 뒤로 물러섰다. 운소명이 자신 앞에 놓인 검을 치우며 다가오자 손수수가 놀라 뒤로 물러섰다.

"뭐야?"

손수수가 급작스러운 운소명의 행동에 싸늘한 눈빛으로 쏘아보았다. 하지만 운소명은 아랑곳하지 않고 손수수의 바로 앞에 다가와 입을 맞추었다.

"……!"

손수수는 놀라 눈을 부릅떴다. 움직이고 싶었으나 운소명의 손이 허리를 너무 강하게 안아 저항하기도 어려웠다. 마치 하나가 된 것처럼 달라붙어 있었기에 서로의 체온을 느낄 수가 있었다.

탁!

뒤로 물러선 손수수는 소매로 입술을 훔치며 싸늘한 눈동자로 운소명을 바라보았다. 그런 그녀의 전신에서 흘러나오는 살기는 운소명을 갈가리 찢어버릴 듯 난폭했다. 하지만 운소명은 마치 석상처럼 굳어진 몸으로 손수수를 쳐다보았다.

"마혈은 풀어주지그래."

손수수는 떨어질 때 정신을 차리고 운소명의 마혈을 제압하였다. 그랬기 때문에 운소명은 지금 움직일 수 없었다. 그 모습이 재미있었을까? 자신을 덮치던 모습 그대로 굳어버린 운소명의 모습을 가만히 바라보던 손수수는 검을 들어 운소명의 목젖을 겨누었다.

검끝의 차가움이 목젖에 닿자 피 한 방울이 흘러내렸다. 순간 주변 공기가 무겁게 가라앉았다.

"무슨 짓이지?"

"손 동생을 좋아하니까."

운소명의 말에 손수수는 어이없다는 듯 운소명을 노려보았다.

"내 나신을 보고 흥분한 것은 아니고? 남자란 동물은 아무 데서나 자신의 욕망을 해결하려고 하지. 여자만 보이면 말이야."

운소명은 그 말에 씁쓸히 미소를 그리며 말했다.

"솔직히 손 동생의 나신을 보고 흥분하지는 않았어."

"호오, 그 말을 들으니 왠지 화가 나는데."

손수수의 더욱 차가운 말에 운소명은 다시 말했다.

"하지만 내가 손 동생을 좋아하고 있다는 사실을 알게 해주었지."

운소명의 말에 손수수는 코웃음을 흘리며 비웃듯이 쳐다보았다. 운소명은 그런 손수수의 얼굴을 가만히 바라보았다.
슥!
검끝이 살짝 목젖을 파고들었다. 하지만 운소명의 표정은 변화가 없었다. 그 담담한 눈동자 때문일까? 손수수는 검을 거두며 한 발 물러섰다.
운소명은 속으로 깊게 한숨을 내쉬며 고비를 넘긴 것을 알았다.
"나는 남자를 믿지 않아, 특히 네놈은. 사람을 속이고 여자를 울리면서 자신의 목적을 달성하는 놈이니까. 수많은 사람들을 기만하면서 살아온 네놈을 내가 좋아할 거라 생각한 것은 아니겠지? 네놈은 그저 '무살'이란 살수야, 나에겐."
손수수의 차가운 말에 운소명은 짧게 숨을 내쉬었다.
"이곳에서 평생 살아야 될지도 모른다는 생각이 들었을 때 불안했지. 그리고 절망을 느끼기도 했어. 혼자였다면 분명 자살하거나 무기력하게 죽어갔을 거야. 그런데 손 동생이 옆에 있으니 왠지 모르게 활력이 생기더군. 외롭지도 않고… 그렇게 좋아한다는 걸 오늘 알았지."
"그 말은 나 말고 다른 여자가 이곳에 있어도 할 수 있는 말일걸? 이런 상황이라면 네놈 입장에선 어떤 여자가 있어도 같은 말을 했겠지. 욕정을 풀고 싶은데 여자가 없어. 있는 여자라곤 나 하나야. 안 그래? 그럼 당연히 네놈 입장에선 나를 좋아한다고 말하겠지."

손수수의 말에 운소명은 아무런 말을 하지 않았다. 운소명의 모습을 잠시 바라보던 손수수는 실망한 표정으로 신형을 돌리며 말했다.

 "평생 이곳에서 살아갈 때… 나 말고 다른 여자와 함께였다면 네놈은 그 여자에게도 같은 말을 했을 거야, 분명히. 아침까지 거기 있으라고. 나를 놀렸으니까."

 찬바람과 함께 손수수가 집 안으로 들어가자 운소명은 짧게 숨을 내쉬며 눈을 감았다.

 '오랜만에 서서 자는 건가.'

　　　　　　*　　　*　　　*

 일곱 살이 되자 암화단의 대원이 되는 교육을 받기 시작했다. 많은 무공을 익혔고, 무수히 많은 고통 속에서 무공을 수련하였다. 무인들이 일반적으로 익히지 않는 여러 특수한 무공들도 익혔다.

 생존을 위한 방법도 익혔고, 독과 기본적인 의술도 배웠다. 그렇게 칠 년이 지나 열다섯 살이 되었을 때 첫 임무가 떨어졌다. 그리고 임무는 살인이었다.

 첫 살인.

 마음속에서 일어나는 두려움은 어쩔 수 없는 현상이라고 스승들이 말했다. 긴장감에 자신이 배운 무공들을 하나라도 제대로 쓸 수 있을지 의문도 들었다. 그리고 날짜는 다가왔다.

자신을 올라타고 있는 흉측한 악귀의 모습은 공포, 그 자체였다. 그리고 그 공포스러움을 벗어나기 위해 몸부림치는 자신은 연약한 소녀였다.

흉측한 웃음소리와 마치 지옥의 사자가 내쉬는 듯한 숨소리가 정신을 어지럽게 만들었다. 그러던 어느 순간 소녀는 흉측한 악귀의 목을 물고 있었다.

"헉!"

벌떡 일어난 손수수는 전신이 식은땀으로 젖어 있었다. 숨은 거칠었고 주변을 둘러보는 그녀의 눈은 초점을 잃어버린 상태였다. 그렇게 잠시의 시간이 지나 지금 있는 곳이 어디인지, 자신이 어떤 상태인지 파악하게 되자 안정을 되찾았다.

"휴우……."

숨을 깊게 몰아쉰 그녀는 자리에서 일어나 탁자에 놓인 찻물을 마신 후 얼굴을 손으로 훔쳤다.

근 오 년 만에 꾸는 악몽이었다. 열다섯 살 때 첫 살인의 임무로 상대를 죽이려 할 때 오히려 자신이 겁탈을 당했기 때문이다. 그때 상대의 목을 물어 죽였었다.

후에 알게 된 사실이지만 상대는 백화성의 일류고수라 볼 수 있는 당주 급 인물이었고, 잘못을 저질러 죄를 받는 대신 명령을 수행한 것이었다.

그자가 받은 명령은 자신을 덮치는 일이었다. 수단과 방법을 가리지 말고 덮쳐 욕망을 해결한 후에 죽이라는 명령이었다. 아무리 암화단의 대원이 되기 위해 칠 년 동안 무공을 수련했다고는 하지만 백화성의 당주 급 인물과 싸워 이기기란 힘들었다.

그날 손수수는 양어깨가 탈골되었고 갈비뼈는 세 대나 부러진 상태였다. 움직일 수 있는 발도 상대에게 잡힌 상태였기에 저항할 수가 없었다.

"젠장할… 새끼."

손수수는 자신의 입술을 만지며 고개를 저었다. 암화단원이 되기 위한 필수 과정이라고 하지만 너무 가혹한 첫 살인의 시련이었다.

그 이후 정식으로 암화단원이 되어 지금까지 활동할 수 있었다. 그리고 다른 대원들 모두 자신과 같은 경험을 가지고 있다는 것도 알게 되었으며, 그 시련을 통과하지 못한 예비 대원들은 모두 죽었다, 상대에 의해서. 물론 그 상대들도 살아남은 사람은 없었다. 예비 대원을 겁탈하고 죽여도 암화단이 그를 그 자리에서 심판했기 때문이다. 그들은 애초에 죽을죄를 지은 백화성의 죄인들이었다.

고개를 돌려 창밖을 보았다. 하늘이 검푸른 빛을 띠고 있자 손수수는 무언가 생각난 듯 밖으로 나갔다.

운소명은 발걸음 소리에 잠에서 깨 눈을 떴다. 검푸른 하늘 아래에 서 있는 손수수의 모습은 전체적으로 푸른색을 띠고 있었다.

"잘 잤나?"

운소명의 말에 손수수는 고개를 저었다. 운소명은 그녀의 표정이 그리 밝지 않다는 것을 알았다. 그녀가 잠결에 말하던 말소리가 들렸기 때문이다. 악몽이라도 꾼 게 분명하다고 생각했다. 아니면 가위에라도 눌린 게 아닌가 싶었다.

"안 좋은 꿈이라도 꾸는 것 같던데."

손수수는 그 말에 고개를 끄덕였다.

"네놈 때문에 잊어버렸던 기억이 떠올라서 말이야. 그렇지 않았다면 절대 그런 꿈을 꾸지 않았을 테니까."

"나 때문이라니… 왠지 미안한데."

"미안해할 필요는 없어. 남자는 쓸데없는 동물이란 사실을 다시 한 번 상기시켜 준 것뿐이니까."

은연중 흘러나오는 차가운 목소리 속에 살기가 묻어 있자 운소명의 안색이 굳어졌다. 지금까지와는 다른 살기였기 때문이다. 정말로 자신을 죽이려 하는 살기였다. 그렇게 느껴졌다.

'정말 죽을지도 모르겠는데…….'

운소명은 문득 그런 생각이 들었다. 그러자 푸르스름한 하늘 아래 서 있는 손수수의 모습조차 귀기스럽게 느껴졌다. 허리 아래까지 내려오는 그녀의 긴 생머리가 바람에 움직이자 분위기를 더욱 을씨년스럽게 만들었다.

"정말 나를 죽일 생각인가?"

운소명의 목소리가 저절로 무겁게 변하였다.

"좀 더 확실히 해둘 필요가 있을 것 같아서. 혼자 살지, 둘이 살지……."

말과 함께 손수수의 손에 검이 들리자 운소명은 씁쓸히 미소를 그렸다.

"이미 정한 것 같은데? 죽일 생각이라면 망설이지 말라고."

그 말에 손수수는 선선히 고개를 끄덕이며 검을 들었다.

"유언이라도 있으면 말하라고. 기억할지 모르겠지만……."

"혼인하자."

"……!"

운소명의 진지한 표정에 손수수는 잠시 놀란 표정으로 눈을 부릅뜨다 이내 어이없다는 표정으로 입술을 움직였다.

"지금 이런 상황에서 농담이 잘도 나오는 모양이야?"

"농담이 아니야."

운소명의 목소리는 진지했고 눈동자는 진심을 말하고 있었다. 손수수는 입술을 깨물었다.

"내가 아니더라도 네놈은 같은 말을 했을 거야."

운소명은 그 말에 크게 부정하지 못하는 듯 눈을 감았다.

"그랬겠지."

쉭!

순간 백색 검광이 운소명의 목을 잘라갔다.

"처음이야."

"……!"

손수수의 손이 그 말에 멈춰 섰다. 운소명은 검날에서 뿜어져 나오는 예기를 목에서 느낄 수가 있었다. 그리고 그 예기가 사라지자 천천히 눈을 뜨며 말했다.

"네 말이 맞아. 부정할 수가 없었어. 지금 같은 상황이라면 어떤 여자가 있더라도 같은 말을 했을 거야. 왜냐하면 처음 느껴보는 감정이니까."

운소명의 말에 손수수는 팔을 미미하게 떨었다. 너무 솔직하게 말을 했기 때문이다. 무엇보다 운소명은 처음이라 했다. 그게 가슴에 남은 것이다.

"지금까지 살아오면서 여자를 여자로 본 적은 없었어. 그래서 당황스럽기도 하고… 어떻게 해야 할지 모르겠어."

운소명의 말에 손수수는 검을 내리며 말했다.

"그래서 덮치고 싶다고? 혼인하고 싶다고?"

"중요한 건… 내가 이런 감정을 갖게 만든 사람은 다른 사람이 아니라 손 동생이라는 거야."

손수수는 그 말에 잠시 입을 닫았다. 운소명의 말속엔 진심이 담겨져 있었다. 손수수의 표정이 다소 누그러졌다.

"정말 나를 좋아한다면 맹세할 수 있어?"

"무슨 맹세?"

"하늘과 땅, 그리고 부처님과 옥황상제님께 말이야. 또한 자기 자신에게도… 아, 네 이름은 가짜인가?"

손수수의 말에 운소명은 빠르게 대답했다.

"내 감정에 거짓은 없어. 손 동생의 말대로 맹세하지. 나 운소명은 하늘에 대고 맹세하노니, 손 동생만 쳐다보고 손 동생만 가슴에 묻고 살 것이오. 만약 이 약속을 어길 시 하늘이 나를 벌할 것이오."

운소명은 그렇게 같은 말을 여러 번 반복하였다. 땅에 맹세하고, 부처님께 맹세하고, 옥황상제께도 맹세했다. 그러자 손수수가 고개를 저으며 말했다.

"하늘이 벌하는 게 아니라 내 손에 죽는다고 맹세해. 또한 천 년간 나만 좋아하고 사랑할 것을 맹세하고. 이 약속은 천 년이 가도 변하지 않을 것임을 맹세해."

확실한 확인이라도 받으려는 듯 손수수가 빠르게 말하자 운소명은 흔쾌히 고개를 끄덕였다.

"좋아, 그렇게 하지. 나 운소명은 천지신명께 맹세하노니… 이 약속을 어길 시 손수수의 손에 죽을 것을 맹세하고… 천 년 동안 이 약속은 변치 않음을 맹세하오."

운소명의 맹세가 모두 끝나자 그녀는 곧 허공중에 점을 몇 개 찍었다.

파팟!

가벼운 소음과 함께 마혈이 풀리자 운소명은 몸을 이리저리 움직였다. 그 모습을 보던 손수수는 천천히 말했다.

"마음에 있기 때문에 풀어준 게 아니야. 단지 네가 죽으면 심심하기 때문에 풀어준 것뿐, 다른 오해는 하지 말아."

"내 맹세는 그럼 뭐였지?"

"쇠고랑 같은 거지. 나만 쳐다보고 나만 좋아해야 해. 분명 약속한 것이니 어길 일은 없을 거라 생각해. 만약 손바닥 뒤집 듯이 뒤집으면 자자손손 대대로 네놈을 저주하고 죽일 테니까 그리 알아. 또한 밖에 나가게 된다 하더라도 이 약속은 분명히 지킬 거라 믿어."

손수수의 서슬 퍼런 날카로운 살기와 함께 흘러나온 목소리는 운소명의 머리에 무겁게 가라앉았다. 자기는 좋아하지 않지만 내가 좋아하니 자기만 쳐다보라는 아주 이기적인 맹세를 지키라는 것이 마음에 안 들었다. 하지만 이미 맹세했으니 운소명은 그 말에 따를 거라 다짐했다.

"한번 내뱉은 말은 지킨다."

운소명의 대답에 손수수는 눈을 반짝이며 곧 집 안으로 들어갔다. 막 따라 들어가려던 운소명은 생각난 듯 바구니에서 가죽 두루마리를 꺼내 쥐었다.

第三章

무공을 얻다

무공을 얻다

"아까 과일을 따러 가다 무너진 집을 발견했는데, 거기서 찾은 거야."

운소명이 식탁 앞에 앉으며 두루마리를 손수수에게 보여주자 그녀는 호기심 어린 표정으로 다가와 맞은편에 앉았다.

"그렇게 앉으면 보기 불편하잖아."

가죽 두루마리를 펼치며 운소명이 말하자 손수수는 안색을 찌푸리며 운소명의 옆에 다가와 식탁에 몸을 기대섰다.

"일기장 같은데?"

운소명은 가죽 두루마리에 쓰여진 글자를 살피며 중얼거렸다. 그의 말에 손수수도 동조했다. 거기엔 일기장처럼 하루를 어떻게 보냈는지 적혀져 있었기 때문이다.

"야화?"

"응, 적은 사람은 야화인데… 무열이란 사람과 함께 살았나 봐. 무열이란 이름이 매일 등장하니 말이야."

그 말에 손수수는 눈에서 광채를 발하며 말했다.

"야화와 무열이란 분은 서로 사랑하는 사이였어. 본 성에서도 유명한 분들이지."

"그래?"

운소명이 그 말에 고개를 돌려 쳐다보자 손수수가 고개를 끄덕였다.

"초대 성주님께선 다섯 분의 제자가 있었어. 그중 넷째 제자가 야화란 분이셔. 본명은 변추용이지. 백화성에 대해서 나보다 더 잘 안다면 분명 너도 알 텐데?"

"그분은 백화성의 후계자 싸움에서 밀려나 은거한 분 아니야? 나는 그렇게 알고 있는데."

운소명의 말에 손수수는 고개를 저었다.

"암화단의 단주가 된 이후에 알게 된 사실이지. 백화성의 역사에 대해서도 알아야 하니까 말이야. 그 당시 백화성의 순찰당 당주가 무열이었지. 무열은……."

야화와 무열이란 이름을 본 손수수는 두 사람의 일화를 운소명에게 간략하게 들려주었다.

본래 야화의 본명은 변추용으로, 초대 성주인 무혼여제(武魂女帝) 묵선의 사제자였다. 묵선에게는 다섯 명의 제자가 있었는데, 그중 가장 미모가 뛰어난 제자가 변추용으로, 그녀는 백화성제일의 미녀로 소문나 있었다. 야화라는 이름은 그녀의 애칭으로 세상 어디에 있어도 꽃처럼 아름답다는 뜻이 담겨져 있었다.

그런 그녀가 사랑에 빠진 상대가 그 당시 순찰당의 당주로 있던 무열이었다. 무열은 대단히 뛰어난 젊은 고수였으나 출신 배경에 문제가 있어 더 이상의 승진은 꿈도 꿀 수 없는 인물이었다.

그의 아버지는 무림맹의 고수로, 백화성에 잡혀온 포로였다. 무공을 폐지당하고 백화성에서 농사를 지으며 살게 된 무열의 아버지는 백화성 출신의 여자와 아이를 낳게 된다. 문제는 무열의 어머니 쪽이었다. 백화성의 중심 세가 중 하나인 유가의 막내딸이 무열의 어머니로, 그녀는 포로와 눈이 맞아 무열을 낳게 되자 그 죄로 인해 오지로 유배당하고 병들어 죽게 된다.

무열의 아버지는 돌에 맞아 죽었다. 하지만 갓난아기인 무열마저 죽이지는 않았다. 그 당시 유가의 가주가 막내딸을 유배 보내자 그 슬픔 때문에 차마 무열마저 죽이지 못한 것이다.

그렇게 자란 무열은 온갖 멸시와 차별을 당하며 자랐다. 그런 그에게 광명과도 같은 존재가 변추용이었다.

변추용과 무열이 서로 사랑하고 있다는 사실이 발각되자 백화성은 발칵 뒤집혔다. 변추용은 백화성주 제자의 자리에서 내려와야 했고, 무열은 처형을 당하게 되었다. 결국 변추용은 처형장에서 무열을 구해 백화성을 빠져나오고 말았다. 그리고 그 둘은 강호에서 사라졌다.

"두 분에 대한 이야기는 본 성의 여자들에겐 아주 인기있는 이야기지. 지금은 실화인지 아닌지조차 모를 정도지만… 실화였군."

손수수는 말을 하며 약간 상기된 표정을 지었다. 두루마리의 내용은 야화와 무열이 얼마나 서로를 사랑했는지 한눈에 알 수 있을 정도로 정겨운 이야기들만 가득 차 있었다.

"확실히… 인기있을 이야기군. 재미있는 여러 요소들을 가지고 있으니 말이야. 신분을 넘어선 사랑이라… 멋지지. 여자들이 꿈을 꿀 만한 이야기야."

운소명은 고개를 끄덕이며 심각한 표정으로 말했다. 어느새 두루마리가 끝났기 때문이다. 곧 다음 두루마리를 들어 펼치자 꽤 강렬한 글귀가 눈에 들어왔다.

본좌가 이곳에 오니 두 구의 시신만 남았구나. 흔적을 보아 이 둘은 야화와 무열인데, 내 무열을 죽이지 못해 야화가 꽃도 피우지 못하고 이곳에서 죽었구나. 참으로 원통하도다.

"호오, 성풍이란 사람은 야화와 무열과 같은 배분인 것 같은데, 누구야?"

운소명의 물음에 손수수가 눈을 반짝였다.

"장로원의 원주로 지냈던 분인데, 삼대 성주님이 취임하고 나자 은퇴하셨지. 백화성제일의 고수라고 봐도 무방한 분이셨어. 그분이 남긴 무공 중 유성칠식(流星七式)은 백화성제일의 검법이지. 은퇴한 후에 이곳에 오셨나 보네."

손수수의 말에 운소명은 고개를 끄덕이며 글을 읽었다.

"이분도 일기네."

운소명은 글을 읽다 가죽과 가죽 사이를 실로 이음질한 부분에 달하자 손수수를 향해 말했다.

"손 동생보다 바느질을 잘하는 것 같은데?"

쿵!

"큭!"

망치가 머리를 때린 것 같은 충격이 운소명의 정신을 혼미하게 만들었다. 손수수는 이음매 다음에 쓰여진 글이 다른 사람의 글임을 알고 빠르게 읽었다.

"영운이라… 영운이란 분은 혹시 자영운이란 분인 것 같은데……."

"자영운?"

"응. 삼대 성주님의 아들이었지. 삼대 성주님이 성주로 앉기 전에 낳은 아들인데, 본 성은 잘 알다시피 여자만이 성주가 될 수 있어. 또한 자식이 있는 상태에서 성주가 되면 딸은 상관없지만 아들은 백화성에서 나가야 하지. 이분은 어릴 때 백화성을 나와 전 무림을 유랑했던 분이시지. 알져지지 않은 분인데 스스로 운풍객(雲風客)이라 칭하고 다니셨지."

"아, 운풍객이라면 알지. 바람 따라 구름 따라 떠돌아다니는 선비 같은 분인데, 무공 또한 대단하다고 하였지. 근데 백화성 출신이라니, 충격이군."

"평생 본 성에 발을 들이지 않은 분이셔. 그런데 이분 역시 이곳에서 마지막을 보내셨네."

손수수는 점점 더 흥미있다는 표정으로 글을 읽어나갔다. 왜냐하면 나열되는 이름들이 심상치 않았기 때문이다. 운소명이 있기 때문에 그들에 대해서 대충 축소해서 말했으나 실제 이들은 백화성에서 배출한 최고의 기재였고, 무인들이었다.

그런 그들이 모두 이곳에서 말년을 보냈다. 그렇다면 도대체 이곳은 어떤 곳이기에 이처럼 대단한 인물들이 남은 여생을 이곳에서 보냈단 말인가?

성풍에 대한 이야기도 거의 일기 형식이었다. 그리고 두루마리가 끝나자 마지막 가죽 뭉치를 꺼냈다. 다른 가죽 두루마리보다 얇아 모두 펼쳐도 탁자를 가득 메우지 않았다.

세상을 평정하고 무적을 넘기 위해 이곳에 왔으나 천하가 넓다는 것만 알았다.

무정(無情).

"무정!"

손수수가 놀란 표정으로 눈을 부릅떴다. 그리고 운소명 역시 눈동자를 반짝였다. 다른 글보다 무적이란 글이 눈에 띄었기 때문이다.

 "무정이라… 백화성의 인물 중 무정이란 이름의 인물도 있었어?"

 "무정이란 이름은 없어. 단지 스스로의 이름을 버리고 무정이란 이름을 쓴 사람은 한 분 계셨어. 너도 별호를 들으면 바로 알 텐데? 불패신군(不敗神君) 구해량."

 구해량이란 이름이 나오자 운소명은 놀랍다는 듯 손수수를 올려다보았다.

 "중원에선 마존이라 불렀지. 하나 무림맹과 충돌한 적은 없는 인물 아닌가?"

 "맞아. 중원에 나가지는 않았으니까. 세외를 평정했을 뿐이지."

 손수수의 말처럼 구해량은 백화성이 배출한 불세출의 고수로, 백화성이 지금처럼 거대한 성세를 자랑하게 만든 주요 인물이었다. 세외의 수많은 세력들을 초토화시킨 인물이 구해량이었다.

 "그도 말년에 이곳에 왔나 보네. 도대체 여기가 어떤 곳이기에……."

 손수수는 중얼거리며 무정이 쓴 글을 보았다. 무정은 몇 글자 쓰지 않았다. 그리고 그 뒤로 이어진 이름이 눈에 띄었다.

 "파석이라… 나도 잘 모르는데… 처음 들어봐. 하지만 이름을 이렇게 적었다면 앞에 나열한 분들만큼 대단한 분이겠지."

 손수수의 말에 운소명은 고개를 끄덕이며 두루마리를 모두 정리해 한쪽에 놓았다.

'파석이라… 들어본 것도 같고…….'

운소명은 고개를 갸웃거렸다. 하지만 손수수가 모르는 걸 자신이 알 리 없다고 생각했다.

실제 이들은 모르나 파석이란 이름은 창천궁의 인물이었다. 창천궁의 인물이다 보니 당연히 둘 다 모를 수밖에 없었다.

"이걸 어디서 찾았다고?"

"과일 따러 가다가… 그리 멀지 않아. 왜?"

"지금 가보게."

손수수가 동편에서 떠오르는 해를 쳐다보며 말하자 운소명은 자리에서 일어나 급작스럽게 손수수의 허리를 안았다.

"악!"

깜짝 놀란 손수수가 눈을 크게 뜨며 운소명을 쳐다보았다. 그러다 살기를 느낀 운소명은 번개처럼 뒤로 물러섰다.

"오늘부터가 정말 이곳에서의 생활이 시작된 하루야. 첫날 밤을 보낸 날이고."

유쾌한 표정으로 말한 운소명이 밖으로 나가자 손수수는 안색을 찌푸리며 뒤따라 나갔다. 하지만 왜 그럴까, 이곳에 온 이후 처음으로 느껴보는 따뜻함이었다.

'기분이 나쁘지는 않네.'

다시 도착한 모옥은 어제와 전혀 달라진 게 없었다. 그리고 운소명이 발견한 바위에 다가간 손수수는 그들이 남긴 글들을 읽었다.

장문의 글이 아니기 때문에 읽는 데 시간이 오래 걸리지는 않았다.

"무슨 의미가 있는 글인지 알겠어?"

"글쎄, 아무 의미 없이 이렇게 어른들의 글을 후인들이 와서 이어 쓴 것 같지는 않아. 그냥 이곳은 연명부 같은 곳일까? 이곳에 오면 자신의 왔다는 것을 남기기 위한?"

운소명의 물음에 손수수가 고개를 저으며 모르겠다는 표정으로 되물었다. 그러자 운소명은 고민스러운 표정을 지었다. 자신도 잘 모르기 때문이다.

"이 주변을 더 조사해 볼 필요가 있을 것 같은데? 이분들은 생전에 고절한 무공을 익혔던 분들이야. 혹시 무공이라도 남겨두었을지 모르잖아?"

"그렇다면 다행이고. 어차피 나가지도 못하는 거, 무공이라도 익히면서 심심함을 달래는 것도 좋은 일이지."

운소명은 마치 재미있는 놀이라도 찾겠다는 표정으로 주변을 둘러보기 시작했다. 손수수는 바위를 벗어나 호수 쪽으로 내려가 천천히 호수 변을 걷기 시작했다.

운소명은 얼마 동안 평평한 암석 근처를 살펴보았으나 이렇다 할 흔적은 없었다. 약 차 한 잔 마실 정도의 시간이 흘렀을까, 저 멀리서 손수수의 목소리가 들려왔다.

"무살!"

그녀의 모습이 거의 호수 변의 점처럼 보였으나 목소리는 선명하게 귓속으로 파고들었다. 운소명은 곧 자리를 벗어나 손수수의 곁으로 달렸다.

"무공들이 적혀 있어."
 손수수는 십여 장 정도의 넓이를 차지하고 있는 커다란 암석에 쓰여 있는 무수히 많은 글들을 쳐다보고 있었다. 운소명도 그 옆에 서서 그 글들을 읽어나갔다. 모두가 무공 초식들로, 상당히 익히기 어려울 것 같은 초식들이었다.
"누구의 무공인데?"
 운소명이 묻자 손수수는 글의 끝에 쓰여 있는 이름을 손으로 짚으며 말했다.
"성풍."
"호오, 그렇다면 이게 백화성의 그 유명한 유성칠식이란 말인가?"
"그건 아닌 것 같아. 검법의 초식 같지는 않거든."
 빽빽하게 암석 주변에 쓰여 있는 글들에는 무공 초식도 있었으나 일상적인 일들도 적혀져 있었다.
"나는 다른 곳을 둘러볼게. 생각해 보니 아직 이 호수조차 한 바퀴 돈 적이 없네. 하긴, 돌려면 하루 종일 걸리겠지만……."
 운소명은 말을 하며 천천히 걸음을 옮겼다. 손수수는 그런 운소명을 잠시 바라보다 이내 글들을 읽어나갔다.
 다른 문파의 무공을 보는 것은 훔치는 것과 같은 짓이었다.

운소명은 그것을 잘 알기에 물러선 것이다. 거기다 운소명은 이곳을 좀 더 다르게 생각하고 있었다. 백화성의 고수들이 찾아오는 것으로 보아 분명 백화성과 깊은 관계가 있다고 여긴 것이다.

'조사당이나… 무적천자의 묘가 있는 곳이 아닐까?'

문득 드는 생각이었다. 이런저런 생각을 하면서 호수 변을 걷던 운소명은 어느새 하늘 높게 솟은 절벽에 다다를 수가 있었다.

지금까지 이곳에 온 적은 없었다. 별달리 올 일이 없었기 때문이다. 운소명은 곧 절벽을 따라 몇 걸음 걷다 수풀 사이로 작은 동굴이 보이자 눈을 반짝였다. 혹시 출구일지 모른다는 생각이 든 것이다.

"동굴인가?"

가까이 다가가 안을 보는 순간 운소명은 안색을 굳혔다.

"시신?"

안에는 가부좌를 한 자세로 앉아 있는 해골이 있었는데, 시신의 주변 벽에는 수많은 글씨들이 빼곡하게 적혀져 있었다.

이내 고개를 들어 앞을 보자 비슷한 크기의 구멍이 십여 개 정도 늘어서 있었으며, 그 안에는 모두 해골들이 가부좌를 튼 채 앉아 있는 것을 알았다. 또한 그들이 앉아 있는 벽에는 처음 본 곳과 마찬가지로 수많은 글들이 빼곡하게 적혀져 있었다.

운소명은 마지막의 작은 동부를 확인하다 말미에 무언가가 걸리자 고개를 숙였다.
 "조사동(祖師洞)!"
 운소명은 작은 비석에 쓰여진 글을 읽는 순간 안색을 굳히며 눈을 반짝였다. 순간 그의 신형이 사라졌다. 손수수에게 간 것이다. 그녀에게 알려야 했다. 이곳이 백화성에 있어 어떤 곳인지 알았기 때문이다.

                *   *   *

 백화성에 복귀한 장아민은 하루도 쉬지 못하고 암살 명령이 떨어지자 바로 성을 떠났다. 노화와 안여정은 성에 복귀하자마자 새롭게 암화단의 단주가 된 연소월과 함께 백화궁으로 들어갔다.
 "성주님, 암화단주입니다."
 "들어오거라."
 자심연의 목소리에 조용히 암화단주인 연소월이 모습을 보였고, 그 뒤로 노화와 안여정이 들어왔다. 그녀들은 자심연의 내실로 들어서게 되자 고개도 들지 않은 채 부복하였다.
 "전 단주와 함께했던 노화와 안여정이 복귀해서 데려왔습니다. 장아민은 다른 임무를 맡아 좀 전에 떠났습니다."
 연소월의 말에 자심연은 고개를 끄덕이며 의자에 앉았다. 전 단주인 손수수의 빈자리가 크게 보이기 때문일까? 자심연의 안색은 그리 밝지 않았다. 더욱이 요즘 들어 창천궁과의 사이가 많이 악화되었기에 근심이 쌓인 듯 보였다.
"무살을 잡았을 당시 그가 지니고 있던 소지품입니다."
연소월의 손에 들린 작은 함(函)이 자심연의 앞에 놓여졌다.
"무살을 사로잡았을 당시 목에 걸고 있던 것이었습니다. 나머지 물품들은 모두 창천궁에서 가져간 것 같습니다."
"그래?"
연소월의 설명에 자심연은 별다른 표정의 변화 없이 함을 열어 안을 확인했다. 그러나 그 순간 그녀의 눈동자가 미미하게 흔들렸다. 눈에 익은 목걸이였기 때문이다.
"이게 무살의 목에 걸려 있던 것이라고?"
"그렇습니다."
연소월의 대답에 자심연은 묵묵히 목걸이를 쳐다보았다. 작고 둥근 금패에 양각된 원앙새가 그녀의 시선을 사로잡고 있었는데, 어느 순간 그녀의 속눈썹이 떨리고 있었다.
'금쌍연(金雙煙)……'
아무리 살펴봐도 눈앞에 있는 목걸이 자신이 차고 있던 금쌍연이 분명했다. 금쌍연은 스승이 자신에게 준 선물로, 자심연은 그것을 자신이 가장 아끼던 제자에게 주었다. 그런데 그 금쌍연이 돌고 돌아 삼십여 년이 지난 지금 자신의 손에 다시 돌아왔다. 쉽게 믿을 수 없는 일이 일어난 것이다.
연소월의 보고가 계속 이어졌고, 노화와 안여정은 흑마곡을 나와 사천무림의 추세를 정찰했던 보고를 하였다. 하지만 자심연의 귀엔 아무것도 들어오지 않았다. 그저 가볍게 고개만 연신 끄덕일 뿐이었다.

"막내는 장림이… 그 여자는 사람이 아닙니다, 스승님. 자신의 사형마저 죽인 악독한 여자입니다. 무림맹주의 제자라곤 도저히 생각할 수 없습니다. 제자가 늦어 미처 막지 못하였습니다. 제자의 미숙함 때문에… 흑! 스승님, 죽여주십시오!"

이십여 년 전, 아림과 종무옥이 자신에게 고개 숙이며 울던 모습이 자심연의 머릿속을 스쳤다.
"됐다. 너희들은 나가보거라."
계속해서 이어지는 보고를 듣던 자심연이 지루한 듯 손을 젓자 연소월을 비롯한 암화단은 소리없이 밖으로 나갔다. 그녀들이 나가자 자심연은 조용해진 실내에 홀로 앉아 많은 생각들을 정리하기 시작했다.
'금쌍연을 어떻게 무살이 가지고 있을 수 있지? 그자가 셋째의 자식이라도 된단 말인가? 아니야… 설마 그럴 리가 없어…….'
자심연은 이십 년 전 무림맹과 백화성과의 큰 싸움을 떠올리며 그 내용과 결과를 하나씩 기억해 냈다. 근래 들어 가장 큰 싸움은 그 이십 년 전의 전쟁이었다. 그 싸움에서 자심연은 자신이 가장 사랑하는 셋째 제자인 자월을 잃었다. 자신의 조카이자 가장 사랑했던 제자가 자월이었다.
아무리 무공이 높고 모든 것에 초월했다고 하나 가장 사랑했던 제자의 얼굴이 떠오르자 흔들릴 수밖에 없었다. 자심연은 애써 마음을 가다듬으며 금쌍연을 목에 걸었다. 삼십 년 만에 자신의 목에 다시 걸리는 금쌍연이었다.

'인연을 끊으라는 뜻에서 준 것이었지. 하지만 오히려 인연을 만들게 되었구나.'

자심연은 어린 자월의 얼굴을 다시 떠올렸다. 모든 게 가슴 아프게만 느껴졌다. 그런 애정을 이제 누구에게 줄 수 있겠으며, 누구의 모습을 통해 행복감을 느낄 수가 있을까. 자심연은 자리에서 일어나 급히 백무원주와 백문원주를 불렀다.

백화궁에 들어온 곡비연과 아림은 급작스러운 성주의 부름에 약간 긴장하고 있었다. 평소 이렇게 급하게 사람을 부르는 일이 없었기 때문이다.

두 사람은 자심연이 안으로 들어서자 정중히 인사하고 이내 자심연과 함께 자리에 앉았다.

"잠시 두 달 동안 폐관에 들어갈 생각이다. 너희 둘은 그 기간 동안 나를 대신해서 백화성을 이끌어가거라."

"갑작스럽게… 폐관이라니요?"

아림이 놀라 묻자 자심연은 할 말을 다 했다는 듯 급히 일어섰다.

"그리 알고 폐관에 들어가마. 너희는 그 기간 동안 본 성을 잘 이끌어야 할 것이다. 무슨 뜻인지 잘 알 거라 생각한다."

"예."

곡비연과 아림이 서로의 눈치를 살피며 대답했다. 자심연의 말은 후계자에 대한 말과도 비슷하게 들렸기 때문이다. 아림은 더욱 신경 쓰인다는 듯 자심연을 쳐다보았다. 하지만 자심연은 그 말을 끝으로 말없이 걸어나갔다. 그녀가 나가자 한동안 아림과 곡비연은 자리에서 일어나지 못했다. 너무 급작스러운 일이었기 때문이다.

폐관을 위해 오직 성주만이 들어갈 수 있는 백화동에 들어온 자심연은 미로 같은 복도를 경공으로 나아갔다. 한참을 그렇게 달리던 그녀는 작은 문 앞에 멈춰 섰다.

'변(變).'

자심연은 백화요결(白花要結) 중 변결을 운용하였다. 그러자 그녀의 주변으로 백색 운무가 피어나더니 곧 회오리치며 그녀의 전신을 감싸고는 백색 구체가 그 자리에서 맴돌기 시작했다.

그러던 어느 순간 팍! 하는 소리와 함께 백색 구체가 사방으로 흩어져 사라지더니, 그 자리에 이제 갓 십칠팔 세로 보이는 소녀 한 명이 나타났다. 그녀는 콧노래를 흥얼거리며 작은 문을 열고 밖으로 나갔다.

백화성에서 비단 장사를 하고 있는 장자기는 반백의 중년인으로, 백화성이 처음 이곳에 자리를 잡았을 때부터 비단 장사를 했던 할아버지의 뒤를 이어 이 자리를 지키고 있었다.

그는 해가 지는 하늘을 바라보며 손님이 없는 하루를 투덜거리며 가게 문을 닫았다. 그리곤 이층에 있는 자신의 방으로 들어오다 이내 깜짝 놀란 표정으로 탁자 앞에 앉아 있는 십대 후반의 소녀를 쳐다보았다. 그녀는 백색 궁장의를 입고 있었는데, 매우 아름다운 소녀였고 신비스러운 눈동자를 띠고 있었다.

"성주님?"

하도 오랜만에 봐서 그럴까? 장자기는 눈을 비비며 눈앞에 앉아 있는 자심연을 쳐다보았다. 그 모습이 웃긴지 자심연은 까르르! 웃으며 고개를 끄덕였다.

"장자기, 오랜만이야."

"아이고, 성주님! 십 년 만에 오셨습니다. 허허! 이거, 얼굴 다 까먹고 잊어버렸다고 생각했더니… 음, 갑자기 이렇게 행차하실 줄이야."

처음에는 반갑게 웃던 장자기는 말을 줄이며 아미를 찌푸렸다. 성주인 자심연을 이렇게 만날 때마다 상당히 고생했던 기억이 떠올랐기 때문이다.

"왜? 내 얼굴에 뭐라도 묻었어? 똥 씹은 얼굴을 하게."

"허허허허! 설마요? 허허."

장자기는 양손을 저으며 식은땀을 흘렸다. 곧 안색을 바꾼 장자기는 양손을 비비며 말했다.

"그런데 비밀 문으로 오셨습니까?"

"그럼 어디로 오겠어, 그곳으로 와야지. 옷도 갈아입어야 하고… 내 무기도 이곳에 있잖아. 어서 준비해. 오늘 나갈 거니까."

"헉! 설마… 저도 갑니까?"

가기 싫다는 마음을 얼굴에 그대로 드러내며 장자기가 눈웃음을 보이자 자심연은 당연하다는 듯 확고하게 말했다.

"물론."

짧은 말이었으나 장자기는 더 이상 반항할 수 없다는 것을 알았다. 자심연이 저렇게 나오면 옥황상제라도 말리지 못하기 때문이다. 그렇다면 순순히 수긍하고 준비하는 게 최선이었다.

"저기, 어디로 가는지 물어봐도……?"

"중원."

짧은 자심연의 말에 장자기는 지금까지와는 다르게 안색을 굳히며 눈을 빛냈다.

그날 저녁 백화성을 빠져나가는 작은 마차가 한 대 있었다. 마차 안에는 십대 후반의 소녀가 작은 소(簫)를 허리에 차고 있었는데, 그 빛깔이 푸르렀다. 마부석엔 사십대 초반의 중년인이 갓을 쓰고 천천히 말을 몰고 있었는데, 운기를 통해 젊어진 장자기와 자심연이 분명했다. 천하제일인이라 불리는 자심연의 조용한 외출이 그렇게 시작되었다.

*   *   *

조사동 근처에는 수많은 무학(武學)들이 쓰여져 있었는데, 하나같이 절기(絶奇)들임이 분명했다. 하지만 운소명은 그 무학들을 단 하나도 읽지 않았다. 좀 읽다가 무학 같다고 생각되면 잊어버리기 위해 노력했다.

오직 손수수만이 그 절학들을 읽으며 무공을 수련하였다. 그러다 보니 자연스럽게 무공 차이는 더욱 커질 수밖에 없었다.

"오늘도 없네."

아침에 일어난 운소명은 새벽부터 사라진 손수수를 떠올렸다. 그녀는 분명 어딘가에서 무공을 수련하고 있을 게 분명했다. 조사동 인근의 무공들은 평생 익혀도 다 못 익힐 만큼 많았고, 또 어려웠다. 그러다 보니 손수수는 늘 그곳에서 하루를 보냈다.

어떨 때는 며칠 동안 안 돌아올 때도 있었다. 그러다 돌아오면 비무를 하기도 했는데, 이렇다 할 특징적인 움직임은 보여주지 않았다. 단지 무공 차이가 더 크게 벌어지고 있다는 사실만을 피부로 느껴야 했다.

백화성의 절기이다 보니 자신에게 알려주기 꺼려했으며, 운소명 역시 익히기를 꺼려했다.

'어차피 이곳에서 나가지도 못할 거… 익혀도 상관없으려나? 하지만 손 동생이 허락을 해야 익히지. 쳇.'

운소명은 혀를 차며 밖으로 나와 집 옆에 솟은 절벽 위로 올라갔다. 아침 해가 떠오르자 운소명은 오랜만에 몸을 가볍게 풀고 운기를 하였다. 그런데 이상하게 운기를 하려 할 때마다 부동심법의 요결이 떠오르는 게 아니라 야화와 무결이 남긴 글귀가 떠올랐다.

'떠날 수 있었으나 떠나지 않았다… 떠날 수 있었으나 떠날 수 없었다… 여기에 세상 모든 근심을 남기니, 천하가 보이더라…….'

"쯧!"

운소명은 혀를 차며 눈을 떴다. 요 근래 들어 계속해서 그 글들이 머릿속을 떠나지 않았다. 운기할 때마다 떠올랐고, 떠오르자 운기를 중단한 것이다. 결국 운기는 시작도 못하고 중단할 수밖에 없었다. 마음이 심란한데 어떻게 운기조식을 할 수 있을까?

운소명은 답답한 마음에 비살삼검과 은살삼도를 한꺼번에 펼치며 몸을 움직였다. 무기가 없으니 맨손으로 검과 도를 대신했고, 그렇게 한바탕 몸을 풀고 나서 이번에는 영화신수를 펼치기 시작했다. 그 외에 혈정마장과 혈정마지를 펼치고 나자 해가 중천에 떠올라 있는 것을 알게 되었다.

운소명은 배가 슬슬 고파오자 집으로 내려왔다. 그런데 마당에 서 있는 손수수를 발견하자 의외라는 듯 그녀에게 다가갔다.

"밤에 올 줄 알았는데, 빨리 왔네?"

손수수는 고개를 끄덕이며 우물에서 물을 길어 마셨다.

"푸하!"

깊게 숨을 내쉰 손수수는 답답한 마음을 날려 버리기라도 하려는 듯 운소명에게 말했다.

"우리 물놀이라도 할까?"

손수수의 말에 운소명은 의외라는 듯 대답했다.

"무슨 일이라도 있어? 왜 그런데? 평소라면 비무하자고 할 텐데, 물놀이라니?"

"그냥… 답답해서. 유성칠식을 익히려고 하는데 잘 안 되서 그래. 육식까지는 어느 정도 숙달되었는데 마지막 칠식이 어려워. 머리라도 식히려고. 훗!"

손수수의 말에 운소명은 다가와 그녀의 어깨를 두드려 주었다.

"너무 급하게 익히려고 하니까 그럴지도 몰라. 시간은 많으니까 느긋하게 마음을 가지라고."

"갈 거야, 안 갈 거야?"

손수수가 운소명의 말을 무시하며 먼저 앞으로 걸어나가자 운소명은 어쩔 수 없다는 듯 따라갔다. 손수수는 그런 운소명의 모습에 미소를 그렸다.

냇물에 몸을 맡기듯 누운 운소명은 손수수의 손을 잡았다. 그녀 역시 운소명처럼 물 위에 뜬 채 같은 하늘을 보고 있었다.

"이렇게 있으니까… 하늘을 나는 것 같은 기분이 드는데?"

"음, 그럴지도……."

손수수는 그 말에 미소를 보였다. 그러다 생각난 듯 운소명에게 시선을 던지며 물었다.

"그런데 왜 무공을 안 익혀? 여기 있는 무공들이 백화성의 무공들이라 그런 거야?"

"이곳에 이렇게 너와 함께 오기 전엔 난 무림맹의 사람이었어. 무림맹에서 자랐고… 백화성을 내 인생 최대의 적으로 여겼지."

손수수는 그 말에 고개를 끄덕였다. 자신도 무림맹을 최대의 적으로 여기고 있었기 때문이다. 물론 그 마음은 아직도 변함이 없었다.

"내가 아무리 무림맹을 원망한다 해도, 그 뭐랄까… 마지막 남은 자존심이라고 할까, 백화성에 대한? 뭐라고 해야 할지 잘 모르겠는데 만약 내가 여기서 백화성의 무공을 익히면 나라는 사람 자체가 완전히 사라져 버릴 것만 같아, 영원히. 그런 기분이 들어."

"이미 무림맹에도 잊혀졌는데… 그래도?"

손수수가 그 말에 의아한 듯 되묻자 운소명은 고개를 끄덕였다.

"그들이 나를 사라지게 만든 거지, 내가 스스로 사라진 것은 아니잖아. 백화성의 무공을 익히면 내 스스로 나 자신을 버리는 것과 같아. 그냥 이렇게 내 스스로 무림을 떠났다고 생각하는 게 좋아. 무엇보다 손 동생을 이렇게 가까이에서 볼 수 있잖아?"

"여길 떠난다면 안 보겠다는 소리야?"
손수수의 눈동자에 살기가 어렸다.
"말도 안 되는 소리. 단지 이렇게 마음 놓고 좋아할 수 있다는 게 행복해."
그렇게 말한 운소명은 웃으며 손수수의 몸을 끌어안았다. 그러자 둘의 모습이 물속으로 사라졌다.

* * *

한 달 가까이 무공에 대해 잊고 살았다. 손수수는 열심히 무공을 익히고 있었으나 딱히 할 일이 없는 운소명은 농사를 하고 밭을 가꾸는 게 하루 일과의 전부였다. 그러다 보니 무공과 자연스럽게 멀어졌고, 지금은 매일 단련하던 기초적인 훈련조차 하지 않게 되었다.
뚜둑!
밭에 앉아 호미로 자갈을 골라내던 운소명은 허리를 펴며 일어서다 옆구리를 만졌다.
'이러다 정말 그냥 이대로 늙는 거 아니야?'
문득 그런 생각이 들자 자신은 이곳에서 주름살 가득한 노인이 되어 있는데 무공이 높은 손수수는 여전히 아름다운 지금 모습 그대로 사는 그림이 머릿속에서 겹쳐졌다. 그러자 저도 모르게 고개를 흔든 운소명은 이렇게 지내면 안 된다고 생각했다.

자기 혼자 늙으면 분명 손수수에게 버림받을 게 뻔하였다. 무림인 중에 절정고수들은 그 젊음을 오랫동안 유지할 수 있었다. 자신이 아는 한 그런 인물들이 꽤 되었다. 그만큼 그들은 깊은 내공을 소유하고 있었으며, 그 내공을 바탕으로 자연스럽게 주안공을 펼칠 수 있었다.

  주안공이란 무공이 따로 존재하기도 하나 모든 것이 극에 이르면 하나가 되듯이 무공이 높아지면 자연스럽게 주안공을 펼칠 수가 있게 된다. 굳이 펼치지 않아도 몸이 스스로 언제든지 무공을 펼칠 수 있게 최상의 상태를 만들어주는 것이다.

  그게 삼화취정의 경지였고, 손수수는 이미 그 단계에 들어서 있기에 언제든지 최고의 상태에서 무공을 펼칠 수 있었다. 또한 주안공을 따로 익히지 않아도 몸이 스스로 젊음을 유지했다.

  '손 동생의 경지에 닿지 못한다 해도 그 비슷한 경지에는 다다라야 하지 않겠는가. 그래야 나이가 들어도 어느 정도 젊음을 유지할 수 있을 테고 말이야.'

  생각은 쉽고 말로는 할 수가 있겠지만 그게 어디 쉬운 일일까? 손수수는 삼화취정(三花聚精:세 송이 꽃을 모아 정을 이루다), 오기조원(五氣調元:다섯 기운을 조절하여 으뜸으로 거듭난다)의 경지에 다다라 있었다. 이미 몸과 마음이 하나가 된 그녀인데, 그런 그녀를 쉽게 따라잡을 수 있을까?

  결코 쉬운 일이 아니었다. 문득 그런 생각이 들자 재미있다는 생각이 들었다.

'따라잡을 수 없다라… 하하! 그거, 재미있는데.'

처음은 그저 가벼운 마음으로 시작했는데 결국 무공을 버릴 수 없는 자신을 발견할 수 있었다. 운소명은 집 옆 절벽 위의 풀밭으로 향했다.

넓은 초원에 온 것 같은 착각이 일어나는 곳이었다. 오백여 장의 드넓은 평지를 둘러보며 가만히 서 있던 운소명은 불어오는 바람이 오늘따라 유난히 시원하다고 느꼈다.

'오늘은 무슨 일이 있어도 운기를 하자. 죽은 자들의 말이 방해를 한다 해도 결국 그들은 죽은 자들, 산 자가 죽은 자의 말을 들어야 할 이유가 있겠는가?'

마음을 새롭게 잡은 운소명은 각오를 단단히 하고 부동심법을 떠올렸다. 그러자 단전에서 뜨거운 기운이 올라와 천천히 임독양맥을 따라 내부를 돌기 시작했다.

쉬이익!

가벼운 바람이 운소명의 내부에서 일어나 불고 있는 바람과 함께 움직였다. 그렇게 소주천이 끝나자 단전에 넘칠 것 같은 기운들이 출렁였으며, 자연스럽게 대주천으로 이어져 운소명은 무아지경에 빠져들었다.

그때였다. 무아지경 속에서 마치 한줄기 빛처럼 강렬한 기운이 낙뢰처럼 떨어져 내렸다. 그리고 검은 대지에 붉고 뜨거운 기운이 솟구치자 운소명의 몸이 살짝 위로 떠올랐다.

떠날 수 있었으나 떠나지 않았다.
떠날 수 있었으나 떠날 수 없었다.

온몸이 타들어가는 뜨거움과 붉은 세상 속에 마치 한줄기 빛처럼 세상이 보였고, 그 속에 서 있는 두 사람의 모습이 잡혔다. 아름다운 여인과 그 여인의 손을 잡고 있는 미남자였다. 둘은 미소 지은 얼굴로 언제까지나 넓은 호수와 하늘을 쳐다보고 있을 것 같았다. 그리고 그들이 있는 장소는 눈에 익숙한 곳이었다.

떠날 수 없으니 내 심화(心火)만 커져 결국 사라지고 마는구나.

갑자기 호수의 차가움이 피부로 느껴졌다. 그리고 어느새 자신이 그 위에 누워 하늘을 쳐다보고 있었다. 그러자 뜨거웠던 마음도 가라앉는 것 같았다. 그 순간 하늘에서 마치 사자 한 마리가 거대한 포효와 함께 떨어지는 게 아닌가. 깜짝 놀라 자세히 살펴보니 그건 사자가 아니었다. 사자처럼 생긴 사람이 자신의 얼굴로 떨어지고 있었다. 곧 큰 포말과 함께 육체가 사라지고 온 세상이 검게 변하였다.

여기에 세상 모든 근심을 남기니, 천하가 보이더라.

어둠이 사리지고 녹색의 대지가 눈에 들어왔다. 그리고 그 녹색의 대지에 빨려들어 가듯하자 대나무 숲 사이를 걷고 있는 선비가 보였다. 그 선비는 평범한 인상의 중년인이었고 손에는 섭선을 들고 있었는데, 여유롭게 부채질을 하면서 걷고 있었다. 그러던 어느 순간 그의 눈앞에 거대하게 펼쳐진 구름바다가 펼쳐졌고 그의 발밑에는 구름에 가려 보이지도 않는 절벽이 자리를 잡았다. 그 선비는 잠시 그렇게 세상을 바라보다 갑자기 구름바다 위로 날아올랐다. 하지만 사람이 날 수는 없는 법. 이내 그 선비의 신형이 땅으로 떨어졌으며 온몸이 터져 버릴 것 같이 뜨거웠다.

바닥이 급속도록 가깝게 다가왔으나 선비는 웃고 있었다. 마치 자신의 육체가 산산조각 나는 모습을 보고 싶어하는 것처럼… 그렇게 선비의 육체가 바닥에 떨어졌다.

천하를 보았다고 믿었으나 이곳이 진정 천하로구나.

눈을 뜨자 보이는 건 넓은 호수였다. 늘 보던 그 호수는 지금도 가끔 가는 곳이었다. 그런데 어느 순간 호수의 색이 붉게 변하더니 여기저기서 시체들이 떠올랐다. 그 시체들 사이에 한 사람이 서 있었는데, 그는 혈귀의 모습처럼 온통 붉은색을 띠고 있었다. 운소명은 그자와 눈이 마주치자 숨이 멈춰 버릴 것만 같았다. 그자는 곧 시선을 돌려 천천히 호수 속으로 걸어가더니 사라졌다.

천하가 무엇인지 알았을 때 공허함이 가슴에 남았네.

 혈귀가 사라지자 시체도 사라졌고 곧 호수도 사라졌다. 그러던 어느 순간 절벽들이 허물어지기 시작했고, 그 사이로 한 사람의 중년인이 서 있었다. 중년인은 열심히 절벽을 때리고 있었는데, 중년인의 손이 닿은 절벽은 거짓말처럼 힘없이 땅으로 무너져 내렸다. 그렇게 절벽을 무너뜨리던 중년인은 어느 순간 무너지는 절벽 속으로 들어갔다. 그리고 절벽에 가려 완전히 사라지자 밝은 빛이 흘러나오기 시작했다.

가슴에 남은 공허함, 해와 달이 어루만져 주는구나.

 빛은 작았다. 그러나 가까이 다가갈수록 빛은 커져 갔는데, 그 빛 너머엔 누군가가 있는 것 같았다. 마치 자신에게 오라고 손짓하는 것처럼 보이자 앞뒤 가리지 않고 뛰어갔다.
 얼마나 오래 뛰었을까, 여전히 빛은 저 앞에 있었고 주변은 어둠뿐이었다. 지쳐서 포기하고 싶었지만 빛 속에 보이는 그림자는 어딘가 낯이 익은 그림자였기에 포기하지 않았다. 그렇게 한참을… 또 한참을… 마치 끝없는 시간을 뛰어가야 하는 것처럼 갔을 때, 빛은 거대하게 커졌고, 빛 속에서 가늘고 예쁜 손이 튀어나왔다.

"포기하지 마!"

번쩍!
 눈을 뜬 운소명은 자신도 모르게 놀라 주변을 둘러보았다. 주변 십여 장에 거대한 원형의 구덩이가 파여져 있었고, 그 너머로 주변의 풀들이 마치 회오리바람이라도 만난 듯 회전하는 모양으로 눕혀져 있었다.
 "손 동생."
 운소명은 순간 마지막에 자신이 눈을 뜨기 전 들려왔던 환청 같은 목소리의 주인이 손수수라는 것을 깨닫고 눈을 크게 떴다. 몸을 돌리자 자신의 이십여 장 뒤에 쓰러져 있는 손수수의 모습을 발견할 수가 있었다.
 "수수!"
 운소명은 놀라 자리를 박차고 손수수에게 날아갔다. 그 순간 운소명의 신형이 허공 높이 솟구치는 게 아닌가. 운소명은 자신도 모르게 놀라 눈을 부릅떴다.
 쿵!
 바닥에 떨어진 운소명은 허리까지 땅에 박혔다.
 '이럴 수가……'
 운소명은 온몸에 솟구치는 내력의 힘을 느낄 수가 있었다.
 "운기를 해."
 "……!"
 운소명은 들려오는 목소리에 손수수를 쳐다보았다. 그녀는 힘없는 표정으로 누운 채 운소명을 쳐다보고 있었다.
 "내력을 다스려… 어서."
 "도대체 무슨 일이야?"
 운소명의 신형이 어느새 손수수의 옆에 나타나 그녀를 안아 들었다.
 "도대체… 무슨 일이냐고?"
 운소명의 말에 손수수는 가볍게 미소를 그리며 말했다.
 "별일 아니야. 그냥 네가 주화입마에 빠져 있길래 도와준 것뿐이었어. 좀 쉬면 나을 거야."
 "……!"
 운소명의 전신이 그 말에 미미하게 떨기 시작했다. 주화입마에 빠졌다면 분명 전이대법(轉移大法)을 펼쳐 진기를 자신에게 주입한 게 분명했다. 그렇지 않고서야 자신이 이렇게 살아 있을 이유가 없었다. 그로 인해 손수수는 진원진기마저 잃어버리고 힘없이 나뒹군 것이다.
 "젠장!"
 운소명의 낯빛이 굳어지자 손수수는 그의 어깨를 잡으며 말했다.
 "지금은 나보다 네 몸에서 넘치는 내력을 다스릴 때야. 어서… 운기를 해… 안 그러면 화를 낼 테니까… 내 노력을 물거품으로 만들지 말고… 어서!"
 손수수의 따가운 눈초리에 운소명은 그녀를 내려놓고 조금 떨어진 곳으로 이동해 운기를 시작했다.

손수수는 다른 날과 달리 일찍 집으로 향했다. 요 근래 들어 대다수의 밥을 운소명이 만들었기 때문에 미안했던 것이다. 그래서 오늘은 좀 일찍 돌아가 자신이 밥을 해 운소명에게 먹일 계획이었다. 그런데 집에 도착하자 절벽 위에서 느껴지는 강력한 기운에 저도 모르게 그리로 향했다.

그리고 뜨겁게 타고 있는 풀밭 위에 앉아 있는 운소명의 모습이 눈에 들어왔다. 순식간에 그게 주화입마라는 것을 파악한 그녀는 전이대법을 펼쳐 운소명의 내부로 자신의 거대한 내력을 주입시켰다.

처음에는 순조로웠다. 운소명의 내력과 함께 임독양맥을 통과하자 뜨거웠던 몸이 식어가고 안정을 찾은 것이다. 하지만 백회혈에서 막히자 힘이 들 수밖에 없었다. 서로 다른 두 개의 진기가 백회혈에서 막혀 다시 온몸으로 퍼져 나갔기 때문이다.

손수수는 어떻게 해서라도 백회혈을 뚫어야 한다는 생각에 자신의 내력을 전부 쏟아부었다. 그 결과, 백회혈이 뚫리고 그동안 막혀 있던 기운이 노도처럼 전신으로 퍼져 나갔다. 막혀 있던 둑이 풀리자 그동안 쌓인 물이 빠르게 빠져나가는 것처럼 보였다.

이 정도면 다 되었다고 생각한 손수수는 안심하였다. 하지만 더욱 큰 문제는 그 이후에 터졌다. 손수수의 기와 하나가 된 운소명의 내력은 순식간에 거대해졌으며, 그 거대한 힘이 단전에 모여 응축되어 갔다. 그리고 어느 순간, 마치 거대한 폭발이라도 일어나는 것처럼 터졌으며, 그 기운이 전신으로 퍼짐과 동시에 운소명의 견정혈에 장심을 대고 있던 손수수의 팔을 타고 들어왔다.

"……!"

손수수는 놀랄 수밖에 없었다. 이미 자신의 내력은 거의 바닥 상태였고, 운소명의 기운은 마치 범람하는 강물처럼 강력했다. 그러니 막을 수가 없는 상황이었다. 기운은 순식간에 손수수의 팔을 망가뜨리며 들어왔다.

쾅!

강력한 폭음과 함께 사방이 터지자 손수수도 그 기운을 이기지 못하고 이십여 장이나 튕겨 나갔다. 그나마 다행인 게 기운이 양팔에서 더 이상 내부로 들어오지 않고 터졌다는 점이었다.

고개를 들자 거대한 회색빛이 먼지구름과 함께 원형을 그리며 돌고 있었다. 그리고 어느 순간 그 빛은 사방에서 공기를 빨아먹 듯 바람을 가져가더니, 작은 빛이 되어 운소명의 내부로 사라졌다.

이틀이 지나자 운소명은 다시 눈을 뜰 수 있었다. 눈을 뜬 운소명은 가장 먼저 손수수를 찾았다. 다행스럽게 손수수는 얼마 떨어지지 않은 곳에 좌정한 채 앉아 있었다.

"손 동생."

운소명은 그 모습이 너무 반가워 안으려다 어느새 손수수의 육체가 눈앞에 있다는 것을 깨닫고 물러섰다.
 '운기 중인가……?'
 운소명은 안색을 찌푸리며 손수수의 호흡을 살폈다. 하지만 그녀는 운기하고 있는 것 같지 않았다. 그런 생각이 맞았을까, 그녀는 눈을 뜨며 말했다.
 "양팔을 못 움직여. 눈을 떴으며 밥이라도 먹여줘. 이틀을 굶어서 그런지, 배고파 죽겠어."
 손수수의 말에 운소명은 기분 좋게 웃으며 그녀를 안아 들고 집 안으로 들어갔다. 이곳에 온 지 딱 일 년이 되던 날이었다.

第四章

무초식의 한계

무초식의 한계

 하남성 개봉부는 오랜 세월 동안 많은 사람들이 살고 있는 고도(古都)이다. 인구수도 엄청나 송대에는 백만 명이 넘게 살았다고도 한다. 많은 사람들과 오랜 역사를 가진 개봉은 여전히 북적거렸고, 거리는 사람들로 가득 차 있었다.
 개봉의 서쪽 한산한 거리에 자리 잡은 거대한 크기의 대월루(大月樓) 역시 많은 사람들로 북적거리고 있었다. 본관에 자리한 식당은 손님들로 가득 차 있었고, 수많은 별실들에도 손님들이 가득 차 있었다.
 개봉의 중심가도 아닌, 서쪽 외곽에 자리를 잡은 대월루인데도 손님들이 많은 이유는 이곳이 하남성에서 가장 유명하고 맛이 좋기로 소문난 주루였기 때문이다.

대월루의 가장 후미진 곳에 자리한 루주의 거처는 꽤 컸으며 주변으로 경비무사들이 늘어서 있었다. 그 사이로 심부름을 하는 시비들이 지나다니고 있었는데, 모두 허리에 검을 차고 있는 것으로 보아 그녀들 역시 어느 정도 무공을 익힌 것 같았다.

촤륵!

주렴을 걷고 안으로 들어선 인물은 이십대 후반으로 보이는 매혹적인 눈빛의 미인으로, 이곳 대월루의 루주였다. 그녀는 자신의 방으로 들어오자 침의로 갈아입었다. 그 옆에는 옷시중을 드는 시비들이 있었는데, 상당히 긴장한 표정이었다. 조금이라도 실수하면 불호령이 떨어지기 때문이다.

"지루해… 지루한 하루야……."

옷을 갈아입자 침대에 누운 그녀는 시비들을 물린 후 줄을 잡아당겼다. 종이 가볍게 울리더니 곧 방 안으로 아직 소년 티가 남아 있는 십대 후반의 젊은이 둘이 들어왔다. 그들은 곧 옷을 벗더니 그녀의 전신을 안마하기 시작했다.

"재미있어 보이네?"

낮은 목소리였다. 그 목소리에 놀란 것일까? 안마하던 청년들을 밀치며 자리에 앉은 그녀는 주변을 둘러보았다. 그러다 화장대에 앉아 있는 십대 후반의 미소녀를 발견할 수가 있었다. 그녀의 눈빛이 표독스럽게 변하였다.

"호오, 보아하니 아직 처녀도 떼지 못한 계집 같은데, 간이 부은 모양이구나."

"원가경."

"......!"

원가경은 자신의 이름까지 소녀가 알고 있자 매우 놀라고 있었다. 안 그래도 이곳에 자신도 모르게 들어온 것이 놀랍고 두려운데 이름까지 알고 있는 상대였다. 그렇다면 자신을 잘 아는 인물이 분명했다. 그런데 아무리 머릿속을 뒤집고 까봐도 떠오르는 인물이 없었다.

더욱이 상대는 십대 소녀이지 않은가? 화류계에서 오랜 시간 동안 황후처럼 군림하던 원가경이었다. 그런 그녀조차 지금 이 상황은 처음이며 당황스러운 일이었다.

"네년을 살려서 보내면 안 되겠구나."

원가경은 말을 하면서 내력을 손에 모았다. 하지만 그것을 들킨 걸까? 소녀가 비웃듯 말했다.

"쓸데없는 생각은 안 하는게 좋아. 이미 저놈들도 죽었고, 지금 우리의 대화는 밖에 들리지도 않으니까."

"......!"

소녀의 말에 놀란 원가경은 고개를 돌렸다. 순간 침대에 쓰러져 있는 두 청년의 모습이 보이자 전신을 미미하게 떨었다. 어떻게 손을 썼는지조차 전혀 몰랐기 때문이다. 마치 귀신에 홀린 것 같은 기분이 들었다. 떨리는 눈으로 다시 고개를 돌려 소녀를 바라보자 소녀의 눈 속에서 피어나는 알 수 없는 미증유의 힘이 전신을 사로잡았다.

"내가 누군지 모르겠어? 너를 무천회의 회주로 앉혀준 사람

인데?'

 소녀의 말이 끝나는 순간 원가경은 온몸을 사시나무 떨 듯 떨더니 바닥에 엎드렸다.

 "죄, 죄송합니다. 제, 제가 미처… 성, 성주님을 못 알아… 보고… 불경한 죄를 저질렀습니다. 죽, 죽여주십시오."

 "십 년 만인가?"

 "예, 예? 예… 그렇습니다."

 원가경은 고개조차 들지 못하고 바짝 엎드린 채 온몸을 떨었다. 눈앞에 앉아 있는 상대가 누구인지 아는 이상 모든 행동과 말을 조심해야 했다. 상대는 자심연이었고, 또한 자신이 아는 가장 무서운 인물이기도 했다.

 "십 년 만에 만났는데도 못 알아본 거야?"

 "그게… 저… 너무 어려 보이셔서서… 그때는 그래도 어느 정도 나이는 있으셨던 것으로 기억합니다."

 자심연은 그 말에 미소를 그리며 자신의 얼굴을 거울로 이리저리 살폈다. 꽤나 마음에 드는지 곧 고개를 끄덕이며 말했다.

 "다른 게 아니라, 장림이 어디에 있는지 좀 조사해 줘야겠어."

 거울을 쳐다보며 자심연이 말하자 원가경은 슬쩍 고개를 들었다. 그 모습이 거울에 비치자 원가경은 급하게 고개를 숙였다.

 "장림이라면 무림맹주의 제자인 그 장림을 말씀하시는 것입니까?"

"응. 물론."

"어떤 일인지 여쭈어봐도 되겠습니까?"

그 말에 자심연은 고개를 돌리더니 말했다.

"너는 그냥 장림을 찾아. 무천회주의 자리가 지겹나? 그 자리에 앉힌 이유는 이렇게 써먹으려고 한 건데… 지루한 모양이야?"

"아, 아닙니다. 최선을 다해서 찾겠습니다."

원가경이 다시 온몸을 크게 떨었다. 그저 눈앞에 있는 자심연의 모든 게 무서웠다. 자심연의 성격은 이미 한 번 경험해서 잘 알고 있었다. 성주일 때는 한없이 온화하고 포근하나 이렇게 홀로 세상에 나오면 한없이 차갑고 냉정했다.

"아, 그리고 오늘 내가 여기 온 건 아무도 몰라야 해. 물론 우리 애들도. 무슨 말인지 알지? 참, 나는 요 옆 별원에 머물고 있으니까 장림을 찾으면 언제든지 알려."

"최선을 다하겠습니다."

"수고해."

깊게 엎드린 원가경은 잠시 숨을 고른 후 고개를 들었다. 그리고 방 안에 아무도 없다는 것을 확인한 원가경은 식은땀을 닦은 후 호흡을 몇 번 골라 안정을 취했다.

"설마… 장림을 죽이려고? 그럴 리가… 그렇게 되면 동서대전이 일어날 텐데……."

원가경은 안정을 찾자 자심연이 나타난 원인을 고민하기 시작했다. 하지만 그 생각도 곧 지워 버렸다. 알아봤자 애꿎은 자신의 목숨만 날아가기 때문이다.

　　　　　＊　　　＊　　　＊

　요 근래 들어 홍천의 척살 작업이 마무리되자 장림은 남창 외곽에 거처를 마련하고 휴식을 취했다. 무살의 일도 백화성에 의해서 마무리되었기 때문에 현재는 이렇다 할 사건이 없었다.
　거처로 마련한 장원은 남창성에서 반나절 정도의 거리에 있었는데, 주변 경관이 좋아 사들인 것이었다. 아직 이름도 정하지 않은 장원이었고, 여러 공사들도 진행 중에 있었다.
　문제될 것은 없었다. 조용한 환경이었고, 지난 일들을 잊어버리기엔 더없이 좋은 장소였다. 단 하나의 문제만 제외하고 말이다.
　"사고님은 어떻게 하다가 할아버지의 제자가 되셨어요?"
　마주 앉아 있는 유정향은 매우 궁금한 표정으로 장림을 쳐다보았다. 호기심 어린 그 눈동자를 무시하기는 힘들었는지 장림은 짧게 답해주었다.
　"우연히."
　"그러니까요, 그 우연히가 어떤 경유를 통해서인지… 너무 궁금해요."
　유정향의 말에 장림은 그저 가볍게 미소만 보였다. 유정향은 그 말에 삐친 듯 입술을 내밀며 창밖을 쳐다보았다.

그 모습이 재미있었을까, 아니면 귀여웠을까.

장림이 물었다.

"요즘은 맹에 잘 안 가는 모양이구나?"

"할아버지를 만나는 것 외에는 가도 할 일이 없는걸요. 친구들이라도 만나고 싶지만 요즘은 무림맹에 남은 친구가 없어요. 본가로 모두 돌아가서 재미도 없고······."

"재미로 맹에 가면 쓰나."

유정향의 표정은 조금 쓸쓸하게 보였다. 하지만 장림은 그런 유정향의 마음을 어느 정도 이해하는 듯 보였다. 자신도 젊을 때 그런 경험이 어느 정도 있었기 때문이다.

"사람들을 자주 만나고 이야기를 하다 보면 친해질 수 있을 거야. 네 오라비는 젊은이들과 잘 지내지 않느냐?"

"오라버니야··· 무공도 뛰어나지만 사교성도 좋잖아요. 어디 저하고 같나요······."

유정향의 목소리가 점점 작아지자 장림은 미소를 그렸다. 유정향은 오라비인 유석영을 부러워하는 것 같았다.

"아! 다음 달에 모용세가에 가실 건가요? 전 가주님의 칠순이시라 안 갈 수가 없어서요."

"나는 안 간다."

장림의 대답에 유정향은 이내 실망한 표정을 그렸다.

"함께 가면 좋을 것 같은데······."

"나는 네 나이 때 그런 자리에 자주 참여했기 때문에 지금은 안 가도 상관없단다. 그것보다… 시간 나면 네 무공이나 봐야겠다. 요즘 들어 무공 수련을 거의 안 하지 않았느냐?'

"헤헤, 솔직히 수련보단… 그냥 이대로 놀고 싶은 게 솔직한 심정이에요. 아, 지긋지긋한 무공 수련."

유정향의 솔직한 말에 장림은 미미하게 고개를 끄덕였다.

'네 나이 때의 여자라면 당연히 무공을 수련하는 것보단 사람을 만나고 싶겠지. 하지만 알아야 할 게야, 네가 선택받은 사람이란 걸.'

장림은 유정향의 모든 행동이 그저 치기 어린 투정처럼 보였다. 하지만 굳이 그것을 나무랄 생각은 없었다. 그녀는 선택받은 산동유가의 여자였기 때문이다.

밤이 되자 장원은 쥐 죽은 듯 조용했다. 몇몇 무사들이 번을 서고 있었으나 대화는 거의 없었고 주변에는 큰불이 피어올라 있어 어둠 속에서도 환한 대낮처럼 보이게 해주었다.

장림은 방 안에 앉아 책을 읽고 있었다. 책은 마음을 차분하게 만드는 양식이었다. 장림은 홍천에 관한 일 때문에 심란했던 마음을 독서를 통해 풀려고 한 건지, 서재에는 아직 정리되지 않은 책들이 여기저기 쌓여 있었다. 대량의 책을 구입해 온 것이다.

한참 동안 책을 읽던 장림은 마지막 장을 넘기고는 자리에서 일어나 침실로 향했다. 그 뒤로 십대 후반으로 보이는 시비 한 명이 따랐는데, 날카로운 안광과 허리에는 검을 차고 있는 게 특징이었다. 시비가 검을 차고 있다는 게 어찌 보면 이상할지도 모르나 호위도 겸했기에 무기를 차고 있는 것이었다.
 장림은 서재인 건물을 나와 자신의 방으로 향했다. 그녀는 시비와 함께 월동문을 지나 작고 아담하게 꾸며진 정원을 걷다 문득 생각난 듯 입을 열었다.
 "정향은?"
 "목욕 중이십니다."
 "곧 자겠구나."
 "예."
 장림은 고개를 끄덕이다 자신의 침실 건물이 보이자 안색을 굳히며 걸음을 멈추었다.
 "너는 그만 가보거라. 내일 아침이 되면 뜨거운 용정차를 준비해 오고."
 "알겠습니다."
 시비가 대답하고 신형을 돌리자 장림은 방 안으로 들어가 불을 밝혔다. 그러자 다탁에 앉아 있는 십대 소녀의 모습이 그녀의 눈에 들어왔다. 하지만 장림은 그리 놀라지 않았다. 마치 처음부터 그녀가 있다는 것을 알고 있는 사람처럼 보였다.
 장림은 표정의 변화 없이 다탁 앞에 다가와 소녀 앞에 찻잔을 놓고 차를 따랐다.
 "최고급 용정차예요."
 "훗!"
 소녀는 그 모습에 가볍게 미소를 그렸다. 장림이 자신을 알아본 게 확실했기에 조금은 놀라기도 했다. 자심연은 설마하니 장림이 자신의 기척을 읽을 거라고는 생각지 못한 것이다.

"별로 놀라지 않네? 나름대로 놀랄 거라 생각했더니."

"저도 나름대로 노력했어요."

장림의 말에 자심연은 눈을 반짝였다. 곧 깊은 한숨과 함께 장림이 말했다.

"스승님과 뵌 이후 처음인 것 같네요."

"꽤 오래전이지. 이십여 년 전인가… 요즘은 날짜 가는 것도 알지 못하는 것 같아. 그런데… 홍천 척살은 잘되었나?"

"예."

장림의 대답에 자심연은 고개를 끄덕였다. 자심연이 홍천에 대해서 알고 있다는 것도 놀라운 일이었지만 장림은 당연하다는 듯이 대답해 주었다.

"마무리가 잘된 모양이군."

"무살이라는 홍천 일호만 제외하면 다 잘되었지요."

그렇게 말한 장림이 눈을 반짝이며 쳐다보자 자심연은 희미하게 미소를 보였다. 홍천 일호를 마지막에 데려간 곳이 백화성이기 때문이다.

"백화성에서 그렇게 홍천 일호에 관심이 많을 줄은 몰랐어요."

"맹에서 백천만 움직이지 않았더라도 관심을 갖진 않았을 걸?"

자심연의 농담스러운 말에 장림은 아미를 찌푸렸다.

'도대체 어디까지 알고 있는 것일까······.'

문득 그런 의문이 들었다. 자심연은 너무 많은 것을 알고 있었고, 그녀에겐 비밀이 통할 것 같지 않았다.

"아! 사실 맹주 몰래 온 거니까 알리지 달라고. 알려봤자 좋을 건 없잖아?"

자심연이 생각난 듯한 표정으로 말하자 장림은 고개를 끄덕였다. 무림맹주의 눈을 피하기 위해 일부러 무천회의 원가경과 접촉해서 온 것이다. 맹에 심어둔 첩자를 이용하는 방법도 있었으나 그리하기엔 위험 부담이 너무 크고 무림맹주의 눈에 띌 가능성도 있었기에 돌아 들어온 것이다.

"알겠어요. 저를 일부러 이렇게 찾아온 목적이나 말씀하세요. 길게 이야기하고 싶지는 않아요."

"맹주가 나를 속인 것 같아서 말이야, 잠이 오지 않아. 거기엔 네가 중심에 있는 것 같은데?"

"무슨 말씀이신지?"

장림의 물음에 자심연의 눈동자가 붉게 반짝였다. 그녀는 곧 자신의 목에 걸려 있는 목걸이를 보여주며 말했다.

"금쌍연··· 모른다고 말할 텐가? 홍천을 주관하고 그 중심에 서 있는 네가 정말 모를까? 이건 네가 죽인 자월의 목에 걸려 있던 것이다. 그런데 돌고 돌아 무살의 목에 걸려 있다가 내 손으로 들어오게 되었지. 정말 모르느냐?"

"······!"

생각지도 못한 곳에서 금쌍연을 본 것 때문에 놀란 것일까?

장림의 눈동자가 미미하게 흔들렸다. 찰나의 변화였지만 자심연은 놓치지 않았다.

장림은 표정의 변화 없이 입을 열었다.

"저는 무슨 말씀이신지 모르겠네요."

"죽어도?"

자심연의 미소 지은 물음에 장림은 알 수 없는 거대한 위압감을 느껴야 했다. 그 느낌과 기도가 너무 강해 오히려 아무런 기운도 느껴지지 않을 정도였다.

'스승보다 뛰어나다.'

순간적으로 내린 판단이었다. 장림의 등줄기로 식은땀이 흘러내렸다.

"분명 자월과 이추결의 아들은 죽었다고 하지 않았나?"

장림은 그 물음에 쉽게 입을 열지 못하였다. 그리고 왜 자심연이 직접 중원무림의 중심이라는 남창까지 와서 자신을 찾았는지 알 것 같았다. 이십 년 전 자월이 죽었다는 이유 하나만으로 무림맹과 큰 전쟁을 벌인 게 자심연이었다. 하여 이번에도 어떤 일이 벌어질지 절로 긴장하지 않을 수 없었다.

자신의 대답 여하에 따라 백화성과 무림맹이 다시 한 번 큰 전쟁을 치르게 될지도 모른다. 그런 생각이 들자 더욱 신중해질 수밖에 없었다.

"내가 그때 너를 살려준 것은 네 사형인 이추결도 죽었기에 살려준 것이었다. 마음 같아서는 지금 당장 네 사지를 찢어버리고 싶으나 약속은 약속. 하나 이 일은 그 약속마저도 뒤집을 수 있는 일이다."

 장림은 안색을 굳혔다. 그녀의 말처럼 이십 년 전 자신은 자심연의 손에 죽기 직전이었다. 아니, 그때 유수월이 구해주지 않았다면 죽었을 것이다. 그리고 유수월의 설득으로 자심연은 무슨 일이 있어도 자신의 손으로 장림을 죽이지 않겠다고 약속했다. 그때의 이야기를 떠올리자 저절로 눈앞에 앉아 있는 소녀가 괴물로 보였다.

 자심연은 담담한 목소리로 다시 물었다.

 "왜 무살이란 놈이 이 금쌍연을 가지고 있었지?"

 "제가 주었습니다."

 그 말에 자심연은 우습다는 듯 차가운 기운을 장림에게 던졌다. 그러자 장림의 어깨가 미미하게 떨렸다. 마치 수백 개의 바늘이 전신을 찌르는 것 같았기 때문이다.

 "이상하군. 자월에게 준 내 금쌍연을 어찌 네가 들고 있었느냐?"

 "자 동생이 제게 주었으니까요."

 "……!"

 자심연은 그 말에 충격을 받은 듯 눈을 부릅떴다. 도저히 믿지 못하겠다는 표정이었다. 무엇보다 장림이 자월을 자 동생이라 부른 걸 믿을 수 없었다. 둘은 원수 사이였고 장림의 손에 자월이 죽었기 때문이다. 그렇게 알고 있는 자심연이었다. 자심연은 평정심을 유지하며 물었다.

 "그래서 금쌍연을 자월의 아들인 무살에게 주었고?"

"제 사형의 아들이니까요."

그 말에 자심연은 미미하게 어깨를 떨었다.

"호오, 정말 자월이 아들을 낳은 모양이구나."

"……!"

장림이 자심연의 말에 눈을 부릅떴다. 순간적으로 자신이 실수했다는 생각이 머리를 스친 것이다. 자심연은 아직 아들이 있다는 사실에 대해서 모르고 있었다. 아니, 모르는데 확인차 물어본 게 분명했다.

"아들을 낳았어, 아들을……."

자심연은 장림의 생각처럼 그저 금쌍연을 통해 입을 열게 한 것이었다. 사건을 대충 때려 맞추고 어림잡아서 말을 한 것이 통한 것이다. 장림이 쉽게 자심연의 말에 넘어간 이유도 그녀 역시 유일하게 가슴에 남은 아픔이 그 일이었기 때문이다.

"모르셨군요."

자심연은 대답하지 않은 채 자리에서 일어섰다.

"자기를 죽인 자에게 금쌍연을 주었다고? 나보고 그 말을 믿으라는 거냐?"

"믿지 않아도 할 수 없습니다. 저는 사실을 말했으니까요."

장림의 다부진 목소리와 표정에 자심연은 눈살을 찌푸렸다. 거짓은 아닌 것 같았기 때문이다.

"일단 믿기로 하지. 그런데 잘도 얼굴을 들고 다니는구나. 스스로 사형을 죽였으면서 말이다."

비웃듯이 던진 자심연의 말에 장림은 전신을 떨어야 했다.

그러다 조용히 말했다.

"사형과… 자 동생을 차마 제 손으로 죽일 수는 없었어요. 하지만 저로 인해 죽은 것 또한 사실이에요. 그렇기 때문에 지금까지 부정하지 않았습니다."

장림의 말에 자심연은 어이없다는 듯 눈을 크게 떴다. 자신이 알고 있는 사실은 장림이 그들을 직접 죽였다는 것이었다. 그런데 장림은 그러한 사실을 또다시 부정하고 있었다.

"네 손으로 직접 죽이지 않았느냐?"

장림은 고개를 저었다. 이내 입술을 깨문 그녀는 천천히 말했다.

"제 손으로 받은 아이예요. 제 손으로 아이를 받았는데 제가 어떻게 사형과 자 동생을 죽일 수 있겠어요."

장림의 눈에서 눈물방울 하나가 흘러내렸다. 그 모습에 자심연은 놀랍다는 듯 안색을 굳혔다.

"하지만 저로 인해 죽은 것 또한 사실이에요. 아마도 그날 저와 천무단이 사형과 자 동생을 공격하지만 않았어도 살았겠지요. 천무단은 거의 괴멸되었고 사형은 움직이지도 못할 정도로 다친 상태였어요. 해서 제 손으로 직접 죽이려 했어요. 하지만 그때 자 동생의 진통이 시작되었어요. 사형은 죽기 전에 자식의 얼굴이라도 한번 보고 싶다 했지요."

그렇게 말한 장림은 더 이상 입을 열지 못하였다. 그때의 기억이 떠올랐는지 입술을 강하게 깨물더니 핏방울이 흘러내렸다. 자심연은 그녀의 모습에 거짓이 없어 보이자 더욱 이마에 주름을 잡았다.

"한번 보기만 하면 그 뒤에 자결하겠다고… 그러니 자 동생만은 살려달라고 했어요. 하지만 아이를 이 두 손으로 받아 쥐자 생각이 달라졌어요. 저는… 사형과 자 동생을 숨기려 했지요. 세상 어디에도 존재하지 않는 곳에 가서 숨어 살라고… 그렇게 말했어요……."

장림의 말에 자심연은 싸늘히 말했다.

"네 말은 앞뒤가 맞지 않는 것 같구나. 도망치라 해놓고 그 아들은 무림맹에서 키웠다라? 네가 생각해도 이상하지 않느냐? 설마하니 아들을 너에게 주고 단둘이서 도망이라도 치려 했단 말이냐?"

"아이를 안고 불편한 몸으로 도망치는 게 쉽지 않을 테니 요동에서 만나기로 했어요. 저는 맹에 그들을 놓쳤다고 보고한 후 비밀리에 아이를 데리고 요동으로 가려 했어요. 그런데… 불과 하루 만에… 저와 헤어진 곳에서 불과 백 리도 떨어지지 않은 곳에서 사형과 자 동생은… 죽어 있었어요."

"음……."

자심연은 그 말에 침음을 삼켰다. 장림의 말은 일리가 있고, 앞뒤도 맞았기 때문이다. 자심연은 다시 물었다.

"그럼 도대체 누가 그 애들을 죽였단 말이냐?"

그 물음에 장림은 천천히 말했다.

"스승님이 누군가를 시켰겠지요. 서로 사형제지간이다 보니… 제가 죽이지 못할 거란 걸 스승님은 알고 계셨겠지요. 저는… 사형을… 마음에 담고 있었어요. 믿지 못하시겠지만… 저와의 싸움만 없었더라면… 만약 그렇게 지치지 않았다면……."

장림의 말에 자심연은 깊은 생각에 잠긴 듯 입을 다문 채 창밖을 응시했다. 여러 가지 생각이 그녀의 머리를 스치고 지나쳤다.

"그들을 죽인 흉수(兇手)가 누구인지 아느냐?"

"더 이상은 저도 말씀드릴 수가 없어요."

장림이 고개를 저으며 대답하자 자심연의 눈동자가 빛나기 시작했다. 자신의 물음을 무시하겠다는 장림의 태도 때문에 살기를 보인 것이다. 하지만 장림은 굳은 목소리로 다시 딱딱하게 말했다.

"이렇게까지 제가 말씀드린 이유는 이번 일로 백화성과 본 맹이 더 이상 피를 보는 일이 없기를 바라는 마음에서 말씀드린 것이에요. 또한 이십 년 전의 은혜도 갚을 생각이었지요. 하지만 더 이상은 저도 힘들어요. 백화성과 무림맹은 아직 서로 풀어야 할 과제가 너무 많아요."

장림의 말에 자심연은 안색을 풀며 평소의 차분한 표정으로 고개를 끄덕였다.

"하늘로 향한 계단의 끝에 서면 백화성이나 무림맹이나 어차피 같은 강호에 살고 있는 사람들일 뿐이다. 그 이상도… 그 이하도 아니지……."

그렇게 말한 자심연은 곧 신형을 돌리며 말했다.

"네 부탁을 들어주마. 이 일로 인해서는 무림맹과 본 성은 아무런 피도 흘리지 않을 것이다."

"감사합니다."

장림이 일어나 깊게 읍하자 자심연은 슬쩍 미소를 보인 후 바람처럼 사라졌다. 장림은 고개를 든 후 텅빈 방 안의 전경을 한 바퀴 둘러보았다. 그리곤 힘이 빠진 듯 의자에 주저앉으며 깊은 한숨을 내쉬었다.

'내가 과연… 잘한 것일까…….'

장림은 떨쳐 낼 수 없는 자신의 과오를 다시 한 번 떠올려야 했다. 그리고 자심연이 의외로 홍천에 대해서, 아니, 백천까지도 알고 있다는 사실이 놀라웠다.

'백화성이나 무림맹이나 같은 강호에 살고 있는 사람들일 뿐이다라…….'

장림은 수많은 의문들을 가슴에 품었다.

다각! 다각!

넓은 관도를 이동하던 작은 마차는 관도 옆으로 강이 흐르자 잠시 걸음을 멈춰 세웠다. 곧 휘장을 열고 마차에서 내린 자심연은 잠시 흘러가는 강물을 쳐다보았다. 그 모습을 장자기는 가만히 바라만 보고 있었다.

"좀 쉬었다가 갈까요?"

장자기의 말에 자심연은 고개를 저었다. 그러다 이내 생각난 듯 말했다.

"무림맹과 싸운다면 어떻게 될 것 같아?"

"무림맹이요? 아마도 양패구상할 가능성이 높겠지요."

"그렇겠지……."

자심연의 낮은 목소리에 장자기는 이다에 주름을 그렸다. 고민이 있어 보이는 눈빛이었기 때문이다.

"무슨 문제라도 있습니까? 갑자기 무림맹과 싸운다니요?"

"아니, 아무런 문제 없어. 그냥 물어본 거야."

자심연은 선선히 고개를 저었다. 서로 양패구상할 거란 사실을 너무도 잘 알기에 지금까지 이 상태를 유지하고 있었다. 하지만 그게 언제까지 이어질까?

"그런데 흑마곡은 정말 들어가면 아무도 못 나오는 곳일까?"

"예?"

장자기는 갑자기 화제를 바꾸자 잠시 뜸을 들이다 말했다.

"제가 알기로는 그렇습니다. 무엇보다 금성팔문진 안에서 빠져나올 수는 없지요. 하지만 성주님은 아직 그곳에 못 가십니다."

조금 걱정스럽게 장자기가 말하자 자심연은 혹시라도 자신이 그곳에 갈까 봐 걱정하는 것임을 알고 미소를 보였다.

"그리 심각하게 생각하지 않아도 돼. 그냥 물어본 것뿐이니까. 어차피 완벽함이란 존재하지 않으니까… 그냥 생각나서 물어본 것뿐이야. 이제 가자."

자심연은 아무렇지도 않다는 듯 말을 하곤 곧 마차에 올라

무초식의 한계 131

탔다. 그러자 장자기는 안도의 한숨을 내쉬며 말을 몰기 시작했다.

*   *   *

금성팔문진은 천연으로 이루어진 흑마곡의 미궁 같은 지역에 만든 궁극의 진법이었다. 무적천자 이세양의 무공이 외부로 새어나가는 것을 막기 위해 이세양의 막내 제자인 구양위가 만든 것으로, 들어갈 수는 있지만 나갈 수가 없는 곳이었다.

팔괘의 묘리를 따져 만든 이곳은 들어가는 입구가 여덟 개였고, 그 진의 중심부에 운소명과 손수수가 생활을 하고 있었다.

진의 중심부이다 보니 이곳은 진법의 흐름에 아무런 영향을 받지 않았다. 그러다 보니 이곳에 들어온 사람 중 살아남은 일부의 사람들이 진의 중심에서 생활하였고 죽을 때까지 이곳을 떠나지 않은 것이다.

그들이 남긴 수많은 무학들은 여전히 잘 보존되어 있었으며, 이곳이 세상에 알려진다면 아마 엄청난 파장을 불러일으킬 것이 분명했다.

이곳에 있는 사람들이 밖에 나가지 않은 이유는 아마도 그런 이유에서 그런 게 아닐까? 못 나가는 게 아니라 안 나간 것이 아닐까?

단 한 번 만에 노화순청의 경지까지 올라간 운소명은 운이 좋았다고 볼 수 있었다. 손수수의 도움이 없었다면 절대 이룰 수 없는 경지였고, 그녀의 도움으로 운소경은 넘쳐 나는 내력을 소유하게 되었다.

지난 삼 개월간 운소명은 손수수의 내상을 치료하는 것에 전념하였고 석 달 만에 손수수는 다시 양괄을 움직일 수 있게 되었다. 그때가 돼서야 운소명은 자신의 무공을 점검하기 시작했다.

아침이 밝아오는 절벽 위 평야에 앉은 운소명은 이른 새벽부터 운기조식을 하고 있었다. 그리고 완전히 해가 봉우리 사이로 얼굴을 내밀자 눈을 떴다.

"오늘도 날씨가 좋은 건지, 아니면 이곳의 날씨가 늘 이런 건지……."

운소명은 이곳에 온 이후로는 단 한 번도 비를 본 적이 없다는 것과 하늘에 먹구름이 낀 흐린 날씨조차 본 적이 없다는 것을 떠올렸다. 곧 발소리와 함께 손수수가 손에 대나무잎으로 감싼 밥을 들고 올라왔다.

"밥 먹어."

"마침 출출해서 내려가려 했더니, 올라왔네."

운소명이 반갑게 말하자 손수수는 미소 지었.

손수수는 지난 삼 개월 동안 운소명에게 간호를 받으며 혼자서는 밥도 먹지 못하는 상태였다. 그걸 옆에서 다 해준 게 운소명이었기에 마음속으로 고마워하는 마음이 있었다. 그러나 운소명의 입장에서야 자신의 목숨을 구해준 손수수에게 그리 대하는 건 당연한 일이었다.

"궁금한 게 있는데, 왜 여기에 남아 있는 무공들을 익히지 않는 거지? 모두 절학이라 불릴 만큼 대단한 무공들인데."

밥을 다 먹자 손수수가 궁금한 듯 물었다. 그러자 운소명은 씁쓸히 말했다.

"남들이 만든 무공보다 내 것을 가지는 게 나을 것 같아서."

"설마 직접 만들겠다는 건 아니겠지?"

손수수가 놀란 표정으로 묻자 운소명은 아무렇지도 않게 고개를 끄덕였다. 그 모습에 손수수는 어이없다는 듯 운소명을 쳐다보았다. 그도 그럴 것이, 무공을 새롭게 만드는 게 말처럼 그냥 되는 게 아니었기 때문이다.

무공을 익히는 것보다 더 어려운 일이었고, 평생 동안 노력해도 얻지 못하는 게 창조라는 것이었다. 그런데 운소명은 지금 그런 말을 하고 있었다.

"어차피 남는 게 시간이잖아."

"아무리 그래도 밑바탕이 있어야 자신의 무공을 만들지, 땅이 없는 곳에서 나무가 자라는 경우는 없어. 그건 어느 정도 알 텐데?"

손수수의 말에 운소명은 고개를 끄덕였다. 틀린 말이 아니기 때문이다. 아무리 천재라 해도 무(無)에서 유(有)를 창조할 수는 없기 때문이다. 어느 정도 모방 속에서 새로운 것이 나오는 법이었다. 손수수가 지적한 사실에 운소명은 수긍하고 있었다. 그렇다고 아무런 생각도 없이 한 말은 아니었다.

"남는 게 시간이라 한 말이야. 거기다 전에도 말했지만, 이곳의 무공을 익히면 백화성에 소속된 것 같은 기분이 들어서 싫을 뿐이야."

그렇게 말한 운소명은 웃으며 다시 말했다.

"하지만 내가 만든 무공을 내가 쓴다면 그만큼 자유로울 수 있잖아? 안 그래?"

그 말에 손수수는 잠시 운소명을 쳐다보다 그의 확고한 눈빛을 접하고 이내 짧은 한숨과 함께 고개를 저었다.

"네 마음대로 해라, 마음대로. 아무튼 점심때는 내려와."

손수수는 짧게 숨을 내쉬며 곧 밑으로 내려갔다. 그녀가 내려가자 운소명은 이내 자신이 익힌 많은 무공들을 떠올리고 그 초식들을 생각하며 펼치기 시작했는데, 전과는 확연히 다르다는 것을 알았다.

같은 초식이라 해도 노화순청의 경지에 든 상태에서 바라보는 초식의 모습은 허점투성이였다. 그러한 허점이 보이자 그것을 보안하기 위해 몸을 움직이고 초식들을 새롭게 펼쳐 보이자 자신도 모르게 움직임은 작아졌고 초식 역시 단순하게 변해갔다.

'허점을 보안하기 위해 움직인 것뿐인데 오히려 그냥 찌르는 게 가장 완벽한 모양이 될 줄이야……'

운소명은 생각과 함께 한 발씩 앞으로 걸으며 손을 움직였다. 가볍게 허공을 찌르기도 하고 베기도 했는데, 그럴 때마다 바람이 강하게 일어났다. 마치 걸음을 옮기며 허공에 글을 쓰고 있는 사람처럼 그의 움직임은 별다른 특색이 없어 보였다.
 그렇게 한 시진 가까이 걸음을 옮기며 넓은 평야를 한 바퀴 돌아온 운소명은 자신의 양손을 이리저리 움직여 보았다.
 파팟!
 움직일 때마다 바람 소리가 일어나며 허공중으로 강한 내력이 날아갔다. 자신도 모르게 미소가 입가에 걸렸다.
 "무초식이 이런 걸 말하는 것인가?"
 아무렇게나 손을 움직여도 내력이 뻗어 나와 바람이 되어버리자 어이없다는 듯 자신에게 물은 것이다. 내력은 넘칠 만큼 흐르는데 초식이 없는 무공을 펼친다. 초식이 없기에 파훼법도 없었다. 모든 무림인들이 바라고 있는 경지에 자신이 들어선 것이다. 그것을 깨닫자 갑자기 흥분되기 시작했다.
 '초식이 필요없다라…….'
 쉬쉭!
 생각과 함께 몸을 빠르게 움직이며 권각을 펼치기 시작했다. 그냥 때리고 싶은 곳에 때리고 치고 날고 몸을 돌리며 사방을 움직였다.
 콰쾅!
 땅을 때리자 폭음 소리가 일어났고 먼지 구름을 자르며 운소명의 신형은 허공을 날았다. 그렇게 실컷 움직인 운소명은 제자리에 서서 주변을 둘러보았다. 여기저기 파인 흔적들이 있었으며, 크게 구덩이가 생겨난 곳도 보였다.
 파팡!

허공중에 주먹을 치자 공기가 응축되어 날아갔다. 그 바람이 강한 소리를 만들자 운소명은 고개를 끄덕였다.
 '무초식이라… 초식을 넘어선다는 게 이런 기분이었구나!'
 알 수 없는 기운이 전신으로 퍼지며 몸을 뜨겁게 달구기 시작했다.

 기를 유형의 형태로 사용한다면 초식을 어느 정도 벗어났다고들 말한다. 강기를 사용한다는 것은 곧 초식을 완전히 넘어섰다는 것과 같다고 할 수 있었다. 그런데 강기를 사용하는 인물 중 무차별적으로 강기를 쓰는 인물은 없었다. 항상 일정한 형태를 띠었고 초식을 이루었다.
 이유가 있다면 초식은 강기를 좀 더 효율적이고 강하게 사용하기 위한 것으로, 쓸데없는 내력의 소모를 막아주는 역할을 하였다. 그렇다고 초식이 꼭 강기를 위한 것이라고 볼 수는 없었다.
 모든 것이 초식이란 기본이 바탕이 되어야 하고 심법이 있어야 했기 때문이다. 초식은 강기를 펼치기 위한 도구라고 볼 수도 있지만 초식을 익혀 그 극의에 달할 때 펼칠 수 있는 것도 강기였다.
 강기와 초식은 서로 일맥상통(一脈相通)해야 하며 훌륭한 무공이란 바로 초식을 익힘으로써 무공의 극의에 달하여 자연스럽게 강기를 펼칠 수 있게 해주는 것들이었다. 보통 그런 무공들은 비전 무공으로 절대 함부로 전수하지 않으며, 타인에게 수련하는 모습조차 보여주지 않았다.

 각 문파나 유명한 세가에는 그러한 비전 무공들이 하나씩은 존재하고 있으며 지금도 그 무공들을 발전시키기 위해 노력하고 있었다. 또한 비전 무공들이 많으냐 적으냐에 따라 대문파와 소문파로 나뉘기도 하고 고수들의 수에서도 차이를 보이다 보니 각 문파에선 그러한 무공들을 대단히 중요시 여기고 있었다.

 같은 시간이라도 좀 더 좋고 발전된 무공을 익힌 자가 더 뛰어나다는 것은 일반적인 상식이었다. 그러다 보니 사람들이 너도나도 유명한 대문파의 제자가 되려 했고, 대문파는 그만큼 인정을 받았다.

 그렇다면 소문파에서는 고수가 없는 것일까? 소문파는 영원히 대문파만큼 뛰어난 무공을 사용할 수 없는 것일까?

 그런데 웃기게도 그렇지 않은 게 강호였다. 무공이란 것은 같은 무공을 익혀도 익히는 사람이 누구냐에 따라 달라졌고, 어떻게 익히느냐에 따라 다르며 얼마나 노력을 했느냐에 따라서도 그 위상이 달라졌다. 거기에 운까지 더해진다면 금상첨화(錦上添花)일 것이다.

 방으로 돌아온 운소명은 저녁을 준비했다. 밥도 하고 일주일 전에 잡은 사슴의 포를 떠서 말린 고기들도 가져와 구웠다. 여러 가지 야채들도 준비하다 보니 어느덧 해가 저물어갔고 손수수가 돌아왔다.

"연기가 올라가고 있길래 혹시나 했더니……."

손수수는 식탁 앞에 앉아 있는 운소명을 싫지 않다는 듯 쳐다보며 맞은편에 앉았다.

"오늘도 유성칠식을 익힌 거야?"

"그렇지 뭐."

손수수는 고개를 끄덕이며 젓가락을 움직였다. 운소명은 유성칠식이란 말에 손수수의 안색이 조금 어둡게 변하자 물었다.

"아직도 다 못 익힌 모양이야?"

"초식은 다 알겠는데… 왠지 모르게 끊어지는 느낌? 원래 일초식부터 마지막 칠초식까지 모두 연계되어 펼쳐져야 하는데 오초식에서 육초식을 넘길 때 내력이 끊어져. 물론 칠초식은 연환으로 펼치지도 못해 따로 펼치고. 문제가 뭘까? 비무라도 해보면 알 것도 같은데……."

손수수가 그렇게 말하며 눈을 반짝이자 운소명은 안색을 찌푸렸다. 자신이 도와주기를 바라는 눈빛이었기 때문이다.

"너무 초식에 연연하는 건 아니고? 초식에 눈이 팔려 내력 운용에 소홀해질 수도 있잖아?"

운소명의 말에 손수수는 고개를 저었다.

"초식에 연연했다면 칠초식은 펼치지도 못했어. 유성칠식은 굉장히 단순하면서도 복잡한 검법이야. 내력없이 초식만 펼치면 조금 흔한 검법처럼 보이는데, 내력을 담아 펼치면 유성처럼 밝으면서도 위력적인 검법이지. 뭐랄까, 검강을 펼칠 때 좀 더 자유롭다고 할까? 하지만 허공을 상대로 얼마나 알겠어? 막아내고 반격해 주는 사람이 있어준다면 좀 더 자세히 알 것 같은데… 도와줄 거지?"

손수수의 물음에 운소명은 잠시 고민하다 미소를 그렸다.

"실컷 입 맞추게 해준다면."

"풋!"

그 말이 귀엽다는 듯 손수수는 웃음소리와 함께 고개를 끄덕였다.

쾅! 쾅!

호숫가 주변엔 폭음 소리와 함께 연신 뒤로 물러서는 운소명과 앞으로 뻗어나오는 손수수의 모습이 있었다.

쾅!

강력한 광채가 운소명의 막대기가 만든 빛무리를 뚫고 들어왔다. 운소명은 수십 번이나 강기를 만들어 밀쳐 내서야 겨우 막을 수가 있었다.

'왜지?'

운소명은 연신 뒤로 물러서며 강기를 일으켜 검강으로 달려드는 손수수의 유성칠식을 막고 있었다. 하지만 자신이 만든 검강은 유성칠식의 검강에 의해 너무 쉽게 허공중에 흩어져 버렸다. 그게 계속해서 반복되자 운소명은 안색을 찌푸렸다. 하지만 내력은 절대 손수수에게 밀리지 않기에 손수수의 유성칠식에 부상을 당하지는 않았다.

슈악!

 십여 개의 막대기가 마치 떨어지는 유성처럼 날아들자 운소명은 결국 양손을 들어 수십 개의 장영을 만들었다. 흰빛의 손바닥이 유성을 막자 강력한 폭음 소리가 사방으로 퍼져 나갔다.

 콰콰쾅!

 폭음 사이로 모습을 보인 운소명은 바람을 뚫고 들어오는 손수수와 빛나는 하나의 점을 발견할 수가 있었다. 점은 막대기의 끝에서 반짝이고 있었는데, 그 기운이 실로 심상치 않았다. 유성칠식의 오초인 일성산화(一星散花)였다.

 운소명은 자신의 막대기에 강력한 강기를 불어넣으며 빛나는 점과 부딪쳤다.

 쾅!

 폭음 소리와 함께 막대기가 산산조각 나며 먼지처럼 허공중에 사라지자 뒤로 십여 걸음이나 물러선 운소명은 안색을 찌푸린 채 오른손을 털었다. 막대기를 잡았던 오른손의 살이 찢어져 피가 흘렀기 때문이다.

 "헉! 괜찮아?"

 그 모습에 놀란 손수수가 달려와 운소명의 손을 잡았다. 그리고 장심이 찢어져 피가 흐르는 모습을 확인하자 자신의 옷을 뜯어 감쌌다.

 "미안해. 너무 오랜만이라 재미있어서 나도 모르게 그만."
 "하하! 미안할 게 뭐가 있다고."

무초식의 한계

운소명은 가볍게 웃으며 고개를 저었다. 하지만 머릿속으로는 다른 생각을 하고 있었다. 유성칠식을 펼친 손수수의 막대기는 마지막 순간에 조각났지만 자신의 막대기처럼 먼지로 변하지는 않았다. 그 차이는 무엇일까, 내력 운용의 차이일까?

"무턱대고 강기만 발산하니 그렇지."

손수수가 손을 만지며 안쓰럽다는 듯 말하자 운소명의 눈동자가 굳어졌다.

"뭐라 그랬지?"

운소명의 경직된 물음에 손수수는 조금 놀란 듯 다시 말했다.

"강기만 만든다고… 왜?"

"풋!"

운소명은 그 말에 미소를 보였다.

반혼도법(返魂刀法).

운소명은 절벽 앞에 서서 반혼도법에 대해 상세하게 적혀져 있는 글을 읽고 있었다. 반혼도법은 무정이란 사람이 남긴 도법으로, 그의 성명절기였다고 한다. 평소 활동할 때는 거의 펼친 적이 없었고 오초식까지 모두 펼친 적도 없다고 한다. 그만큼 적수가 없는 인물이었다.

일초식, 심혼일도(心魂一刀).

이초식, **나락이도**(奈落二刀).
삼초식, **단혼삼도**(斷魂三刀).
사초식, **혈무사도**(血霧四刀).
오초식, **반혼오도**(返魂五刀).

운소명은 다섯 개의 초식에 대해 자세하게 읽고 머릿속에 외우며 눈을 감고 초식의 그림을 떠올렸다.
 '심혼일도… 마음과 혼이 하나 되는 일도.'
 팟!
 순간 그의 손이 허공을 가르자 백색의 거대한 도가 나타났다 금세 사라졌다. 뒤이어 운소명의 모습이 사라졌고 하늘에서 밑으로 수십 개의 백색 거대한 도가 나타나 땅을 찍었다. 그 이후 세 개의 백색 거도가 운소명이 앞으로 팔을 뻗자 삼각을 이루며 나타나더니, 바람과 함께 사라졌다.
 '삼초식까지는 쉽게 되는군. 하지만 사초식부터는 좀 더 생각해야 할 것 같아. 네 개의 도가 피의 안개를 만든다라… 오싹한 기분이야.'
 운소명은 어깨를 미미하게 떨다 곧 신형을 돌렸다. 손수수와 비무를 해야 했기 때문이다.

 콰콰쾅!
 호숫가 주변으로 두 개의 그림자가 폭음과 함께 빠르게 움직이고 있었다. 운소명은 맨손으로 반혼도법의 일초식부터 삼

초식까지 계속해서 반복해서 펼쳤고, 손수수는 유성칠식을 펼쳤다.

그렇게 한참 동안 싸우던 둘은 어느 순간 물러서더니 호흡을 고른 후 함께 나란히 노을 지는 하늘을 바라보며 앉았다.

"백화성의 무공은 익히지 않겠다고 하더니… 결국 익혔네?"

"그럴 생각이었지만 네 무공을 받아내려니 안 익힐 수가 없었어. 어차피 네 상대를 하기 위해 익힌 거니 그 외에는 사용할 생각도 없고."

운소명의 말에 손수수는 가볍게 웃었다.

손수수는 내심 크게 기뻐하고 있었다. 운소명이 자신을 위해 고집을 꺾고 이곳의 무공을 익혔다는 것에 감동한 것이다. 자존심을 버린다는 게 어디 쉬운 일인가? 손수수는 약간의 미안한 감정도 가졌다.

"조금 미안하네. 대신 저녁은 내가 할게. 산책이라도 하다가 좀 있다가 와."

손수수가 먼저 자리를 털고 일어나며 말했다. 운소명은 순순히 고개를 끄덕였다. 곧 그녀가 먼저 바람처럼 숲을 넘어 집 쪽으로 날아가자 운소명은 자리를 털고 일어나 천천히 호숫가를 돌기 시작했다.

호수를 한 바퀴 돌자 해가 지려 했다. 저 멀리 집에서 피어나는 흰 연기가 보였다. 운소명은 천천히 집으로 걷다 문득 무너진 집 터를 보곤 그리로 향했다.

"떠날 수 있었으나 떠날 수 없었다라…….."

운소명은 노화순청의 경지에 들자 전과는 다르게 자신에게 심법을 전해준 글들이 다르게 보였다.

'성풍이란 분은 야화와 무열이란 분이 사라진 후 오셨다. 그 뒤로 영운과 무정이란 분은 동시대에 함께 있었던 게 분명하고… 조형과 파석이란 분들도 함께 이곳에서 생활한 것 같은데…….'

운소명은 무정과 영운의 글이 미묘하게 차이를 보이나 성풍과의 차이만큼 크지 않다는 것을 알고 동시대로 보았다. 또한 그 밑에 선명하게 남은 두 사람의 글은 분명 동시대임이 틀림없어 보였다.

'처음 야화란 분과 무열이란 분은 젊은 날 이곳으로 도망 와 평생을 여기에서 보냈어. 그건 확실해. 나머지 분들은 말년에 들어와 남은 여생을 보낸 것이고. 그런데 어째서 그들의 발자취가 내게 힘을 주었을까… 단순한 발자취일 뿐인데…….'

운소명은 그들이 쓴 글들을 손으로 매만지다 눈을 부릅떴다. 아마 과거의 자신이었다면 몰랐을 것이다. 하지만 지금은 피부를 통해 그들의 성격과 글에 담긴 깊은 내력이 전해지는 것 같았다.

'그들은 스스로를 이곳에 남겼구나…….'

운소명은 그제야 자신이 왜 이들이 남긴 글들을 잊지 못했는지 알 것 같았다. 그들은 살아오면서 평생 동안 쌓은 모든 것을 이 단 한 줄의 글에 남긴 것이다. 그리고 그게 마지막 조형에게 이르러 하나의 도(道)가 되어 운소명에게 보인 것이다.

'분명 이들 외에도 수많은 사람들이 이곳에서 수명을 다하였다. 하지만 이곳에 글을 남긴 사람은 오직 이들 일곱 사람뿐이다. 그들만이 이 짧은 글을 보고 이해한 사람들일 것이다.'

운소명은 자신의 생각이 맞을 거란 생각에 처음 글만을 읽었다. 그것만으로도 전신에 내력이 흘러넘치는 것 같았다. 몸이 저절로 반응을 보인 것이다. 하나하나 따로 보아도 절학 같았고 한꺼번에 보아도 절학이었다.

가만히 뚫어져라 쳐다보자 글이 가지고 있는 그 모양만으로도 무공 초식이 되는 것 같았고, 각각의 인물이 떠올랐으며, 서로 다른 성품과 초식들이 보이는 것 같았다.

"헛!"

놀란 운소명은 한 걸음 뒤로 물러섰다. 그리고 안색을 굳히며 글들을 보다 이내 신형을 돌렸다.

'신공을 얻은 것만으로도 과분하다.'

운소명은 그러한 생각에 더 이상 그들의 글을 보지 않기로 마음먹었다. 더욱이 자신은 아직 그 밑에 글을 남길 정도의 능력이 안 된다는 것을 뼈저리게 실감하였다.

'그들은 도대체 어느 경지에 달한 사람들이었을까?'

운소명은 믿을 수가 없다는 듯 고개를 저었다.

'도대체 인간이 어디까지 올라갔을 때 저렇게 한번 쓴 글에서 인생을 볼 수가 있는 것일까. 아마도 그들은 무공을 남기기 위해 글을 쓴 게 아니라 자신의 마음을 적었을 것이다.'

운소명은 마음속으로 되뇌며 천천히 걸음을 옮겼다. 그런 그의 눈동자엔 불꽃같은 열기가 피어났다.

'화경(化境)에 든 자들일까… 모르겠구나.'

운소명은 출신입화지경(出神入化之境)이라고도 불리는 화경을 떠올렸다. 인간이 갈 수 있는 가장 끝에 있는 경지였고, 그 누구도 꿈꾸지 못한 경지였다. 수천 년 무림의 역사에 과연 몇 명이나 그곳에 다다랐을까? 가장 최근에 다다른 자가 있다면 아마도 무적천자 이세양일 것이다. 일파의 대종사라 불리는 사람들만이 다다른 곳, 운소명은 그 경지를 떠올렸다.

第五章

과거를 떠올리다

과거를 떠올리다

　가만히 있어도 시간은 흐르고 사람은 나이를 먹는다. 또한 죽을 사람들은 죽고 새로운 생명은 태어난다.
　강호도 수많은 방파들이 사라지고 새로 생기는 반복된 일을 하고 있었으며, 그 가운데 오랜 시간 동안 강호에 이름을 남기고 있는 문파들도 있었다. 그 문파들은 당연히 대문파가 되었고, 수는 손에 꼽힐 정도였다.
　무림의 역사에서 호북성은 많은 발자취를 남겼다. 그중 무당파는 강호 최대의 문파 중 하나로, 그 혁혁한 명성을 남기고 있으며 호북성의 자랑이 된 지 오래였다. 그리고 호북성에는 문파는 아니나 오대세가라 불리는 위지세가가 자리를 잡고 있었다.

거대 문파와 힘을 겨루어도 절대 뒤지지 않는 큰 세를 자랑하는 오대세가였다. 그중 위지세가는 무한 남단에 자리한 동호변에 그 터를 잡고 있었으며, 그 주변 이백여 리는 그들의 땅이었고 호북성 최대 상단인 무한상단을 소유하고 있었다.

그러한 위지세가에 입춘(立春)이 지나자 많은 손님들이 찾아오고 있었다. 여름이 시작되는 입하(立夏)에 큰 혼례가 있기 때문이다. 그 일로 인해 전 강호의 많은 손님들이 위지세가로 향하고 있었다.

"깔깔깔깔!"
"꺄르르르!"
"호호호호!"

위지세가의 안쪽에 자리한 수림원(樹林院)의 담장 너머에선 많은 여성들의 웃음소리가 흘러나오고 있었다.

위지세가에서도 꽤 넓게 자리한 수림원의 정원 사이로 크게 자리한 처소 안에는 이십대 초반으로 보이는 세 명의 여자가 앉아 있었고, 그 가운데에 위지세가의 위지상이 앉아 있었다.

수림원은 위지상의 거처로, 정원은 넓었으며 나무들이 꽤 높게 자리한 곳이었다. 집 밖 정원 곳곳에 삼삼오오 모인 여성들이 대화를 나누며 즐겁게 시간을 보내고 있었다. 모두 위지상의 친구들이었는데, 무림의 오봉 중 한 명인 그녀는 성격이 소탈하고 밝아 여성들 사이에서 인기가 많았으며 교우 관계도 오봉 중 가장 좋았다.

그러다 보니 자연스럽게 그녀의 집안에 잔치가 열리게 되자 많은 친구들이 모여들었다. 아직 삼 개월이나 남았는데도 말이다.

내실에 앉아 있는 세 명은 위지상과 무당파의 송혜금, 모용세가의 모용지였다. 이들 세 명은 서로 절친한 친구로, 위지세가의 잔치가 열리자 제일 먼저 달려왔다.

"막내 숙부가 이번에 장가를 가니 그다음은 네 차례겠구나?"

송혜금의 말에 위지상은 얼굴을 붉혔다.

"무슨 말을… 나보다는 동생이 먼저 가야지. 걔는 사내잖아. 나는 아직 멀었다고."

"마음에 드는 사람도 없는 거야?"

위지상의 말에 모용지가 살짝 묻자 위지상은 고개를 저었다.

"마음에 드는 사내가 있어야 말이지. 조금 마음에 드는 놈은 다른 여자가 있는 것 같고……."

송혜금이 그 말에 눈을 반짝였다.

"호오, 그거 위험한 발언인데? 조금 마음에 드는 놈이라… 네가 마음에 들 정도면 무공이 고강할 테고… 절대 약한 놈을 마음에 들어하지는 않을 테니까. 그럼… 유석영이나 남궁진일 텐데……."

"그만… 거기까지."

위지상이 손을 내밀며 정색하자 송혜금은 자신의 예상이 맞

과거를 떠올리다

았다는 듯 웃었다. 그러자 모용지가 조심스럽게 말했다.
"저기 그런데… 너희들 그 소문 알아?"
"응?"
"어떤 거?"
모용지의 말에 둘의 눈동자가 반짝이자 모용지는 살짝 얼굴을 붉히며 조심스럽게 말했다.
"그러니까… 이 언니가… 좋아하는 사람이… 있는 것 같아……."
모용지가 아주 작게 속삭이듯 말했다. 모용지의 내성적인 성격은 처음 보는 사람에게 조금은 답답함을 불러일으킬수 있으나 이미 두 사람은 그녀의 그런 성격을 잘 알기에 익숙한 듯 보였다.
오히려 그녀의 말에 지금은 둘 다 매우 놀란 표정을 그리고 있었다. 이 언니라면 이자수였기 때문이다.
"이 언니? 이자수? 호오, 그 차가운 얼음 같은 여자가 말이야? 원 농담도."
"진짜라니까."
모용지가 위지상의 농담이란 말에 그녀답지 않게 발끈한 표정으로 눈을 크게 치켜뜨자 둘 다 안색을 굳혔다. 그녀의 말이 사실이라면 이는 대단한 사건이기 때문이다.
"정말이야? 감이 아니고?"
송혜금이 되묻자 모용지는 고개를 끄덕였다.
"몇 번인가… 이 언니하고 맹의 유 소협하고 이야기하는 모

습을 보았는데… 뭐랄까, 좀 밝다고 할까? 그렇게 웃는 이 언니는 처음 보는 것 같아서…….″

″유 소협은 누군데? 유 씨가 한둘이니?″

송혜금의 물음에 위지상이 대신 대답했다.

″무림맹에서 이자수가 관심 가질 만한 유 씨라면 현재 맹주 직속인 묵풍단 부단주겠지.″

″아, 천무단 단주에서 묵풍단 부단주가 된… 분광검(分光劍) 유신… 아! 그러면 전에 죽은 무살 때문에 지아도 잘 알지 않아? 대영문에 같이 갔었잖아?″

모용지는 고개를 끄덕였다. 그가 구해주지 않았다면 지금쯤 자신은 죽은 목숨이었기 때문이다. 그리고 창천궁의 흑로와 싸운 일로 인해 그는 화제가 되었고, 젊은 후지기수들의 선두에 올라서게 되었다.

″유 소협이 구해줘서 살았어. 그때 이 언니가 반한 게 아닐까? 그런 느낌이라고 해야 하나…….″

″호호! 그럴지도… 이자수라면 자기보다 약한 남자에게 관심도 없을 테니까. 흑로와 대등하게 싸운 사내라면 관심을 가질 만하지.″

위지상이 당연하다는 듯 고개를 끄덕이자 송혜금은 모용지에게 야릇한 시선을 던졌다.

″내가 볼 때는 지아도 관심이 많은 것 같은데…….″

″내가?″

모용지가 그 말에 놀란 표정으로 얼굴을 붉히자 송혜금이

은근한 눈빛으로 다시 말했다.
"관심이 없다면 어떻게 그 둘의 모습을 그리 잘 보았겠어? 유 소협에게 관심이 있는데 이자수가 옆에 있으니 지켜본 거 아닐까?"
그 말에 모용지는 대답도 못한 채 고개를 푹 숙였다. 그러자 위지상과 송혜금이 서로의 얼굴을 쳐다보며 말했다.
"우리가 어떻게 해서라도 유 소협과 같은 자리에 앉게 해줄게."
"이자수는 내게 맡겨. 내가 유인할 테니까."
송혜금과 위지상이 번갈아 말하자 모용지는 더욱 고개를 숙였다. 그러다 모깃소리만큼 작게 말했다.
"그, 그러지 마… 창, 창피하잖아… 유 소협도 이 언니를… 싫어하는 것 같지는 않던데… 뭐……."
"너는 그러니까 문제야. 마음에 들면 든다고 확실하게 말해야지. 그래야 상대도 너를 볼 거 아니니? 걱정하지 말아. 친구 좋다는 게 뭐야, 다 내게 맡겨."
위지상이 다시 한 번 크게 말하며 자신의 가슴을 치자 모용지는 걱정스러운 듯 고개를 저었다. 위지상이 나서서 잘된 일이 거의 없었기 때문이다.

*　　　*　　　*

강등이라면 강등이었다. 하지만 유신은 자신이 강등당했다고 생각하지 않았다. 천무단은 맹주의 밀명을 받고 움직이기 때문에 대다수 어둠 속에서 사건을 처리하였다. 그렇기 때문에 세상에 알려지는 일이 거의 없었다.

천무단주라는 자리도 무림맹에서 아는 사람이 많지 않았다. 맹에 얼굴을 보이는 일이 적었기 때문이다.

하지만 유신은 창천궁의 흑로와 싸우게 됨으로써 세상에 크게 알려지게 되었다. 그 일로 인해 유신은 맹주의 직속이면서 특무단과 비슷한 성격을 한 묵풍단의 부단주가 되었다. 물론 유신은 자신이 계획해서 사람들에게 이름을 알린 건 아니었다.

무살을 쫓다 보니 이자수를 구하게 되었고, 그로 인해 알려지게 되었다. 특수 임무만 주어진 천무단주가 사람들에게 크게 알려지자 맹주인 유수월은 무살의 포획에 대한 임무 실패를 빌미로 그를 강등했고, 묵풍단의 부단주 자리에 앉힌 것이다.

무림맹의 가장 우측에 자리한 묵풍단은 새롭게 만들어진 단으로, 얼마 전 완성된 삼층 건물의 삼층에 부단주인 유신의 거처가 있었다. 그 옆으로 단원들의 거처가 공사 중이었으며 대전 앞에는 넓은 연무장이 있었다.

단주는 장림이나 그건 표면적인 것이고, 실제 부단주인 유신이 모든 일을 도맡아 하고 있었다.

"젠장, 어울리지도 않는 일이나 하고 있으려니 좀이 쑤시는군."
 유신은 집무실에 앉아 여러 서류들을 검토하며 안색을 찌푸렸다. 그러다 의자에 몸을 깊숙이 파묻곤 길게 한숨을 내쉬었다. 문득 제갈현의 얼굴이 머리를 스쳐 지나가자 기분이 나빠졌다.

 "천무단은 해체해야 할 것 같네. 이제 남은 인원이 불과 여덟인데 어디 임무를 수행할 수나 있겠는가?"
 "인원은 보충하면 되지 않습니까?"
 "그렇지도 않네. 천무단에 들어가면 거의 살아서 돌아오지 않으니 대다수의 문파들이 꺼리고 있네. 요 근래 천무단의 단원들이 너무 많이 죽은 게 원인이야. 자기 제자가 죽으러 가는데 좋아할 문파가 어디 있겠나?"
 "맹에 들어오는 일반 무인들도 있지 않습니까? 그들을 잘 훈련시키면 충분히 천무단의 대원으로 쓸 수 있습니다."
 "지금 맹에 들어와 천무단의 무공을 익힌다 해도 부족한 인원을 바로 메울 수는 없네. 적어도 오 년 정도의 시간이 필요하지 않은가? 맹에도 더 이상 천무단에 보낼 인원이 없네. 각 문파에서도 제자들을 보내지 않는데 어디에서 인원을 보충한단 말인가? 자네는 새롭게 만들 묵풍단의 부단주로 가게. 천무단의 남은 인원도 그리 보내지. 묵풍단은 맹주 직속으로, 열 명에서 많게는 서른 명 정도 될 것 같네."
 "천무단에 보낼 인원은 없어도 새롭게 만들 묵풍단에 보낼 인원은 되나 보군요?"
"묵풍단은 정예로 이루어지기 때문에 인원 부족은 거의 없을 것이네. 천무단에서 살아남은 대원들도 정예라면 정예이지 않은가? 인원은 소수이나 그만큼 무공은 뛰어난 인물들로 이루어질 것이네. 잘 죽지 않을 인물들이지. 훗!'
"재미있군요."
"아! 그리고 한 가지 더. 장로원에서 추천한 인물도 들어올 예정이네. 아무래도 장로원에선 맹주 직속인 묵풍단의 신설이 달갑지 않은 모양이야."

유신은 제갈현과의 대화를 떠올리며 자리에서 일어섰다. 슬슬 배가 고파왔기 때문에 식당으로 향할 생각이었다.
'그런데… 장로원에선 누굴 보낼 생각인 거지?'
유신은 장로원의 개입이 조금은 달갑지 않다는 듯 생각하며 집무실을 빠져나갔다.
밖으로 나가던 유신은 막 안으로 걸어 들어오는 삼십대 초반으로 보이는 인물과 마주쳤다.
"오! 혹시 묵풍단의 부단주인 유신이오?"
"그렇소."
유신은 평범한 흑색 경장의를 입고 조금 큰 키에 적당한 몸집을 한 인물을 쳐다보며 눈동자를 반짝였다. 한눈에 보아도 상당한 수련을 거친 인물처럼 보였기 때문이다.
"이야! 이거 생각보다 미남이구려. 장로원에서 이곳으로 가보라고 해서 왔소이다. 단어리라 하오. 오늘부터 묵풍단에서 먹고 자라고 해서 왔소이다. 잘 부탁하오."

그렇게 말한 단어리는 품에서 인사 이동에 대한 서류를 꺼내 보여주었다. 유신은 서류를 들고 확인한 후 고개를 끄덕였다.

"잘 부탁하오. 부단주인 유신이라 하오. 단주님께선 휴식 중에 있으니 시간이 되면 만나뵐 수 있을 것이오."

"이야, 특무단보다 훨씬 좋은 곳에 온 것 같아 기분이 좋소이다. 무엇보다 장 단주님처럼 빼어난 미인과 함께한다는 게 정말 마음에 드오. 하하하! 아무튼 반갑소이다."

"숙소는 저쪽에 있으니 마음에 드는 방 아무 데나 들어가면 될 것이오. 그럼 이만."

유신은 할 말만 하고 이내 단어리를 지나쳤다. 그러자 단어리는 미소를 그리며 유신의 뒤를 따라붙었다.

"어디를 가시오? 아! 부단주님이신데 제가 조금 실례를 한 모양이오. 하하! 혹시 식사를 하러 가는 것이라면 함께 가고 싶은데, 괜찮겠소?"

"존대한다면."

유신의 짧은 대답에 단어리는 크게 웃으며 고개를 끄덕였다.

"하하하! 정말 마음에 드는 부단주님이시오. 그러지요. 하나 그건 부단주님의 무공을 인정하고 나서가 아닐까요?"

유신은 밝게 웃으며 대답하는 단어리의 모습을 보곤 이내 고개를 저으며 걸어나갔다.
"식사가 끝난 후 가볍게 몸 좀 풀어봅시다."
담담한 유신의 대답을 들은 단어리는 눈을 반짝였다. 유신의 무공을 직접 몸으로 확인할 수 있는 기회가 생겼기 때문이다.
'장로원에서 그를 주시하는 이유가 무엇인지, 식사가 끝나면 알게 되겠지.'
하지만 단어리는 식사가 끝난 후 자신의 방에 들어와 앓아 누워야 했다. 유신과의 대결에서 삼 초 만에 내상을 입고 쓰러진 것이다.

*   *   *

이곳은 계절의 변화가 거의 없었다. 무엇보다 신기한 건 지금까지 단 한 번도 비를 본 적이 없다는 점이었다. 그래도 이곳에 물이 부족하지 않은 이유가 있다면 이곳으로 들어온 동굴 쪽에서 쉬지 않고 물이 흘러들어 왔기 때문이다.
그 물은 큰 호수를 이루었고, 호수로 가는 길에 수십 갈래의 작은 냇물로 갈라져 있었다. 마치 나무의 뿌리처럼 퍼져 나가는 모습이었다. 절벽 위의 공터에 올라선 운소명은 천천히 그 주변을 돌며 사방을 둘러보았다. 아무리 둘러보아도 이곳은 여전히 신기한 곳이었다.
'도대체 어떤 진법이기에……'

운소명은 나가는 걸 포기했다. 하지만 노화순청의 경지에 들고 반혼도법을 익히고 손수수의 비무 상대가 되어 매일처럼 무공을 수련하게 되자 여러 가지 의문을 가지게 되었다. 무엇보다 야화의 말이 머릿속에서 떠나지 않고 있었다.

'떠날 수 있었으나 떠나지 않았다… 떠날 수 있었으나 떠날 수 없었다라… 야화는 떠나기 싫었고, 무열은 야화 때문에 떠나지 않았다… 그런 게 아닐까? 떠날 수 있었으나… 떠날 수 있었다면 이곳에서 떠날 기회가 있었다는 뜻인데… 도대체 문은 어디에 있다는 것일까?'

운소명은 이 안에 문이 있는 게 확실하다는 생각에 벌써 며칠 전부터 샅샅이 이 주변을 뒤지고 있었다. 하지만 여전히 출구는 안 보였고, 오늘도 절벽 위에서 주변 경치를 바라보고 있었다.

쉬쉭!

바람 소리와 함께 긴 머리카락을 휘날리며 손수수가 허공중에서 옆으로 떨어져 내렸다. 그녀의 옷은 가죽으로 만든 것으로, 가슴과 하반신만 살짝 가리는 옷이었다. 운소명 역시 하반신만 가리는 가죽옷을 입고 있었기에 옷차림에 남 말할 처지는 아니었다.

"여전히 같은 생각만 하는 거야?"

엉덩이를 가리는 긴 흑발이 바람에 휘날리자 그녀의 모습이 더욱 아름답게 보였다. 그녀의 피부는 햇빛에 노출되어 있었지만 여전히 옥빛처럼 고왔으며 얼굴은 더욱 젊어진 것 같았다. 매혹적인 그녀의 모습에 운소명은 잠시 쳐다보다 이내 시선을 돌리며 바닥에 앉았다.

"분명 길이 있으니까 야화와 무열이 저런 글을 써놨을 거야. 분명."

운소명의 말에 손수수는 안색을 찌푸리며 그 옆에 앉았다. 그러자 운소명은 손수수의 다리를 펴게 하곤 베개처럼 머리를 기대며 누었다. 하늘이 높게 보였다. 손수수는 그 행동에 살짝 얼굴을 붉혔다.

"나가고 싶은 거야? 전에는 강호를 떠나 시원하다고 하더니……."

"우리 손 동생은 나가고 싶어하더니… 요즘은 나가기 싫은 것 같은데? 나와 반대가 된 건가?"

손수수는 그 말에 고개를 천천히 끄덕였다. 이렇게 이곳에서 운소명과 둘이서 평생 사는 것도 좋을 것 같았기 때문이다.

"만약 나가게 된다면… 우린 떨어져야 하잖아. 잠시라도 떨어지고 싶지 않아. 내가 이상한 걸까?"

손수수의 말에 운소명은 그녀의 볼을 만지며 고개를 저었다. 그리곤 미소와 함께 말했다.

"사랑해."

"풋!"

손수수는 그 말에 가볍게 웃음을 흘리곤 이내 가볍게 입을 맞추었다.

과거를 떠올리다 163

쏴아아아!

다음날부터 비가 쏟아졌다. 강한 빗줄기를 맞으며 운소명은 마당에 서 있었고, 손수수는 하늘을 올려다보고 있었다. 올려다본 하늘은 낮은 먹구름이 빠르게 지나가며 물을 뿌리고 있었다.

"비……."

손수수는 복잡한 눈동자로 하늘을 보고 있었다. 비가 올 때 전에 있던 곳에서 이곳으로 흘러들어 왔기 때문이다.

"처음이군… 우리가 갇혀 있는 이 진법에 변화가 생긴 모양이야."

"확실히……."

손수수는 운소명의 말에 고개를 끄덕였다. 과거의 경험이 있었기 때문이다. 운소명은 비가 오는 하늘을 바라보다 이내 신형을 움직여 절벽 위로 올라가 사방을 둘러보기 시작했다. 그 옆에는 손수수가 나란히 움직였다.

"그런데 출구란 게 과연 있을까? 나갈 수 있었다면 왜 그들은 나가지 않았을까?"

"누구?"

"다른 사람들 말이야. 나갈 수 있는 길이 있다면 그들 중 분명 밖에 나가고 싶어했던 사람들도 있을 텐데 아무도 나간 사람이 없잖아?"

"야화나 무열이란 분을 제외하곤 모두 일종의 제약을 받고 이곳에 들어온 게 아닐까? 아니면 남은 여생을 이곳에서 보내기 위해 들어온 것일 수도 있고. 한번 은퇴하고 조사동에 왔는데 다시 나간다는 것은 자기 스스로 다짐한 약속을 깨는 것과 같으니까 말이야. 무인에게 그 자존심이 얼마나 중요한지 잘 알잖아?"

운소명의 말에 손수수는 가만히 고개를 끄덕였다. 운소명의 말도 일리가 있었기 때문이다. 무인에게 자존심만큼 중요한 것은 없었다. 자존심에는 자신의 명예도 있기 때문이다. 그러한 명예와 자존심은 무공이 높으면 높을수록 강했다.

"일단 진법에 변화가 생긴 것 같으니 출구를 찾아보는 게 어떨까?"

운소명의 물음에 손수수는 고개를 저었다.

"나는 그냥 집에서 쉬고 있을게."

손수수의 대답에 운소명은 짧게 숨을 내쉬었다. 그녀는 이곳이 마음에 들었는지 나가기를 꺼려했기 때문이다.

비는 삼 일 동안 계속 내렸고 운소명은 그동안 주변을 샅샅이 뒤졌다. 하지만 이렇다 할 출구는 눈에 보이지 않았다. 변한 건 아무 곳도 없었고, 비가 그치자 전처럼 맑은 날씨가 찾아왔다.

아침에 눈을 뜬 운소명과 손수수는 같은 침대에 누워 있었다. 창에서 들어오는 밝은 햇살에 손수수는 조금 안심한 표정으로 운소명의 가슴에 기대었다.

"출구는 결국 없었던 거야?"

과거를 떠올리다 165

"그렇지, 유감스럽게도."

운소명은 대답하며 짧게 숨을 내쉬자 손수수가 말했다.

"오히려 다행인 거 같아. 밖에 나가면 난… 백화성으로 가야 하니까. 그럼… 또다시 전과 같은 임무의 반복이겠지……."

손수수의 말에 운소명은 그녀의 어깨를 쓰다듬으며 말했다.

"나도 그래. 한편으로 다행이라고 생각하니까. 만약 출구가 있다면… 그래서 강호에 나가게 되면 어떻게 될까? 분명… 후회하겠지. 왜 여기서 나갔는지 말이야. 이렇게 좋은 곳을 버리고 왜 나갔는지 생각하면서… 훗!"

운소명은 결국 낮게 웃었다. 실제 나가고도 싶었으나 마음 한 켠으로는 이곳에 남고 싶었다. 손수수와 평생 이곳에서 사는 것도 행복하기 때문이다.

"그런데… 요즘 들어 가끔 꿈을 꿔."

"꿈?"

손수수는 처음 듣는 말이기에 궁금한 눈빛을 던졌다. 단둘만 살고 있기 때문에 작은 일이나 사소한 일이라도 모두 이야기했기 때문이다. 그런데 꿈에 대한 이야기는 듣지 못한 것을 알자 조금은 서운한 기분도 들었다.

"어떤 꿈인데?"

"응? 그냥… 강호에서 살던 꿈이라고 할까. 죽은 동료들의 모습이 요즘 자꾸 꿈에 나타나. 마치 나를 비웃는 것처럼."

운소명의 말에 손수수는 미미하게 고개를 끄덕였다. 자신도 사람들이 죽는 꿈들을 가끔 꾸었기 때문이다. 물론 말은 하지 않았다. 기분 좋은 꿈이 아니었기 때문이다.

"그래서 나가고 싶은 거야?"

"나도 잘 모르겠어. 나만 이렇게 행복하게 지내는 게 왠지 죄를 짓는 기분이야."

운소명의 말에 손수수는 대답했다.

"우린 이미 강호에선 죽은 사람들일 거야. 그럼 아무것도 생각하지 말고 그냥 이대로 사는 게 낫지 않을까? 나… 아이를 가지고 싶어."

"……!"

운소명은 손수수의 말에 매우 놀란 듯 눈을 부릅떴다. 손수수의 말이 너무 급작스러웠기 때문이다. 손수수는 얼굴을 붉히며 운소명의 가슴에 얼굴을 묻었다.

"정말이야. 그리고 여기서 영원히 살고 싶어. 아이도 키우면서… 그냥… 평범한 가정을 만들고 싶어. 평범하게 살면서… 행복하게……."

손수수의 진심 어린 말에 운소명의 어깨가 미미하게 떨렸다. 그녀의 말처럼 자신도 평범한 가정을 꾸리고 아버지가 되고 싶었기 때문이다. 그리고 손수수의 말은 설혹 출구가 있다 하여도 이곳에서 나가지 말고 함께 살자는 강요였다.

그렇지만 운소명은 손수수를 강하게 안았다. 너무 사랑스러운 말이었고, 가슴이 따뜻해지는 말이었기 때문이다.

'아이라…….'

변화가 생긴 것은 비가 온 이후 삼 일 정도 지났을 때였다. 변화를 먼저 안 것은 호숫가에 있던 손수수였다. 그녀는 호숫물이 조금 줄어든 것을 보았고, 운소명은 그 말에 그날 저녁 냇물이 조금 줄어든 것을 알 수 있었다.

 하지만 그때는 그리 큰 변화가 없었기에 크게 신경 쓰지 않았다. 하지만 보름이 지나 호숫물의 절반이 사라졌을 때 그들은 심각하게 고민하기 시작했다. 가뭄이 온 것이다. 무엇보다 심각한 건 우물물이 말라가고 있다는 점이었다.

 우물가에 있던 손수수가 걱정스럽게 우물 안을 쳐다보며 말했다.

 "우물물도 거의 말라가고 있는데 어쩌지? 우물을 파야 할 것 같은데?"

 마실 물이 없어지자 크게 걱정스러운 표정으로 손수수가 말했다. 운소명 역시 손수수의 말을 심각하게 받아들이고 있었다. 아무리 무공이 뛰어난 고수라 해도 물이 없으면 살 수 없기 때문이다. 거기다 호숫물도 말라가는 형편이었다. 냇물은 이미 마른 상태였고, 동굴의 물 역시 거의 흐르지 않고 있었다.

 완전히 물이 없어지면 이곳은 황폐하게 변할 것이다.

 "진이 변화한 건 사실인데… 가뭄이라니……. 전에 살았던 사람들도 경험했겠지? 그들이 말라 죽은 흔적은 없으니 분명 조만간 물이 다시 생기거나 변화가 올 거야."

 운소명의 말에 손수수는 고개를 끄덕였다. 그의 말처럼 이곳에 살았던 사람들도 같은 경험을 했을 거라 여긴 것이다.

"너무 걱정하지 말고… 호숫가에 좀 가야겠어. 물이 이렇게 줄었다면 물고기들도 더 잘 잡히지 않을까?"

"훗! 같이 가."

운소명의 말에 손수수는 이런 상황에서 오히려 다른 생각을 하는 운소명이 재미있다는 듯 웃으며 함께 걸음을 옮겼다.

호숫가에는 전과 다른 불청객들이 많이 있었다. 물이 가득 차 있을 땐 거의 보이지 않았던 새들이었다.

새들은 호수의 가장자리에 모여 있었으며 그 수도 천여 마리는 되어 보일 정도였고, 이름도 모르는 종류가 많았다. 새들에게 관심이 없다 보니 그저 그 모습이 신기하게만 보였다.

"이 호수에 물고기가 엄청나게 많이 있나 봐? 포양호에서나 봐왔던 모습인데……."

"물이 마르면서 고기 잡는 것이 수월해져서 온 게 아닐까? 동물은 인간보다 본능이 발달되어 있다 들었어. 그건 그렇고, 완전히 축제 분위기인데……."

운소명의 말에 손수수는 대답하다 말고 새들이 열심히 물고기를 잡아먹고 있는 모습에 혀를 찼다. 자신들은 식수가 떨어져 가는 마당인데 새들은 오히려 축제처럼 포식하고 있었기 때문이다. 손수수는 그 모습이 마음에 안 들었는지 팔짱을 끼며 말했다.

"정했다."

"……?"

"오늘은 새고기야. 아니, 앞으로 당분간은 새만 먹어야겠어."

"하하하하!"

운소명은 그녀의 이마에 그려진 내 천(川) 자와 입술을 삐죽 내민 모습이 귀여웠는지 크게 웃으며 그녀의 어깨를 다독였다. 그러다 그의 시선에 저 멀리 조사동이 있는 부근의 호숫가에 작은 점이 보였다.

"저건 뭐지?"

운소명이 손을 들어 조사동 쪽을 가리키며 묻자 손수수도 그쪽으로 시선을 던졌다.

"뭐가?"

"저기… 조사동 밑에 물의 경계선 부분… 점이 보이잖아."

거리가 있다 보니 점은 꽤 작았고 파도처럼 물이 찰랑거릴 때마다 눈에 띄었다가 사라졌다. 손수수도 곧 그것을 발견하였다.

"가보자."

손수수가 먼저 말하며 걸음을 옮기자 운소명은 그 뒤를 따랐다.

가까이 다가가 보니 수초에 가려진 작은 점은 사람 두 명이 걸어 들어갈 정도의 넓이를 가진 동굴이었다. 바닥은 발목까지 물이 들어올 정도로 물이 고여 있었으며, 동굴 벽은 말라죽은 해초들이 달라붙어 있었다.

손수수와 운소명은 멍하니 동굴의 입구에서 안쪽을 쳐다보고 있었다. 동굴은 사람의 손길이 닿은 듯 인위적인 흔적이 보였다.

신형을 돌린 운소명은 저 멀리 자신이 살던 집터 주변 풍경들을 눈에 담았다.

"떠날 수 있었으나… 떠나지 않았다."

문득 운소명이 낮게 읊조리며 안색을 굳히자 손수수가 그의 팔을 잡았다.

"이게… 출구일까?"

"아마도……."

운소명은 거의 확신에 가깝다는 표정으로 고개를 끄덕였다. 손수수도 이곳이 출구일 거란 생각을 하고 있었다. 왠지 모르게 가슴이 뛰었기 때문이다.

"당장… 갈 거야?"

수많은 말들을 눈에 담으며 손수수가 쳐다보자 운소명은 고개를 저으며 그녀를 안았다.

"아직 모르겠어. 거기다 이게 출구인지 아닌지도 모르잖아?"

그렇게 말한 운소명은 동굴의 어두운 저 너머를 쳐다보았다.

동굴에서 나온 두 사람은 천천히 호수 변을 걸었다. 늘 지나던 곳이고 늘 보던 곳이지만 오늘따라 새롭게 다가오는 것은 왜일까?

"너나 나나 밖에서는 죽었다고 생각하겠지?"

운소명의 물음에 손수수는 말없이 고개를 끄덕였다. 그러자 운소명이 다시 물었다.

"그렇다면 백화성에 갈 필요가 없잖아? 굳이 가야겠어?"

손수수는 입술을 깨물며 말했다.

"밖에 나가면… 내가 갈 곳은 거기뿐이야. 고향이니까……. 임무를 완수해야지."

"그냥 우리 둘이 천하를 유랑하는 것은 어떨까? 아니면… 조용한 시골에서 사는 것도 좋을 것 같은데?"

운소명의 말에 손수수는 눈을 반짝였다.

"그 말… 진심?"

손수수의 초롱초롱한 별빛 같은 눈동자에 운소명은 부담을 느끼는지 쑵쓸히 미소 지었다.

"일만 해결하면……."

"그럴 줄 알았다니까. 그럼 일을 해결하고 나서 그렇게 살자고?"

"그렇지."

"임무를 완수하면 나 역시 네 말대로 하겠어. 그리고 백화성에서 기다릴게."

"꼭 가지."

운소명의 말에 손수수는 미소를 보이며 다시 말했다.

"그런데 그거 알아? 백화성의 여자는 백화성의 남자와만 혼인을 할 수가 있어."

"허, 만약 그렇게 하지 않으면?"

"평생 쫓아다닐걸. 풋! 특히나 나처럼 암호단의 단주까지 지낸 여자라면 더할 거야. 백화성의 비밀을 많이 알고 있으면 있을수록… 더 죽이려 하겠지."

손수수의 말에 운소명은 고개를 끄덕였다. 그녀는 그저 재미있는 농담처럼 말했으나 심각한 문제였다. 운소명도 그 부분에 대해서는 잘 알고 있었기에 별다른 대답을 안 했다. 상황은 무림맹도 마찬가지였기 때문이다.

"만약 그렇다면 백화성의 남자가 되지, 뭐. 하하! 그게 뭐 어려운 일이라고."

"정말?"

운소명의 말에 손수수가 놀라 눈을 크게 떴다. 쉽게 결정할 만한 일이 아니었기 때문이다. 하지만 운소명은 고개를 끄덕였다.

"어차피 내게 갈 곳은 없어. 그나마 돌아갈 곳이 있다면 손동생이 있는 곳이겠지."

손수수는 그 말에 자신도 모르게 운소명의 목에 매달렸다.

"그렇다면 나가도 좋아."

손수수가 웃으며 등에 올라타자 운소명은 그녀를 업으며 천천히 집으로 향했다. 곧 생각난 듯 손수수가 눈을 차갑게 빛내며 말했다.

"기다리다 안 오면 내가 찾으러 갈 거야. 그리고 다른 여자와 놀아난다는 소문을 듣게 되도 갈 거야. 알지, 맹세한 거 말이야. 내 손에 죽을 줄 알아."

한기가 쏟아지는 말에 운소명은 잠시 어깨를 떨어야 했다.

처음 무림맹에 쫓기게 되었을 때 너무 큰 충격을 받아서 그런지 복수 같은 건 생각지도 못하였다. 그러다 창천궁에 잡히고 또 백화성에 잡히자 모든 걸 포기하고 있었다. 죽음은 늘 가까이에 있었기 때문이다.

그런데 운이 좋았을까? 죽음을 모면하고 이곳에 오게 되었다. 처음에는 마냥 좋았다. 어차피 강호에 있어봤자 돌아오는 것은 모진 고문과 죽음뿐이었고 자신이 할 수 있는 일은 아무것도 없었다.

마치 해방된 기분이랄까, 사람들이 왜 강호를 떠나려 하는지 알 것 같았다. 그냥 이곳에서 영원히 살고 싶었다. 만약 혼자였다면 그런 생각이 들었을까? 생각은 했어도 가끔씩 적막감에 시달렸을 것이다. 하지만 다행히 혼자가 아니었다.

그랬기 때문에 더욱 이곳이 좋았고, 손수수가 있음으로 외롭지 않았다. 그것만 있어도 평생 살아갈 수 있을 것 같았다. 모든 것을 잊은 채 이곳에서 사는 것도 좋다고 여겼다. 자신이 지금 강호에 나갔을 때 할 수 있는 일은 아무것도 없었고, 복수라는 것 자체도 생각할 수가 없었다. 무공은 낮았고 자신의 존재 가치는 극히 미미할 뿐이었다.

그것을 알게 되자 홍천으로 생활하면서 가지고 있던 자신감도 사라졌다. 적은 거대했고 자신은 그저 하나의 점에 불과할 뿐이란 것을 알자 더욱 그런 생각이 들었다.

  모래알처럼 많은 흙들 중에 자신은 그저 일부일 뿐이었다. 그런 생각에 이곳에 안주하고 싶었다.

  하지만 무공이 높아지고 노화순청의 경지에 들어서자 사물을 바라보는 게 달라졌고 생각하는 것도 많이 달라지게 되었다. 또한 과거의 모습이 잔상처럼 떠올라 사라지지 않았다.

  그저 시키는 대로 사는 게 전부였고, 그걸 당연시한 삶이었다. 자신은 아무런 잘못도 없는데 죽어야 했다. 무엇보다 자신을 아는 사람은 거의 없었다. 죽는다 해도 알아주는 사람이 단 한 명도 없는 목숨이었다.

  억울하지는 않았다. 동료들도 그렇게 죽어갔기 때문이다. 또한 그런 사실을 당연하다 여기고 있었다. 그런데 지금은 다르게 생각되었다. 동료들의 죽음이 억울하게 보였고, 동료들의 모습이 거짓처럼 느껴졌다.

  이제는 자신만 남게 되었다. 자신을 제외하고 아무도 그들을 알아주지 않을 것이다. 그런 생각이 들자 이렇게 가만히 앉아 있는 게 그들에게 미안했고 자신이 죄를 짓는 기분이 들었다. 능력이 없다면 그런 생각도 안 들었을 것이다. 자신은 이제 사냥이 끝나면 죽는 사냥개가 아니었다.

  쏴아아아!
  비는 이틀 동안 쏟아지고 있었다. 창밖으로 떨어지는 비를 쳐다보며 운소명과 손수수는 침대에 누워 있었다.
"이 비가 끝날 때쯤이면 가뭄도 끝이 나겠지?"
운소명의 중얼거림에 손수수는 고개를 끄덕였다. 지난 이틀 동안 계속해서 둘은 망설였고, 계속 붙어 있었다.
"나가면… 오랫동안 못 보겠지?"
"잠시야… 잠시."
손수수의 말에 운소명이 대답했다. 하지만 둘의 눈동자는 흔들리고 있었다. 삼 년 동안 계속 붙어 있었기 때문에 막상 떨어지려 하니까 서운함과 어색함이 밀려온 것이다.
"아마도 나는… 두 번 다시 암화단의 단주로 있지 못할 것 같아. 애라도 가졌다면 이렇게 서운하지는 않았을 텐데……."
손수수의 말에 운소명은 그녀를 안으며 말했다.
"이곳을 나가면 두 번 다시 여기로 돌아오지는 못할 거야. 하지만 찾자, 여기만큼 조용하고 좋은 곳을. 그리고 평생 같이 사는 거야. 알았지?"
"훗!"
손수수는 그 말에 고개를 끄덕였다. 운소명은 그런 손수수의 입술을 훔치며 다시 말했다.
"마지막으로 한 번만 더 안고 싶은데?"
운소명의 뜨거운 눈동자에 손수수는 그의 품에 다시 안겼다.

손을 잡고 동굴 입구에 나란히 선 두 사람은 동시에 몸을 돌려 자신들이 살아온 전경을 눈에 담았다. 이제 두 번 다시 이곳에 오게 될 일은 없을 것이다. 하지만 평생 동안 이곳에서 지낸 생활을 잊지 못할 것이다.

"만약 여길 나갔는데도 출구가 아니라면 어떻게 하지?"

"그때는 왔던 길로 다시 되돌아와야지. 별수 없잖아."

손수수의 말에 운소명이 웃으며 대답하자 손수수는 다시 말했다.

"그럼 깨끗이 포기하고 여기서 애나 키우면서 살아야 한다?"

손수수의 장난스런 말에 운소명은 고개를 끄덕였다. 그렇다면 자신도 포기할 생각이었기 때문이다. 곧 두 사람은 앞을 바라보며 동시에 발걸음을 옮기기 시작했다.

* * *

평복을 입은 두 사람은 아무도 다니지 않는 관도 위에 서 있었다. 십대 후반의 소녀와 이십대 초반의 청년이었는데, 둘은 손을 꼭 잡고 있었다. 소녀는 긴 흑발을 늘어뜨린 미인으로, 눈에 띌 정도로 백옥같은 피부와 반짝이는 눈동자를 하고 있었다. 청년 역시 소녀만큼 잘생긴 인물이었는데, 길게 묶은 머리를 늘어뜨린 채 소녀를 쳐다보고 있었다. 둘은 흑마곡을 나온 손수수와 운소명이었다.

처음 그곳을 나와 이틀 동안 산을 돌아다니다 민가를 발견하기 전까진 흑마곡을 나왔는지 안 나왔는지조차 의문이 들었었다. 옷을 갈아입고 마을 하나를 지나서야 겨우 세상에 다시 나왔다는 것을 몸으로 실감할 수가 있었다.

"여기서부터인가……."

운소명은 주변을 둘러보며 아쉽다는 듯 말했다. 관도는 동서로 펼쳐져 있었고, 서로 가는 길이 달랐기 때문이다.

"어디로 갈 건데?"

"일단 군산으로 갈 생각이야. 그곳에서 다시 시작해야지."

"군산이라……."

손수수는 고개를 끄덕였다. 하지만 손을 놓지는 않았다. 아쉬운 듯 계속 운소명의 손을 잡고 있었다.

"천하를 유랑하자는 그 말… 기대할게."

손수수는 그렇게 말하며 손을 놓았다. 운소명은 아쉬운 듯 자신의 손을 만지다 손수수를 끌어안았다.

"네게는 미안하다."

"그걸 알면 빨리 오기나 해."

손수수가 살짝 눈시울을 붉히며 말하자 운소명은 고개를 끄덕였다. 그렇게 긴 시간 동안 둘은 함께 서 있었다.

第六章

모습을 보이다

모습을 보이다

운소명이 군산에 도착하자 가장 먼저 한 일은 죽은 신조영의 넋을 위로하는 일이었다. 시신을 찾으려고 했으나 시신은 없었다. 아마 그 당시에 자신을 공격했던 유신이 시신을 옮기고 맹에서 크게 장사를 치렀을 것이다.
'유신은 살아 있으려나……'
운소명은 유신의 분노한 얼굴을 떠올리며 쓰게 미소 지었다. 그 당시에는 자신을 살리기 위해 그랬다는 생각도 들었지만 결국 그 역시 위의 명령에 따라 자신을 죽이려 했다. 유신에 대한 원망은 없었다. 자신이라 해도 그렇게 했을 것 같았기 때문이다.
'도대체 어떻게 해야 하나……'

운소명은 주변을 둘러보며 생각했다. 이곳까지 오는 동안 무림맹의 밀영대와 은영대가 사용하던 은신처를 몰래 뒤져 보았으나 나오는 게 없었다. 평범한 집들이었고 삼 년 전 자신이 사라진 이후에 모든 은신처가 바뀐 것을 알게 되었다. 바뀐 이상 찾는 것은 거의 불가능에 가까웠다.

과거 홍천으로 일할 땐 맹에서 은신처의 위치를 알려주었기 때문에 쉽게 찾을 수가 있었다. 하지만 아무것도 모르는 상태에서 찾으라면 못 찾는 곳이었다.

'연락책이나 정보원들 중 아는 얼굴이라도 발견하면 쉬울 텐데… 아쉽군.'

운소명은 결국 남창까지 가봐야 될 것 같다는 결론에 도달하였다. 마음을 굳힌 운소명은 곧 군산을 내려와 배를 타고 동정호를 건너 다음날 아침이 되어서야 악양에 들어갔다.

문사복을 입고 있는 운소명은 영락없는 선비처럼 보였다. 노화순청에 들어섰기에 겉으로는 전혀 무공을 익힌 흔적을 발견할 수가 없었다. 흔히 안광에서 흐르는 빛만으로도 무공의 수준을 알 수 있다고 하는데, 운소명은 그것조차도 없었다.

극히 평범한 기운에 평범한 옷차림을 한 그는 딱 하나 눈에 띄는 게 있다면 꽤 잘생겼다는 점이었다. 운소명은 꽤 큰 주루에 들어가 식사를 하며 사람들의 이야기에 귀를 세웠다. 정보를 얻을 곳이 없다면 사람들의 소문을 듣는 것도 하나의 방법이었기 때문이다.

"위지세가에서 이번에 무술대회를 여는 모양이야. 다음 달에 혼례가 있지 않은가. 그전에 축제처럼 열 모양인데… 상금이 금 백 냥에 위지세가에서 명도라고 알려진 유령도(幽靈刀)를 상품으로 건 모양이야. 그래서 그런지 꽤나 시끄러운 모양일세."

"유령도라고? 정말인가? 허허! 그래서 이 근방 무인들이 위지세가로 간 모양이군그래."

"육도문에서도 문주가 가지 않았나? 축하도 해줄 겸 그 유령도를 얻기 위해서 말일세."

식사를 하던 운소명은 옆에서 들리는 말소리에 귀를 세웠다. 유령도라는 말 때문이다. 유령도는 도날에 닿는 모든 것을 자른다고 알려진 명도였다. 혼령조차 자른다고 알려진 도로, 자신이 알기엔 자금성의 황금무고(黃金武庫)에 간직되어 있는 보도였다.

'자금성에서 꺼내온 것인가, 아니면 관에 손을 써서 얻은 것인가? 그런데 이상하군. 위지세가는 검을 쓰는 곳인데 상품으로 도를 내놓다니… 훗! 도라서 내놓은 모양이야.'

운소명은 위지세가가 검의 명가라는 사실을 알고 있었기에 도를 상품으로 내놓은 것에 수긍하였다. 도한 유령도라는 보도를 상품으로 내놓으면서 강호에 널려 있는 도의 명가로부터 손님을 받으며 이번 혼례를 크고 성대하게 치를 계획인 것 같았다.

강호상에 검의 명가가 많은 만큼 도의 명가도 많았다. 또한 도의 명가 중에 유명한 곳으로, 악양에는 육도문(六刀門)이 있었다.

'도의 명가들과 친분을 쌓으려는 목적도 있는 모양이군.'

운소명은 그런 생각이 들자 위지세가에 가볼 필요가 있다고 판단했다. 유령도가 탐이 났기 때문이다. 다른 이유가 또 있다면 자신이 익힌 반혼도법에 어울리는 도라는 점이었다. 그리고 그곳이 현재 강호인들이 가장 많이 몰려 있는 곳이었고, 그만큼 많은 정보들을 얻을 수 있다는 점이었다.

'정보가 필요해, 정보가. 무림맹에 대한……'

* * *

어둠이 내려앉은 실내에 앉아 있는 세 명은 모두 중년인이었고, 강한 기운을 풍기고 있었다. 그중 가운데 앉은 인물이 위지세가의 현 가주인 위지영으로, 사십대 초반의 얼굴에 오른쪽 볼엔 검상 자국이 선명하게 새겨져 있었다. 꽤나 강렬한 인상을 한 그는 보이는 것과 달리 실제 나이는 오십이 넘었다.

그는 위지세가에서도 유일하게 쌍검을 쓰는 인물인데, 원래는 왼손잡이였다고 한다. 왼손으로 위지세가의 가전검법인 추풍삼십육검을 대성한 후 오른손으로 다시 익혀 대성한 인물로, 그가 양손으로 펼치는 추풍삼십육검은 아무도 막을 자가 없다고 알려진 초절정의 고수였다. 강호에서도 이십대고수로 통하며 호북에선 무당파의 장문인과 어깨를 나란히 하는 인물이었다.

그 옆에는 무림맹의 평정원주인 추파영과 군사인 제갈현이 학창의를 입은 채 앉아 있었다. 그들과 함께 앉아 있는 위지영의 안색은 그리 밝지 않았다.

"그래서? 유령도를 무림비고에 넣으라는 말인가?"

"그렇게 화난 표정 짓지 마십시오, 가주님. 맹주님께선 그런 명도가 강호에 풀리면 피바람이 일어날 것이 자명한 일이라 하셨습니다. 맹의 비고에 넣으면 그러한 일도 없겠지요."

제갈현의 유들유들한 말에 위지영은 코웃음을 흘렸다.

"흥! 맹주께선 예나 지금이나 변한 게 없는 모양이오. 그 욕심은… 나이를 먹으면 달라질 거라 여겼는데, 유감이군."

위지영의 말에 제갈현은 안색을 찌푸렸으나 곧 평소의 모습으로 돌아왔다. 추파영은 별 변화 없는 표정이었다. 위지영의 말은 맹주를 모욕하는 발언이긴 했으나 그의 위치라면 그런 말을 해도 이곳에 있는 두 사람이 화를 낼 수는 없었다.

"유령도로 인해 쓸데없는 인명 피해가 나는 것을 우려해서 그런 것이니 너무 노여워 마십시오."

제갈현의 말에 위지영은 말도 안 된다는 표정으로 말했다.

"이 도는 막내의 혼인을 축하한다고 관에서 보내온 선물이네. 순전히 내 처 때문에 얻게 된 것이지. 그런데 아쉽게도 우린 검을 쓰는 곳이지 않나? 그래서 무술대회를 연 것이고, 부상으로 건 것뿐이네. 무술대회의 우승자라면 충분히 유령도를 소지할 만한 실력이 있지 않겠나? 내가 볼 때 그저 욕심 많은 늙은이의 추태라고 여겨지네만."

"가주님의 말씀처럼 그렇게 된다면 오죽 좋겠습니까마는… 저희들의 입장에선 안 좋은 쪽도 생각을 해야지요. 만약 유령도가 백화성의 손에 들어간다면 큰 손해이지 않습니까?"

제갈현은 위지영에게 백화성을 들먹였다. 백화성에 원한이 없는 세가는 없기 때문이다. 위지영 역시 백화성이란 말에 안색을 굳혔으나 그뿐이었다.

"위지 선배께서 그렇게 생각하신다면 그렇게 하십시오."

가만히 앉아 있던 추파영이 짧게 말하자 위지영은 눈살을 찌푸렸다. 현 강호에서 위지영을 선배라고 부르는 인물이 몇이나 있을까? 몇 명 없었고, 그중 한 명이 추파영이었다.

"자네 말이 기분 좋게 들리지는 않는군그래."

"기분이 나쁘셨다면 죄송합니다. 하지만 저 역시 유령도를 회수하라는 명령도 함께 받았기 때문에 어쩔 수 없이 무술대회에 참가해 볼까 합니다."

추파영의 말에 위지영은 소태 씹은 얼굴로 술을 마시더니 이내 안색을 고치며 미소 지었다.

"자네가 참가한다면 더욱 좋지. 실력으로 가져간다는데 내가 무슨 말을 하겠나? 훗! 오랜만에 추 동생의 무공도 견식하고… 이거, 기분 좋은 대회가 될 것 같군. 제갈 군사도 참가할 텐가? 정당하게 무술대회를 통해 가져간다면 나도 아무런 말을 하지 않겠네."

"알겠습니다. 하지만 추 형이 나서는데 제가 나설 필요가 있겠습니까? 무림맹에선 유령도를 받아갈 것입니다. 물론… 무술대회를 통해서요."

"그렇다면 나도 아무 말 안 하겠네."

위지영이 흔쾌히 승낙하자 둘은 곧 자리에서 일어섰다.

밖으로 나온 제갈현은 추파영과 헤어진 후 숙소에 들어오자마자 한 사람을 불렀다. 곧 문을 열고 유신이 들어왔다.

"부르셨습니까?"

유신이 정중히 인사하며 말하자 제갈현은 고개를 끄덕였다.

"다른 게 아니라… 이번 무술대회 말일세."

"예."

"혹시 모르니 자네도 나갈 준비를 하게."

"예?"

유신은 갑작스러운 말에 놀란 표정으로 제갈현을 쳐다보았다. 그러자 제갈현은 눈을 반짝이며 미소 지은 표정으로 말했다.

"그럴 일은 없겠지만 만약을 위해서네. 그날 내 예상이 맞다면 자네가 맹을 대신해서 무술대회에 나가야 할 게야. 내 뒤에 서 있다가 나가라고 하면 나가게."

"알겠습니다, 군사님."

"그만 가보게."

제갈현의 말에 유신은 깊게 읍한 후 자신의 거처로 이동하였다. 유신이 나가자 제갈현은 눈을 반짝이며 창밖을 쳐다보았다.

'추 형이 나가면 승자가 당연한 대회가 된다. 승자가 당연한데 과연 위지가주께서 이대로 개최할까? 무림맹에 주기 싫어하는 게 빤히 보이는데 말이야. 연령 제한을 둘 가능성이 높아. 아니, 그게 확실하겠지.'

제갈현은 차를 마시며 자신의 생각에 확신을 가졌다. 또한 연령 제한을 둔다 해도 크게 걱정하지 않았다. 왜냐하면 유신이 있기 때문이다.

"음, 무림맹에서 유령도를 회수한다고요?"

위지세가주의 방 안에 모여 앉은 네 명의 인물은 안색을 찌푸린 채 위지영을 쳐다보고 있었다. 지금 말한 인물은 위지세가의 총관으로, 위지강이었다. 그 외 두 명은 위지혁과 위지상이었다. 위지혁은 위지세가주의 사촌 동생이었고, 위지강은 위지영의 동생이었다. 위지상은 그냥 놀러 왔다가 앉게 된 것이다.

"정말 너무하네요. 맹은 보물이란 보물은 다 가지려 하니까요."

위지상이 팔짱을 끼며 화난 표정을 보이자 위지영이 미소 지었다.

"너무 걱정하지 마라, 상아야. 유령도는 무림맹에 가지 않을 테니."

"호오? 그게 무슨 말씀입니까?"

"추 대협의 무공을 이길 자는 없습니다. 그분이 무술대회에 나온다면 아마 아무도 도전하는 자가 없을 것입니다. 그럼 당연히 무림맹에 유령도가 갈 것이고, 무술대회 역시 해보나마나 한 대회이기에 그 열기가 식을 것입니다."

위지혁이 그 말에 놀란 표정을 보이자 우지강이 말했다. 위지강의 차분한 목소리에 위지영은 고개를 저으며 미소 지었다.

"맹이 나선다면 어떻게 해서라도 가져가겠지. 난 무술대회의 승자에게 준다고 약속했기 때문에 만약 그가 우승한다면 줄 생각이다. 하지만 쉽게 내줄 생각은 없어. 이번 대회는 연령 제한을 둬 젊은 후지기수들의 무공 대결로 할 생각이네."

"아! 그 방법이 있군요!"

위지혁이 탄성하며 크게 말하자 위지강은 선선히 고개를 끄덕였다. 그렇게 한다면 무술대회의 열기가 식지는 않을 것이기 때문이다.

"저도 마음 놓고 출전할 수 있겠네요."

위지상의 말에 모두들 웃어 보였다. 위지상이야 워낙 무공을 좋아하다 보니 위지영은 가끔 그녀가 사내였다면 더 좋았을 거란 말을 하곤 했다.

"마침 잘되었군. 출전한다면 열심히 해서 우승해야 한다. 위지세가의 명예를 위해서라도 말이다. 하나 지게 될 경우 상대가 남자라면 그에게 시집가거라."

"에?!"

위지영의 말에 위지상은 매우 놀란 듯 눈을 부릅뜨며 자리에서 일어섰다. 곧 정신을 차린 그녀는 큰 목소리로 말했다.

"무슨 말씀이세요, 아버님! 그런 대회라면 안 나가겠어요!"

"뭘 그렇게 놀라느냐? 네 무공에 자신이 없는 것이냐? 본 가에서 열리는 대회이다. 본 가 사람이 출전하는데 당연히 우승해야지, 우승을 못한다면 그게 무슨 망신이냐? 본 가의 자존심을 위해서라도 우승해야 한다. 아니면 그 정도의 마음가짐도 없이 출전하겠다고 한 것이냐?"

위지영의 딱 부러진 말에 위지상은 순간 할 말을 찾지 못하고 주변을 둘러보았다. 위지강과 위지혁에게 도움을 요청한 것이다. 하지만 그 둘은 그녀의 시선을 피했다.

"숙부님들, 도와주세요. 아버님이 말도 안 되는 말씀을 하시는데 왜 제 시선을 피하세요!"

위지상이 답답한 듯 크게 도움을 요청하자 위지강이 미소를 그리며 말했다.

"네 무공이면 솔직히… 웬만한 사내들은 다 이길 게 아니냐. 거기다 네 무공보다 뛰어난 후지기수라면 손에 꼽을 터, 그들이라면 솔직히 안심하고 시집보낼 수 있지. 형님께선 네 무공을 알기 때문에 말씀하신 거다. 더욱이 무술대회를 후지기수로 한정한다면 네 시집 문제도 해결되니 일석 삼조가 되지 않느냐?"

"그럼! 어험! 젊은 놈들 중에 네가 이기지 못할 정도의 놈이라면 분명 명가의 제자나 명문세가의 자제들일 터, 대회를 빌

미로 팍! 팍! 혼사를 밀어붙여 주마."

위지강의 말에 위지영은 고개를 끄덕이며 당연하다는 듯 말했다. 그러자 위지혁이 옆에서 도왔다.

"아마 상아를 이길 정도의 남자라면 모용세가의 모용세나 남궁세가의 남궁진, 또 산동유가의 유석영 정도일 것이고, 무당파와 화산파의 제자 두 명도 있습니다, 형님."

위지혁의 말에 위지상은 얼굴을 붉혔다. 모두 잘생기고 이름있는 후지기수들이었기 때문이다. 그러자 위지영이 고개를 끄덕이며 물었다.

"호오, 모두 명가로군. 마음에 들어. 그런데 그중에 몇 명이나 왔나?"

"이름있는 후지기수들은 거의 다 와 있습니다. 워낙 상아의 교우 관계가 좋다보니 다들 일찍부터 와 있더군요. 잘되었습니다, 형님. 아니, 축하합니다, 형님."

"와하하하하!"

"경사로군."

위지영이 크게 웃고 위지강이 고개를 끄덕이자 전신을 떨던 위지상이 폭발했다.

"시끄러워요!"

휘릭!

위지상은 얼굴을 붉힌 채 자신의 방으로 달려갔다. 그 모습에 남은 세 사람은 술잔을 들어 올리며 마치 위지상이 시집간다는 게 확정이라도 된 것처럼 건배하기 시작했다. 이 집의 가장 골칫거리가 해결되는 순간이었기 때문이다.

* * *

"금도문(金刀門)의 운소명이오."
"금도문? 어디의 금도문인가?"
"산서성 구향현의 금산이오."
운소명은 위지세가의 정문에 서서 거대한 정문을 올려다보았다. 그의 앞에는 명부를 작성하고 있는 삼십대 후반의 인물과 무인들이 늘어서 있었다.
"산서성… 에또… 금산… 금도문의 운소명이라… 무기는?"
글을 다 적은 중년인은 고개를 들어 운소명에게 물었다. 운소명은 어깨를 털며 고개를 저었다.
"금도문이라면 도를 사용할 텐데, 무기도 없이 온 건가?"
"혼인식에 무기를 들고 오는 게 더 이상한 것 아니오?"
"뭐, 그렇지. 들어가게나."
"수고하시오."
운소명은 포권하며 안으로 들어갔다. 그러자 연무장의 중앙에 무술대회장이 허리 정도의 높이로 설치되어 있는 게 보였다.
'대단히 넓군.'
운소명은 안으로 들어와 아무 자리에 앉아 주변을 둘러보다 거대한 연무장의 크기에 고개를 끄덕였다. 천여 장이나 되는 엄청난 넓이에 과연 위지세가란 생각이 들었다. 그리고 대회장을 중심으로 많은 사람들이 둘러앉아 연회를 즐기고 있었다.

"앞에 앉아도 되겠나?"

"그러시오."

운소명은 거렁뱅이 하나가 앞에 앉자 슬쩍 미소를 그렸다. 한눈에 보아도 개방도 같았기 때문이다.

"나는 구강에서 온 우룡이라 하네. 자네는?"

"금도문의 운소명이오."

"이야! 반갑네, 반가워. 워낙 젊은 사람들을 찾기 힘들어서 말이야. 혼자 놀러 온 젊은 사람이 흔하지는 않거든."

그렇게 말한 우룡의 눈에는 이채가 어렸다 금세 사라졌다. 우룡은 운소명의 예상처럼 개방도였는데, 그는 이곳에 온 많은 젊은 사람들 중에 운소명을 눈여겨본 것이었다. 이유가 있다면 운소명이 혼자 왔다는 점 때문이었다. 보통 후지기수들은 선배나 친구들을 대동하고 오는 경우가 많았다.

"그런데 어디 금도문인가? 워낙 금도문이란 곳이 많다 보니."

우룡의 물음에 운소명은 미소를 그렸다. 우룡의 말처럼 금도문이란 문파는 천하에 수백 곳이 존재하기 때문이다. 그렇기 때문에 운소명도 금도문이라는 평범한 문파를 내세워 들어온 것이다. 이렇게 큰 잔치가 있는 문파나 세가는 범죄자나 사파가 아닌 이상 축하하러 오는 사람들을 막지 않았다. 백화성에서도 손님이 온다면 막지 않을 것이다."
 "그러는 우 형은 개방이오?"
 "이런! 들켜 버렸군. 어떻게 알았나? 이거, 눈썰미가 제법인데?"
 별것도 아닌 일에 호들갑을 떨며 우룡이 웃어 보이자 운소명은 재미있다는 듯 눈웃음을 지었다.
 "산서성 금산에 있는 금도문이오. 스승님은 은거하셨고 나도 강호를 유랑한 지 꽤 되어 조사한다 해도 나올 것은 없을 것이고, 어차피 이름없는 문파라 아는 사람도 없소."
 "호오, 개방에 대해서 좀 아는 모양이네?"
 "정보통으로 유명하지 않소?"
 "하긴, 개방하면 그거지만… 후후, 그런데 운 형은 무술대회를 보러 온 것이오?"
 우룡의 물음에 운소명은 고개를 끄덕였다.
 "그렇소. 사실 강호를 유랑하다 보면 가장 재미있는 게 싸움 아니오? 이런 기회는 흔치 않으니 구경 온 것이오. 사실 위지세가에 인연도 없기 때문에 올 일도 없었으나 마침 이곳을 지나다 무술대회를 연다기에 온 것이오."
 "하하! 운 형 말처럼 재미있는 게 싸움이오. 나 역시 싸움 구경을 하러 온 것이지만… 그런데 운 형은 무공을 익혔소? 전혀 무공을 익힌 사람처럼은 안 보여서 그렇소. 강호를 유랑하다가 설혹 안 좋은 일이라도 당한다면 어쩌려고 그러시오? 워낙 흉흉한 세상 아니오?"

"무공은 내 한 몸 지킬 정도만 익혔을 뿐이오. 다행히 지금까지는 흉흉한 일을 안 당해서 그런지, 그렇게 세상이 흉흉한 것처럼 느껴지지가 않소."

운소명의 미소 지은 말에 우룡은 고개를 끄덕였다. 곧 둘은 많은 대화를 하며 시간을 보냈다.

무술대회 당일이 되자 위지세가로 수많은 사람들이 향했는데, 비단 무림인뿐만 아니라 근처에 사는 일반인들도 많았으며, 멀리서 구경 온 사람들도 많았다. 이날부터 무술대회가 끝나는 날까지 위지세가의 대문은 활짝 열려져 있었으며, 대연무장에 한해서 누구라도 무술대회를 구경할 수가 있었고, 참가할 수도 있었다. 그 이외의 장소는 명성이 높거나 초대받은 손님들만이 오갈 수 있었다.

위지세가에서 좀 떨어진 동호 인근에서 노숙한 운소명은 오후가 되어서야 위지세가로 향했다. 인근 마을의 모든 숙박 시설이 사람들로 가득 차 방을 못 구했기 때문이다.

'우룡인가 토룡인가 때문에 골치 아프군. 칠결제자인데… 그 나이에 칠결이면 대단한 신분이고…….'

향주 급의 인물이 자신의 옆에 철석 달라붙어 있었으니 귀찮을 수밖에 없었다. 운소명은 이틀 전 겨우 우룡을 떼어내고 위지세가를 나올 수 있었다.

위지세가로 향하는 대로에 접어든 운소명은 수많은 사람들이 끊이지 않고 위지세가로 향하는 모습을 보며 고개를 절로 저었다.

'대단한 인파군.'

운소명은 자연스럽게 인파에 몸을 실어 위지세가로 들어갔다.

"와아아아!"

거대한 함성과 함께 비무가 이어지고 있었으며 병장기 소리가 사람들 사이로 들려왔다. 운소명은 위지세가의 대문에서 가까운 곳에 자리를 잡고 섰다. 곧 반 장 높이의 단 위에서 싸우는 두 청년의 모습이 눈에 잡히자 가만히 팔짱을 낀 채 그들을 쳐다보았다.

"어이! 운 형 아닌가?"

운소명은 고개를 돌리다 우룡을 발견하곤 안색을 찌푸렸다.

"잘 잤나? 그건 그렇고, 자네 들었나?"

"무얼 말인가?"

우룡은 마치 큰 사건이라도 들은 듯 호들갑스럽게 말했다.

"무술대회 말일세, 무술대회."

"지금 하고 있지 않나?"

"아아! 이 사람, 이거. 아직 잘 모르는 모양이군. 위지가주께서 무술대회를 서른 전의 후지기수들로만 참가하라고 했네. 그것 때문에 지금 난리일세. 유령도가 탐나서 일부러 온 고수들은 헛물만 들이켰지 뭔가?"

"호오, 그런 일이 있었군."

운소명은 재미있다는 듯 턱을 쓰다듬었다. 그러자 우룡이

다시 말했다.

"그 소식을 알리자 우리 사형도 참가할 모양이야. 근데 그보다 더 큰 소식은 뭔지 아나?"

"후지기수들만 겨루라는 소식보다 더 큰 소식이 있소?"

"와아아아!"

순간 거대한 함성과 함께 대회장에 쓰러진 청년이 실려 나갔다. 곧 위지세가의 총관인 위지강이 올라와 다음 도전자를 물었다. 다섯 번의 대결을 연속으로 이기면 결승에 진출하는 방식이었기 때문에 비무에서 이긴 청년은 여전히 그 자리에 서 있었다. 얼마 지나지 않아 다른 청년이 올라가자 곧 함성과 함께 비무가 시작되었다.

"시작하는군."

운소명의 말에 우룡은 고개를 끄덕이며 말했다.

"자네는 누가 이길 것 같나? 내가 볼 땐 지금 올라간 사람이 이길 것 같은데?"

"잘 모르겠는데. 그것보다 큰 소식이라니?"

운소명은 자연스럽게 평대하고 있었다. 우룡도 그러한 운소명의 말투를 의식하지 않았다.

"아! 그렇지 그 큰 소식이란 게 말이야, 오봉 중 한 명인 위지상이 이번 대회에 나오는데, 자기를 이기는 사람과 혼인하겠다지 뭔가? 대단한 사건이지 않나?"

"호오, 정말 대단한 사건이군. 혹시 자네 사형은 위지 소저가 참가해서 대회에 나서려는 게 아닐까? 위지 소저는 미인이라고 들었는데?"
 운소명의 물음에 우룡은 심각한 표정으로 고개를 끄덕였다.
 "내가 생각해도 그런 것 같네. 사형 같은 경우엔 이런 대회에 별로 관심이 없거든. 그런데 굳이 나온다고 하는 걸 보니… 아마 유령도보단 위지 소저가 목적일 듯싶네."
 우룡의 심각한 말에 운소명은 웃음을 흘렸다.
 "와아아아!"
 함성과 함께 비무는 계속 이루어지고 있었다.

 첫날의 무술대회가 끝나자 사람들은 썰물처럼 위지세가를 빠져나갔고, 운소명도 그 가운데 섞여 위지세가를 빠져나왔다. 일반인들 사이에 섞여 있다 보니 특별한 정보를 얻을 수는 없었다. 하지만 그렇다고 우룡을 통해 정보를 얻을 수도 없는 일이었다. 문제는 그가 개방도였기 때문인데, 조금이라도 정보를 얻으려는 눈치를 보인다면 우룡은 자신을 더욱 귀찮게 할 것이 분명했다.
 단지 이득이 있다면 단상 위에 앉아 있는 위지세가주와 스무 명 정도의 명사들의 모습이었다. 특히 제갈현의 뒤에 서 있는 유신을 알아본 것은 운소명에겐 큰 이득이었다.
 '유신… 살아 있었구나…….'
 운소명은 마을로 향하며 어둠이 내리길 기다렸다.

                *   *   *

수림원의 방 안에 밝혀진 불빛 사이로 네 명의 여자가 모여 앉아 있었다. 위지상과 모용지가 있었고, 이자수와 막조희도 앉아 있었다. 막조희는 이자수를 굉장히 따랐기 때문에 만나게 되면 늘 그녀의 옆에 붙어 있었다. 그런 막조희를 위지상은 성격 때문에 별로 좋아하지 않았다.

"그러니까 위지 언니는 이 언니가 비무대에 올라오면 바로 올라와서 져준다, 이 말이죠?"

막조희의 말에 위지상은 고개를 끄덕였다. 이자수는 눈을 반짝이며 차를 마셨다.

"아버님도 여자에게 졌다면 이번 혼사 문제를 더 이상 거론하지 않겠지. 도대체 이게 뭐야? 요즘은 삼류문파도 안 쓴다는 무술대회 시집보내기를 하다니. 어이없어서. 도저히 이대로는 시집갈 수가 없으니 좀 도와줘, 언니."

위지상이 눈물까지 글썽이며 이자수를 쳐다보자 이자수가 살짝 미소를 보였다.

"네 마음을 모르는 것도 아니니 도와줄게. 내일 내가 비무대에 올라가면 바로 출전해."

"정말? 정말이지?"

위지상이 그 말에 언제 그랬냐는 듯 웃으며 이자수의 손을 잡았다. 그러자 막조희가 눈을 부릅뜨며 위지상을 노려보았다.

"언니! 손 잡는 거 금지. 남들이 보면 오해해요."

막조희의 말에 위지상은 곧 자리에 앉아 막조희에게 눈을 부라리며 말했다.

"너는 매일 옆에 붙어다니면서 무슨. 네가 남자를 안 만나는 이유가 이 언니를 좋아해서 그런다고 다들 수군거려, 이것아. 너도 조심해, 소문 나빠지면 시집도 못 가니까."

"훗! 그런 건 걱정 안 해요. 제가 한 미모 하잖아요. 저 좋다고 따라다니는 남자도 많은데요, 뭘. 잘 아시잖아요."

그렇게 말한 막조희가 요염한 눈동자로 쳐다보자 위지상이 안색을 굳혔고, 모용지는 고개를 끄덕였다. 실제 막조희는 천하절색의 미인이었기 때문이다.

"남궁 소저께서 오셨어요."

"오!"

"어라? 남궁세가에서 지금 왔나 보네요."

문밖에서 시비의 목소리가 들리자 위지상이 일어서고 모용지가 놀란 표정을 그렸다. 곧 방 안으로 남색 무복을 입은 남궁옥이 들어서자 모두 반갑게 인사했다. 남궁옥은 남은 한 자리에 앉았다.

"너무 늦게 온 것 같아 미안해. 그래도 왔는데 위지 동생은 보고 가야 할 것 같아서 자기 전에 들렀어."

"잘 오셨어요, 언니."

위지상이 차를 따르며 미소를 보였다. 막조희도 자신의 미모를 남들에게 자랑하지만 남궁옥이 앞에 있으면 자중하는 편이었다. 그 점을 알기에 더욱 반갑게 맞이했다.

"옥이는 무술대회에 나올 생각이니?"

이자수가 묻자 남궁옥은 가만히 고개를 저었다.

"그냥 구경만 하려고. 무술대회보다 축하하기 위해 온 것이라 오라버니도 참가하지 않는대. 자수는 참가할 거야?"

"아무래도……."

이자수는 고개를 끄덕이며 위지상을 슬쩍 쳐다보자 위지상이 미안한지 얼굴을 붉히며 말했다.

"이 언니에게 제가 부탁했어요. 무술대회에 좀 나와 달라고."

"아니, 왜?"

남궁옥이 그 말에 눈을 크게 뜨자 위지상은 길게 설명을 하였다. 그제야 남궁옥은 고개를 끄덕이며 수긍하였다. 곧 그녀는 걱정스러운 한숨을 내쉬었다.

"위지 동생도 시집 때문에 걱정하지만… 요즘 나도 걱정이야. 여기저기서 시집가라고 난리지, 매파는 계속 들어오지… 휴……."

"나도 마찬가지야. 그래서 참가해 주는 거지만."

남궁옥의 말에 이자수가 동조하자 다섯 여자가 너나 할 것 없이 길게 한숨을 내쉬며 고개를 숙였다. 실제 모두 같은 심정이었기 때문이다.

'고민들이 많은 모양이군…….'

스륵!

모습을 보이다 201

운소명의 그림자가 어둠 속에서 조용히 위지상의 방을 빠져나와 다른 곳을 향해 갔다. 그가 지금 펼치고 있는 암도술 자체가 원래 무림맹에서 만든 최고의 잠행술이었다. 그런 잠행술을 절정의 경지에서 펼치다 보니 그가 움직이는 흔적조차 남지 않았고 소리조차 없었다.

노화순청의 경지에 이른 운소명은 전보다 훨씬 수월하게 암도술을 펼칠 수 있었으며 쉽고 빠르게 이동할 수 있었다.

'그건 그렇고, 남궁 소저는 요물이야. 전에는 그래도 청순해 보였는데 지금은 요염하기까지 하니……'

운소명은 남궁옥의 미모가 한층 더 아름답게 변한 것을 보고 놀라고 있었다. 무엇보다 전과 달리 칼날 같은 예기까지 느껴지는 모습이었다. 아무래도 요 몇 년 동안 고된 수련을 한 것 같았다.

쉬릭!

담장을 몇 개 넘은 운소명은 말소리가 들리자 지붕 위의 그림자로 스며들어 가 안을 살폈다. 불빛 사이로 앉아 있는 세 명의 청년이 그의 눈에 들어왔다. 그들은 모두 준수한 외모를 지닌 이십대 중후반의 청년들로, 남궁진과 모용세가 있었고 그 가운데 막조희의 오라비인 막영이 앉아 있었다. 막영은 다른 청년들보다 키도 컸으며 덩치도 좋아 한눈에 알아볼 수 있었다.

'위지세가의 위세가 있으니 이름있는 놈들은 다 모이는군.'

운소명은 또다시 조용히 이동하기 시작했다.

"남궁 형이 출전하지 않는다면 나라도 나가볼 생각이오."

모용세의 말에 남궁진과 막영이 의아한 눈빛을 던졌다. 명예를 얻기 위해서라면 나가는 것도 좋겠지만 이러한 대회에서 패하게 된다면 그것만큼 창피한 일도 없기 때문이다. 더욱이 상금과 함께 유령도가 걸린 대회이기 때문에 낭인들이 많이 출전하는 대회가 되었다.

돈이 필요한 것도 아니고, 거기다 검을 쓰는 모용세에게 유령도는 필요없는 무기였기에 나갈 이유는 없다고 여겼다.

"무슨 이유라도 있소, 모용 형?"

막영이 의아한 표정으로 묻자 모용세는 미소를 그리며 말했다.

"무림대회 전에 한번 몸이라도 풀어볼 생각이오."

"아……."

남궁진과 막영이 그 말에 고개를 끄덕였다. 삼 년 만에 한 번씩 열리는 무림대회를 떠올린 것이다.

"그러고 보니 올가을에 열리는 무림대회를 잠시 잊고 있었군."

남궁진이 눈을 빛내자 막영이 씁쓸히 말했다.

"아버님이 나가라고 할 테니 당연히 나가겠지만… 이거, 우승도 못할 대회라……. 참, 거기다 신진 고수들도 꽤 등장한 것 같고… 올해는 전보다 더 어려울 것 같소. 더욱이 유신 같은 고수도 나올 테고… 음, 고민이로다."

막영은 무림대회를 떠올리며 고개를 저었다. 그의 말처럼 유신은 대단한 고수였기 때문이다. 후지기수들 사이에서도 가장 뛰어난 고수로 평가받고 있는 상대였다.

'유신이… 호오, 이거, 재미있는데.'

운소명은 방을 지나치다 마지막에 들린 말소리에 미소를 그렸다. 유신에 대해서 사람들이 잘 알고 있기 때문이었다.

'출세한 모양이야.'

운소명은 그런 생각을 하며 유신을 찾기 위해 움직이기 시작했다.

방 안에 앉아 있던 유신은 창문 틈으로 불어오는 바람 소리에 곧 자리에서 일어나 창을 굳게 닫았다. 그리곤 의자에 앉아 검을 닦기 시작했다. 내일은 자신도 무술대회에 나가야 했기 때문에 무기를 점검해야 했다.

'근 일 년 만에 다른 사람과 겨루는 것인가?'

유신은 지난 일 년 동안 이렇다 할 비무가 없었던 것을 떠올렸다. 삼 년 전 홍천과의 싸움 이후로 목숨을 걸어야 하는 싸움은 없었다. 그러다 보니 자신의 검이 무뎌진 것 같다는 생각도 들었다. 그 순간 유신의 눈동자가 반짝거리며 문 쪽으로 시선을 던졌다. 바람 소리가 들렸기 때문이다.

"손님이 온 모양이군."

스륵!

어둠 속에서 조용히 이동하는 검은 그림자의 모습에 유신의 눈동자가 굳어졌다.

"암도술? 홍천이로군. 몇 호인가?"

검은 그림자가 일어나 사람의 모습으로 변하자 유신은 안색을 굳힌 채 눈을 반짝였다.

"처음 보는 얼굴인데, 건방진 놈이군."

"여! 설마 몰라보는 건가?"

완전하게 모습을 드러낸 운소명을 쳐다보던 유신이 손을 움직이자 십여 개의 검광이 번개처럼 운소명의 몸을 자르고 지나쳤다. 하지만 조각난 운소명의 몸은 원래의 모습으로 다시 돌아갔다. 서 있는 자리조차 바뀌지 않은 상태였다. 그러자 유신의 안색은 더욱 굳어졌다.

"믿을 수가 없군."

유신은 어깨를 미미하게 떨기 시작했다. 처음 봤을 땐 십대 후반의 소년 같은 얼굴이기에 운소명이란 생각이 들지 않았다. 자신이 아는 운소명은 저렇게 어리지 않았기 때문이다. 그런데 보면 볼수록 운소명이란 확신이 들었다.

"믿을 수가 없는 건 나일 텐데."

운소명의 말에 유신은 눈살을 찌푸리며 손을 움직이려 했다. 순간 강력한 살기가 전신을 억눌렀다.

"움직이지 마."

낮은 목소리였으나 유신은 거미줄에 걸린 것 같은 기분이 들었다.

"삼 년 만에 만났는데 인사도 못하오?"

"반갑나?"

운소명의 차가운 눈동자가 반짝이자 유신은 슬쩍 미소를 그렸다.

"죽었다고 생각했는데 눈앞에 나타났으니 반가울 수밖에."

"나도 마찬가지야. 맹주의 성격상 네놈도 죽일 거라 생각했거든. 그런데 버젓이 살아 있고 거기에 명성까지 얻은 모양이야. 부러워 죽겠어."

운소명의 말은 농담처럼 들렸으나 유신은 절대 농담으로 받아들이지 않았다. 운소명의 소망이 자신 같은 모습이었기 때문이다. 명성을 얻고 사람들 속에 섞여 사는 것.

"왜 나타난 것이오? 살았다면 조용히 숨어 살면 아무런 일도 없을 것을. 더욱이 죽은 마당에 말이오."

"뒷골이 아파서. 후후."

운소명의 말에 유신은 미미하게 고개를 끄덕였다. 그러자 운소명이 물었다.

"홍천이 또 있나 보군."

"새로 만들었소. 우리가 활동하는 동안 뒤를 이을 놈들을 키운 모양이오."

"꽤나 솔직한데?"

"왜냐하면……."

핏!

순간 유신의 신형이 운소명을 지나쳐 뒤에 나타났다. 퍽! 소리와 함께 운소명의 신형이 허리부터 양단되어 분리되자 유신은 식은땀을 흘리며 미미하게 전신을 떨어야 했다. 자신의 일검을 피했기 때문이다.

"오늘은 그냥 가지. 생각보다 많은 정보를 얻었으니까. 다음에 보세."

낮은 목소리의 울림과 함께 양단된 운소명의 신형이 흐릿하게 사라지자 유신은 어금니를 깨물며 신형을 돌렸다.

'나타날 만하니까 나타난 것인가……'

유신은 순간 입가에 가느다란 미소를 걸었다.

스륵!

인기척은 극히 미미했다. 단지 어둠 속에서 사람이 갑자기 나타난 것처럼 운소명은 그렇게 실내에 들어와 있었다. 그는 벽에 걸린 한 자루의 도를 쳐다보고 있었다. 도집은 백색에 구름 문양이 은색으로 정교하게 그려져 있었으며 휘어짐이 없었다.

'직도였나?'

운소명은 유령도가 직도라는 사실에 조금은 의외라고 생각했다. 그 같은 형태의 도는 거의 구경하기 힘든 모양이었기 때문이다. 크기나 넓이는 검과 비교해 그다지 달라 보이지 않았다. 단지 외날이라는 것이 다른 점이었고, 특별한 문양이 없는 손잡이였다.

자신도 모르게 다가가 손잡이를 잡은 운소명은 살짝 도를 꺼내보았다. 스르릉거리는 날카로운 금속음과 함께 백색의 도신이 눈에 보이자 저도 모르게 눈을 반짝였다. 강렬한 예기가 흘러나왔기 때문이다. 가지고 싶다는 욕망이 문득 가슴을 치고 올라왔다. 하지만 그럴 수는 없었다. 그렇게 되면 자신의 계획이 틀어지기 때문이다.

'후우……'

살짝 한숨을 내쉰 뒤 도를 도집에 넣은 운소명은 주변을 둘러보았다. 자신이 들어올 때와 변한 것은 아무것도 없었다. 어둠이 방 안을 덮고 있었으며 밖에선 보초들의 말소리와 발소리가 가끔씩 들려왔다.

'……'

운소명은 안색을 굳히다 이내 소리없이 어둠 속으로 사라졌다.

휙!

그가 사라지자 마치 기다렸다는 듯이 한 명의 검은 복면인이 방 안으로 모습을 보였다. 그는 주변을 조심스럽게 둘러보다 아무도 없다는 것을 확인하자 안심한 듯 벽에 걸린 유령도에 다가갔다.

곧 복면인은 유령도를 벽에서 내려놓은 후 종이를 품에서 꺼냈다. 그리곤 묵필을 손에 쥐곤 유령도의 그림을 그리기 시작했는데, 크기부터 모양까지 한 치의 오차도 없이 그려 나갔다. 한쪽 면을 다 그리자 복면인은 곧 유령도를 뒤집어 반대쪽 면도 밑에 그리기 시작했다.

슥! 슥!

복면인의 빠른 손놀림만이 어둠 속에서 낮게 울리고 있었다.

"훗!"

만족감에 찬 웃음일까? 복면인은 자신이 그린 완벽한 그림을 눈으로 감상한 후 곧 품에 넣고 유령도를 벽에 걸었다. 그리곤 잠시 서서 유령도를 쳐다보더니 이내 어둠 속으로 소리 없이 사라졌다.

그가 완전히 모습을 감추자 천장에서 검은 그림자가 떨어져 내렸다. 운소명이었다.

'보통의 도둑은 아닌 모양이군.'

운소명은 좀 전에 나타난 인물이 정교하게 그림까지 그리던 모습을 떠올렸다. 완벽한 유령도의 가짜를 만든 후 바꿔치기하려는 목적이 눈에 훤히 보이는 수작이었는데, 그 그림 솜씨가 대단해 만약 가짜를 만들어 온다면 도를 꺼내 보지 않는 이상은 알지 못할 것이 분명했다.

'누굴까?'

운소명은 상대가 누구인지 상당히 궁금했다. 다른 이유가 있어서 그런 건 아니었다. 단지 자신이 먼저 찍어놓은 물건을 탐내려 했기 때문이다. 그리고 자신의 계획에 유령도는 필수적으로 필요했다.

'재미있군.'

운소명은 이내 소리없이 방에서 모습을 감추었다.

第七章

못된 사람

못된 사람

 술잔은 금색의 연꽃이었다. 그 위로 떨어지는 호박 빛깔 백년주는 달콤한 향을 방 안에 뿌렸다. 백화성에서 만드는 백년주는 그 빛에 취하고 향기에 취한 후 맛에 취해 결국 도원경(桃源境)을 본다 하여 세안주(洗眼酒)라고도 불렀다.
 술병을 든 시비는 조심스럽게 술잔에 술을 따랐다.
 또르륵!
 맑은 물소리는 심신을 시원하게 해주었고 짙은 향은 마음을 안정되게 해주었다.
 "축하한다."
 그윽한 시선 속에 담긴 깊은 마음은 무엇을 생각하는지조차 모르게 만들었다. 하지만 포근함이 느껴졌다. 손수수는 마주

앉은 자심연을 똑바로 바라보지 못했다. 자심연은 곧 시비를 물리고 아무도 들어오지 못하게 명하였다. 그런 후 그녀는 손수수를 향해 물었다.
"삼 년 만에 보는데 반갑지도 않느냐?"
자심연의 목소리에 손수수는 고개를 들었다.
"임무를 완수했습니다."
처음 나온 말이었다. 인사도 아닌 임무에 대한 보고인지라 자심연은 슬쩍 미소를 보였다. 마치 여전하다는 듯한 표정이었다. 그러다 손수수의 백색 궁장의를 한번 살펴보더니 입을 열었다.
"생각보다 잘 어울려."
"예?"
"그 옷 말이야."
손수수는 자신이 입고 있는 궁장의를 이리저리 살피다 안색을 찌푸렸다.
"처음 입어보는 거라 어색합니다."
"아니야, 어울려."
자심연의 말에 손수수는 어색한 표정을 지었다.
"죽은 줄 알았던 네가 돌아왔으니 축하주를 마셔야지. 자, 들지."
자심연이 잔을 들자 손수수도 잔을 들었다. 곧 자심연은 시원하게 술을 마신 후 은은한 빛을 띤 눈동자로 술을 마시고 있는 손수수의 얼굴을 살폈다. 곧 손수수가 살짝 붉어진 얼굴로 술잔을 내려놓자 입을 열었다.
"조사당은 좋은 곳이더냐?"
"……!"
 손수수는 급작스러운 자심연의 말에 눈을 크게 뜨고 놀랍다는 듯 그녀를 쳐다보았다. 자심연은 이미 그곳이 조사동이란 사실을 알고 있었다. 단지 말을 하지 않았을 뿐이었다.
"후후."
 손수수의 표정이 재미있는지 자심연은 옅은 미소를 그리며 말했다.
"무살은 죽였느냐?"
"이미 죽었습니다. 그곳이 어떤 곳인지 모르나… 사망동의 입구에서 그를 죽였습니다. 저는 사망동을 벗어나지 못해 휘말리고 말았습니다."
"그랬군."
 자심연은 조금 안쓰러운 표정으로 씁쓸히 고개를 저었다. 손수수가 자신에게 거짓을 고한다고는 생각하지 않았다. 암화단 자체가 사실만 말하는 곳이었기 때문이다. 어릴 때부터 교육받은 그곳의 환경은 그만큼 혹독한 것이었다. 단지 자심연은 그녀의 무공이 그러한 한계를 뛰어넘었다는 점을 생각지 않은 것뿐이었고, 무엇보다 무살의 죽음이 아쉬움으로 다가와 거기까지 생각하지 못했다.
 무살의 죽음은 그녀의 마음에 상당한 파장을 만들어주었다. 자신이 가장 아끼던 제자의 아들이 죽었으니 마음에 동요가 올 수밖에 없었다. 그녀는 이내 생각을 접고 손수수에게 다시 물었다.

"흑마곡엔 금성팔문진이 펼쳐져 있다. 들어가면 나올 수가 없는 곳이지. 그렇기 때문에 본 성의 장로분들은 은퇴하시면 그곳으로 들어가 남은 여생을 보내셨다. 그런데… 네가 나타날 줄이야. 거기다 흑마곡에서 나온 네 무공은 몰라볼 정도로 달라져 있구나. 어찌 된 일이냐?"

자심연의 물음에 손수수는 천천히 그간 있었던 일들을 소상히 털어놓았다. 물론 운소명에 대한 이야기는 절대 꺼내지 않았다. 처음 들어간 곳에서 천년오공을 먹은 것과 비가 오는 날 안개가 걷혀 조사동에 갈 수 있었다는 것까지 모두 설명했다.

또한 삼 년 만에 그곳에서 나오게 된 것과 조사당에 있던 무학들에 대해서도 빠뜨리지 않았다. 이야기를 전부 들은 자심연은 고개를 끄덕이며 여러 가지를 생각하는 듯 보였다.

"금성팔문진의 건문(乾門)에 네가 들어간 모양이구나. 운이 좋게도 휴식기였던 모양이다. 팔문 중 유일한 생문은 감문(坎門)이다. 감은 알다시피 물을 의미하는데, 감문의 물을 따라 들어가면 조사동에 이르지. 나머지 칠문은 자연적으로 휴문과 사문(死門)으로 바뀐다. 사문인 상태에서 몇 년 지내다 보면 몇 달 정도의 휴식기가 오는데, 그때는 그곳에 들어가도 살 수가 있으나 그 또한 잠시일 뿐이다. 곧 사문으로 바뀌어 죽음의 문이 되는데… 각각의 문들마다 특징이 있고 독특한 동물들이 산다고 들었다. 그런데 건문에 오공이 살 줄이야……."

"잘 알고 계시는군요?"

손수수의 물음에 자심연은 고개를 살짝 저으며 말했다.

"지극히 단편적인 것뿐이야. 자세히 알고 있는 사람은 창천궁주겠지. 금성팔문진을 만든 사람이 그들의 조상이니까."

"그랬군요."

손수수는 그제야 자신이 모르는 사람들의 시신에 대해서 이해할 수가 있었다. 백화성의 사람이 아닌 자들도 더러 보였기 때문이다. 그들은 창천궁에서 온 자들이 확실했다.

"건문은 휴식기엔 물이 고이고 안개가 끼지. 하지만 사문이 되면 물 한 모금 나오지 않는 사막이 되는데, 유일하게 사는 것이 천년오공인 모양이다. 시체를 먹는 오공이 살 줄이야… 비가 왔다고 했지?"

"예."

"비는 삼 년 주기로 내리는데, 그것도 전체적으로 내리는 게 아니라 건문부터 시작해 팔문을 모두 돌아가면서 내리지. 마지막으로 네가 머물던 곳에 오는 모양이야. 그 기간이 삼 년… 비가 오기 전엔 건기가 오고… 창천궁주라면 자세히 알 터인데… 어찌 되었든 네가 무사해서 다행이다."

자심연은 생각을 접으며 이내 미소를 그렸다. 그녀의 밝은 표정에 손수수는 돌아오길 잘했다는 생각이 들었다.

"염려를 끼쳐 죄송합니다."

"아니다, 아니야. 네가 온 것만 해도 마음이 놓인다."

자심연은 고개를 저으며 말했다. 손수수를 배려해서 한 말이 아니라 실제 사실이었다. 그녀에겐 믿을 수 있는 수하가 필요했고, 암화단주인 손수수는 그녀가 가장 믿고 있는 수하였다. 현 단주인 연소월이 잘한다고는 하나 자신의 손으로 직접 데려와 키운 손수수만큼 할까?

"암화단에 갈 것이냐?"

"예, 제가 있던 곳이니까요."

손수수의 대답에 자심연은 고개를 저었다.

"암화단은 현재 잘 돌아가고 있는 중이다. 삼 년의 공백은 큰 것이다. 연 단주를 중심으로 현재 단합이 잘되는 모양이야."

자심연의 말에 손수수는 안색을 굳히며 입술을 깨물었다. 그 말인즉 자신이 갈 데가 없다는 말과도 같았기 때문이다. 자신도 삼 년 만에 모습을 보여 암화단주인 연소월의 자리를 뺏을 생각은 하지 않았다. 그래도 서운했다.

하지만 다른 사람이 그 자리에 앉아 이미 지휘 체계를 잡은 상태였다. 만약 자신이 다시 가게 된다면 자신이 있을 때 단원이었던 사람들과 새로 들어온 단원들 간에 마찰이 생길 수도 있었다. 자심연은 그 점을 염두에 두고 한 말이 분명했다.

손수수의 표정을 본 자심연은 곧 미소를 보이며 말했다.

"솔직히 네 능력을 암화단주에 한정시키기엔 아깝다는 생각이 든다. 너 역시 조사당에서 무공까지 얻었는데 암화단주로 지내기엔 아깝다고 생각되지 않느냐?"

"하지만… 마땅히 갈 데가 떠오르질 않습니다."

손수수의 대답에 자심연은 의자에 깊숙이 몸을 파묻으며 고민스러운 표정을 보였다. 손수수가 볼 땐 자신의 처우에 대해서 깊이 생각하는 것처럼 보였기에 마음속으로 대단히 고맙게 생각하고 있었다. 추궁하는 것도 아니었고, 그렇다고 지난 시간에 대해서 깊게 묻지도 않았다. 그곳에서 무공을 얻었다면 그 무공부터 시작해 많은 것을 원했을지도 모른다. 하지만 자심연은 그렇게 하지 않았다.
 조사당이라면 무수히 많은 무공들이 남겨져 있을 것이다. 그건 충분히 그곳에 대해 알고 있다면 예상할 수 있는 일이었다. 더욱이 조사당에서 나온 자신은 무공이 한층 높아지지 않았던가? 그 짧은 시간 동안에 이룰 수 있는 경지가 아니었다.
 그 모든 것을 알면서도 자심연은 돌아와 준 손수수를 의심하지 않고 받아주었다. 아무런 사심 없는 그녀의 그런 모습에 손수수는 가슴이 저도 모르게 아파왔다. 무살에 대한 것을 숨겼기 때문이다. 이는 자신을 믿어주는 자심연을 배신하는 것과 같았다.
 '언제까지 숨길 수는 없는 일……'
 손수수는 마음속으로 깊은 고뇌에 빠져들고 있었다.
 "휴우……"
 짧은 한숨 소리에 손수수는 자심연을 쳐다보았다. 손수수의 시선이 느껴지자 자심연은 눈웃음을 그리며 천천히 말했다.
 "네가 볼 땐 내가 이 자리에 언제까지 앉아 있을 것 같으냐?"

"예?"

갑작스러운 물음에 손수수는 매우 놀란 표정으로 눈을 크게 뜨다 당황스러운 듯 어깨를 떨었다. 자심연은 가볍게 말을 한 것이지만 손수수의 귀엔 큰 사건으로 들려왔다.

"무슨 말씀이신지 잘 모르겠습니다."

손수수의 당혹함을 본 자심연은 씁쓸히 말했다.

"이 자리에 길게 앉아 있어봐야 오 년… 짧으면 내일이라도 후계자를 내세우고 물러설 수 있다."

"너무 급작스러워서… 당황스럽습니다."

손수수의 대답에 자심연은 충분히 그 마음을 이해한다는 듯 고개를 끄덕였다.

"충분히 그럴 것이다. 네게 갑작스럽게 이런 말을 하는 것도 그만큼 너를 믿기 때문이지만… 현재 내 뒤를 이어 백화성을 이끌어갈 후계자는 두 명이다. 두 명이란 것은 너도 잘 알다시피 내 두 제자지."

"예."

손수수는 이미 알고 있는 사실이었기에 대답할 수 있었다. 실제 백화성의 후계자는 자심연의 두 제자가 전부였기 때문이다.

"성에 알려진 두 후계자는 어릴 때부터 내 밑에서 무공을 쌓고 백화성을 이끌어왔다. 하지만 그들 두 명 말고도 두 명이 더 존재한다. 잠정적인 후계자는 총 네 명. 나는 이들 네 명 중에 후계자를 고를 생각이다."

자심연의 말에 손수수는 놀란 표정을 보였다. 그러자 자심연이 물었다.

"네가 생각하는 다른 두 명의 후계자는 누구일 것 같으냐?"

자심연의 물음에 손수수는 빠르게 생각을 정리한 후 입을 열었다. 자신도 암화단의 단주로 활동하면서 여러 가지 보고 들은 게 있기 때문이다.

"묵가의 묵 소저가 아닐까 합니다. 그녀는 그 묵가의 대하신공(大河神功)을 칠성 가까이 익혔다고 들었습니다."

손수수는 말을 하며 묵선령을 떠올렸다. 묵선령은 묵선명의 배다른 누나로 아직 시집을 안 간 인물이었고, 빼어난 미인에다 무공도 뛰어나고 성품도 좋아 인망도 두터운 편이었다. 그녀는 십 년 전부터 끊임없이 찾아오는 매파를 뿌리치고 묵가에서 살고 있었다.

"묵선령 정도면 후계자로서 충분하지."

자심연도 인정하는 듯 고개를 끄덕였다. 초대 성주 묵선의 후예인 묵가의 장녀라면 후계자가 된다 해도 부족할 게 없었다.

"그럼 또 다른 한 명은 누가 될 것 같으냐?"

자심연의 물음에 손수수는 오래 생각하지 않았다. 떠오르는 인물은 단 한 명뿐이었기 때문이다.

"곡 원주입니다."

"그렇지."

자심연은 고개를 끄덕였다. 곡비연 역시 곡가의 여식이었고, 현재 백문원의 원주로 앉아 있었다. 그 어린 나이에 백문원의 원주로 앉아 있었기에 사람들은 그녀도 백화성주의 후계자 중 한 명이라고 여겼다.

"나는 다음 달에 정식으로 후계자에 오를 후보를 알릴 생각이다."

손수수의 표정이 굳어졌다. 다음 달에 정식으로 후보들을 정한다면 일 년 후 현 성주인 자심연이 물러선다는 말과 같았기 때문이다.

"그렇게 되면 일 년간 그들 네 명은 내가 내는 시험을 치르겠지. 그리고 내년에 후계자를 정하고 물러서려 한다."

"성주님."

손수수가 놀라자 자심연은 빠르게 말했다.

"이 이야기를 아는 사람은 너와 나뿐이다. 다음 달이 되면 모든 사람들이 알게 될 테니 너는 입을 조심하거라."

"예."

"그리고 너는 비연에게 가거라. 비연만이 다른 세 명에 비해 무공이 부족하니까. 그 부족한 무공을 네가 대신 채워주길 바란다."

"예, 명에 따르겠습니다."

손수수의 대답에 자심연은 만족한 듯 미소를 보이다 눈을 반짝였다.

"비연이는 죽을지도 몰라. 다음 달 정식으로 후보들을 거론하면 후보들 간의 암투가 일어날 테니 말이야. 물론 나는 방관만 할 것이다."

그렇게 말한 자심연은 손수수에게 넌지시 시선을 던지며 다시 말했다.

"나는 모든 후보들이 팽팽한 힘의 균형을 지닌 채 싸우는 모습을 보고 싶어. 한쪽만 힘이 약한 것도 재미없지 않을까?"

"하지만 다른 후보들에 비해 곡 원주의 무공은 보잘것없습니다. 곡 원주의 무공으로 성주의 후보가 된다면 다른 사람들이 불만스러워하지 않을까요?"

"불만은 있겠지. 하나 무공이 낮아도, 아니, 아예 없다 해도 백화성주가 될 수는 있다. 어차피 성주가 되면 지금까지 익혔던 무공들이 모두 무의미해지기 때문이다. 무슨 말인지 알 거라 생각하는데?"

"아……."

손수수는 자심연의 말에 '백화요결'을 떠올렸다. 성주만이 익히는 절대신공이 바로 백화요결이었기 때문이다. 천하제일이라 불리는 신공이었고, 오직 백화성주만 익힐 수 있는 것이었다. 완벽에 가까운 무공이라 불렸고, 익히는 순간 환골탈태하고 나이를 먹어도 늙지 않으며 오히려 반노환동한다고 알려진 무공이었다.

백화요결의 유일한 약점이 있다면 남자들은 익힐 수 없다는 점이었다. 그렇기 때문에 백화성주는 대대로 여성이 맡아왔고 백화성제일의 고수는 언제나 여자였다.

"비연이가 성주가 될 가능성은 매우 낮아. 하나… 나는 비연이가 되었으면 좋겠다."

　백화성주인 자심연의 말에 손수수는 매우 놀란 듯 어깨를 떨어야 했다. 자심연이 마음속으로 밀어주는 인물이 곡비연이었기 때문이다. 그리고 그런 곡비연에게 자신을 보내는 것이다. 그것이 의미하는 바는 컸다.

"호위로 가는 것입니까?"

　손수수의 물음에 자심연은 고개를 끄덕였다.

"일단 호위지만 직책은 있어야 할 게야. 그래, 내 직속으로 하는 영비위(零秘衛)란 직위를 주마. 영비위는 성을 지키는 소리없는 파수꾼이자 내 호위지."

　자심연의 말에 손수수의 눈동자가 반짝였다. 영비위는 각주급의 지위였기 때문이다. 각주 급의 신패를 들고 다닐 수 있으며 성주 직속의 감찰단원이자 호위였다. 성에 큰 사건이 벌어지거나 여러 가문들이 얽히는 일이 터질 때 성주의 권한으로 사건을 조사할 수 있었다. 현재 영비위의 자리에 앉은 인물은 단 세 명뿐이었고, 손수수는 그중에 한 명이 된 것이다.

"감사합니다."

　손수수의 대답에 자심연은 다시 말했다.

"비연이와 함께 생활하면서 그 아이가 살아남을 수 있게 도와주거라. 따로 부탁할 거는 없느냐?"

"음, 두 명의 수하가 있으면 좋겠습니다."

"두 명?"

　자심연의 물음에 손수수는 빠르게 대답했다.

"과거에 함께했던 수하들 중에 두 명을 곁에 두고 싶어서 그렇습니다."
"네가 원하는 만큼 능력도 좋겠구나?"
"예."
손수수의 대답에 자심연은 다시 물었다.
"데려가고 싶은 애들은 암화단의 아이들이냐?"
"그렇습니다."
자심연은 잠시 생각하는 듯하더니 고개를 끄덕였다.
"그러지."

백문원 안으로 들어서면 긴 회랑이 나온다. 회랑은 좌우로 뚫려 있었고 지붕은 해를 막아 그늘을 만들어주었다. 회랑을 걸으며 좌우로 펼쳐진 초록빛 정원을 둘러볼 수가 있었고, 정원의 초록빛은 심신을 안정되게 해주었다.
태호에서 가져온 기이한 모양의 태호석을 바라보며 걷던 묵선명은 문득 걸음을 멈추고 신형을 돌렸다. 조용하면서도 절도있는 발소리 때문이다. 그리고 그는 곧 회랑의 끝에 서 있는 손수수의 모습을 볼 수 있었다.
긴 흑발을 단정하게 묶은 손수수는 백색 무복을 입고 있었으며 은빛 피풍의를 두르고 있었다. 그 모습이 먹이를 노리는 학처럼 보이는 것은 왜일까? 분명 아름다운 얼굴이었고 기이한 열기마저 느껴지는 여자였다. 그런데 왜 아름답다는 생각보다 학이 생각날까?

못된 사람 225

묵선명은 그녀가 한 걸음 앞으로 나서는 순간 왜 그런 생각을 했는지 알게 되었다.

'검끝 같은 여자로군.'

묵선명은 그녀의 인기척을 느낀 게 아니라 그녀의 몸에서 저절로 흘러나오는 예기를 느낀 것이다. 날이 잘 선 검끝 같은 예기에 몸이 저절로 반응한 것이었다.

'처음 보는 여자인데… 본 성에 저런 여자가 있었던가?'

문득 든 의문이었다. 그는 단 한 번도 암화단과 마주친 적이 없었기에 손수수를 모르고 있었다.

"무성각주인 묵선명이라 하오."

묵선명이 다가오는 손수수를 향해 먼저 포권하자 손수수가 마주 인사하며 눈을 반짝였다. 손수수 역시 묵선명의 기도를 느끼고 있었기 때문이다. 그리고 그가 묵선명이라 하자 당연하다는 생각이 들었다.

"영비위 손수수예요."

영비위란 말에 묵선명은 안색을 굳혔다. 있다는 말은 들었지만 실제로 보는 것은 처음이었기 때문이다.

"확실한 영비위인 것이오? 소문으로만 들어봤기 때문에 그러오."

손수수는 묵선명의 강한 기도를 느끼자 품에서 신패를 꺼내 보였다. 둥근 금패는 모란꽃이 피어 있었고, 영(影)이란 글귀가 양각되어 있었다.

신패를 눈으로 확인하자 묵선명은 고개를 끄덕였다. 영비위가 확실했기 때문이다. 곧 둘은 어깨를 나란히 하고 백문원 안으로 걸어 들어갔다. 그 모습을 한쪽에서 지켜보던 시비들은 학과 호랑이가 걸어가는 것 같은 착각을 하였다.

 집무실의 한쪽에 마련된 다탁에 앉아 있는 손수수는 창을 통해 대화를 나누고 있는 묵선명과 곡비연의 모습을 쳐다보았다. 꽤 거리가 떨어져 있었기에 그들의 말소리는 들리지 않았지만 어떤 대화를 하느냐가 중요한 게 아니라 묵선명과 곡비연의 모습이 어울린다는 게 중요한 문제였다.
 여자의 감이라는 게 있다. 손수수 역시 그러한 감은 있었고, 자신의 감으로 볼 때 묵선명과 곡비연의 관계는 깊은 것처럼 보였다.
 다른 이유가 있는 게 아니라 웃고 있는 곡비연의 모습에서 가식을 찾아볼 수 없었기 때문이다. 순수한 웃음이었고 눈동자에는 열의가 있어 보였다.
 '다음 달이 되기 전에 둘이 잘된다면 후브자에서 제외될 테니 좋은 일이 아닐까?'
 곡비연과 묵선명의 다정한 모습을 보고 있자니 왠지 허전함이 느껴졌다. 부럽다는 생각이 드는 것은 또 왜일까?
 '운소명……'
 그의 얼굴이 문득 머리를 스치고 지나쳤다.
 '뭐야? 나도 있잖아, 남자가…….'
 과거라면 절대 이런 생각조차 하지 않았을 것이다. 변한 게 있다면 한 남자를 알아버렸다는 것 정도였다. 그 정도로 자신이 변할 거라 여기지는 않았다. 어차피 헤어지는 순간 잊으려고 했다. 자신은 백화성에 있어야 했고 그는 백화성에 알려지면 안 되는 존재였다.

'어쩌다……'

문득 손수수는 자신의 운명이 기구하다는 생각이 들었다. 그런데 그런 생각과 동시에 무언가 알 수 없는 희열이 느껴지는 것은 또 왜일까? 묵선명과 곡비연은 정당하게 보였고, 자신은 그러지 못하기 때문일까? 손수수는 씁쓸히 웃으며 차를 마셨다.

'강호의 슬픈 애정사에 나오는 주인공이 된 기분이군.'

그런 생각이 들자 우울함이 달아나는 것 같았다.

"오래 기다리게 해서 죄송하네요."

"별말씀을, 좋은 분위기인 것 같은데 제가 괜히 방해한 모양이군요."

다가와 앉은 곡비연의 말에 손수수는 고개를 저었다.

"삼 일에 한 번씩 오는 데도 무슨 할 말이 그렇게 많은지… 사적인 대화들이라 남는 것도 없고 시간만 아까운데도 왠지 모르게 이야기가 길어지네요."

곡비연의 미소 지은 말에 손수수는 살짝 차를 한 모금 마시며 그녀의 얼굴을 살폈다. 상기된 듯한 표정에서 손수수는 곡비연이 묵선명을 마음에 두고 있다는 것을 알게 되자 기분이 이상야릇하게 변하였다. 하지만 그것도 잠시뿐이었다.
 "삼 년 만에 오셨다는 이야기는 들었어요. 무살을 죽였다는 이야기도 알게 되었지요. 그런데 전 암화단주께서 삼 년 만에 돌아와 제게 보고를 하려고 온 것은 아닐 테고……."
 곡비연의 담담한 목소리에 손수수는 고개를 끄덕였다. 본론을 말하라는 무언의 강요였기 때문이다.
 "성주님께서 제게 백문원에 머물라 하셨지요."
 "아……."
 곡비연은 잠시 놀란 눈빛으로 손수수를 쳐다보았다. 생각지도 못한 말을 들었기 때문이다. 곧 손수수가 품에서 백화성주의 직인이 찍힌 인사장을 보여주었다. 곡비연은 인사장을 받아 손에 쥐곤 고개를 끄덕였다.
 "특별한 직책은 없네요. 설마… 놀고먹으라고 제게 보낸 것은 아닐 테고… 더욱이 무살을 죽인 장본인인데… 아무런 보상도 받지 못했다고 생각되지는 않나요?"
 "영비위란 직위를 얻었습니다."
 손수수는 말과 함께 신패를 보였다. 그러자 곡비연은 눈을 반짝이며 손수수의 표정을 읽었다. 은연중 천안신공을 발휘한 것이다. 하지만 손수수의 모습은 백색, 그 자체였다. 아무것도 느껴지지 않았다.
 '적의는 없는데…….'
 곡비연은 천안신공을 풀며 미소를 그렸다.
 "영비위라면 성주님의 눈과도 같은 직위인데……."

"제가 받은 임무는 곡 원주를 보호하는 것이에요."

"아… 하나 호위라면 이미 있는데……."

곡비연이 자신의 호위인 사비를 떠올리며 말하자 손수수가 대답했다.

"제가 받은 명은 무슨 일이 있어도 곡 원주의 안전을 도모하는 것이에요. 어떤 일이 있어도……."

손수수는 마지막 말을 강조하며 낮게 말했다. 그러자 곡비연은 살짝 이맛살을 찌푸리며 눈동자를 굴렸다.

'감시하려는 건가?'

문득 그런 생각이 들자 서운함이 생겼다. 자신을 믿지 못해 오른팔이라 할 수 있는 전 암화단의 단주를 보낸 것 같았기 때문이다. 그것을 읽은 것일까, 손수수가 빠르게 말했다.

"오해하지는 마세요. 성주님께선 곡 원주님을 소중하게 생각하기 때문에 저를 보낸 것이니."

"그렇다면 환영이에요."

곡비연은 금세 표정을 풀며 밝게 미소 지었다. 거짓이 아니라는 것을 손수수의 주변에 머물러 있는 색을 통해 알았기 때문이다. 이 역시 천안신공을 발휘했기 때문에 알 수 있었다.

'기이하군.'

손수수는 천안신공을 발휘하는 곡비연의 기의 흐름을 약간 느꼈다. 하지만 아주 미약하게 나타났다 사라졌기에 크게 신경 쓰지는 않았다.

"백문원의 일을 돕기 위해 온 것이 아니니, 혹 오해하지는 마세요."

 손수수가 백문원의 일에 대해 겁을 먹은 듯 말하자 곡비연은 손으로 입을 가리며 웃어 보였다. 이내 분위기가 화기애애해지자 사적인 대화들이 오가기 시작했다. 그리고 저녁이 되자 암화단의 두 명이 백문원으로 소리없이 들어왔다.

 "단주님을 뵙습니다."
 두 사람의 목소리가 동시에 오층 전각의 가장 상층인 오층 방 안에 울렸다. 부복한 두 명은 앞에 앉은 손수수를 향해 고개를 들었다. 그런 그녀들의 어깨는 미미하게 떨리고 있었으며, 마치 감격이라도 한 듯 눈시울까지 붉게 물들이고 있었다.
 "단주님이라고 부르지 말고, 이제부턴 언니라고 불러."
 손수수가 자리에서 일어나 말하자 두 사람은 거의 동시에 손수수의 품으로 달려들었다.
 "우어어엉! 보고 싶었다구요!"
 안여정이 호들갑스럽게 울며 품에 안겼고 노화가 손수수의 등을 안으며 얼굴을 비볐다. 그렇게 한참 동안 시간을 보낸 그들은 이내 한자리에 모여 앉았다.
 "흑! 흑!"
 안여정은 아직도 눈물을 멈추지 않은 채 훌쩍이고 있었다.
 "그동안 힘들지는 않으셨어요?"
 "오히려 편하게 쉰 기분이야. 휴가라면 휴가였지."
 안여정의 물음에 손수수는 웃으며 대답해 주었다. 그러자 노화가 물었다.
"그런데 그곳에서 어떻게 빠져나오신 거예요? 흑마곡주는 절대 못 나온다고 장담했는데… 저희도 그래서 철수한 것이고요."
"운이 좋았어, 운이. 더 이상 묻지 말고."
손수수의 말에 두 사람 다 고개를 끄덕였다. 깊게 아는 것은 좋지 않다는 것을 암화단의 단원으로 활동하면서 몸에 익혔기 때문이다. 그녀들의 모습에 손수수는 정색하며 물었다.
"내가 없는 삼 년 동안 있었던 모든 성 안팎의 일들을 말해 봐. 세세한 것까지도."
손수수의 물음에 안여정과 노화가 이내 소상히 수많은 일들에 대해서 마치 수다라도 떠는 듯 말하기 시작했다.

*   *   *

울창한 수림 속, 나무 위에서 잠을 잔 운소명은 숲 너머로 보이는 큰 호수를 바라보았다. 아침 해를 맞이하는 동호의 물결은 금빛으로 빛나고 있었다. 잠을 잔 장소가 생각보다 경치가 좋은 자리라고 생각되었다. 그러다 생각난 듯 눈을 옆으로 돌리며 말했다.
"잠을 좀 자는 게 어때? 밤새 사람 찾느라 고생했을 터인데?"
"딱히 졸리지는 않소."

운소명은 고개를 돌려 나뭇가지 위에 앉아 있는 유신을 쳐다보았다. 유신은 오래전부터 그곳에 있었던 것처럼 자연스러운 자세로 앉아 있었다.

"숨기에 적당한 장소는 이곳 동호 주변에선 여기뿐이오. 생각보다 찾기 쉬웠소."

유신은 마치 운소명이 이곳에 오리란 걸 예상이라도 한 듯 말했다. 그 말에 운소명은 씁쓸히 고개를 저었다. 유신과는 같은 홍천에서 생활했다. 그러다 보니 숨을 장소를 찾는 것도 같은 안목을 가질 수밖에 없었다.

"그래서? 찾았으니 칭찬이라도 해줘야 되는 건가?"

"설마 칭찬을 듣기 위해 온 것이라고 생각하오?"

유신의 눈동자가 차갑게 반짝였다. 운소명은 무관심한 표정으로 입을 닫은 채 동호를 쳐다보았다. 그러자 유신이 입을 열었다.

"이유를 알고 싶어서 왔소."

"무슨 이유?"

마치 아무것도 관심없다는 듯 운소명의 목소리는 건조했다.

"죽었다고 생각한 사람이 나타났는데 궁금한 게 없다면 오히려 그게 더 이상한 것 아니오? 특히나 죽였으면 조용히 사는 게 이로울 터, 누구보다 그 사실에 대해서 잘 아는 당신이 나타난 것이오. 또다시 과거를 반복하기 위해서 나타난 것이오?"

"무슨 소리인지 하나도 모르겠군."

"이제 우리의 홍천은 없소. 모두 죽었고, 사라졌소. 복수를 꿈꾼다면 포기하시오. 상대가 누구인지 똑똑히 알고 있다면 말이오."

유신의 말에 운소명은 고개를 끄덕였다.

"애초에 복수 같은 감정은 없었어. 그러니 그 부분은 걱정하지 말라고. 거기다 산수선생도 죽었더군, 삼 년 전에 말이야. 더 이상 홍천에 대해서 아는 사람이 없다는 뜻이겠지. 맹주나 장림을 제외하곤 말이야. 그들이 나에 대해 말을 꺼내지는 않을 터이고……."

운소명의 말에 유신은 고개를 끄덕였다. 무림맹주와 장림은 운소명을 거론하지 못할 것이다. 하나 운소명이 살아 있다는 사실을 알게 된다면 가만히 있지는 않을 것이다. 조용히 죽일 게 분명했다.

"그렇소."

"자네만 살았나?"

유신은 고개를 끄덕였다. 그러자 운소명은 미소를 보이며 말했다.

"자네와 싸울 생각도 없고… 무엇보다 복수를 한다면서 무림맹과 맞서 싸울 생각은 더더욱 없지. 단지 명성을 얻고 싶을 뿐."

유신은 안색을 찌푸리며 운소명의 예상치 못한 말에 여러 가지 생각들을 하기 시작했다. 그 모습이 재미있는지 운소명은 다시 말했다.

"빛으로 나갈 생각이야."

유신의 눈동자가 미미하게 흔들렸다. 그 말이 의미하는 바가 컸기 때문이다.

"나를 아는 사람이라곤 장림과 맹주뿐이야. 또 한 사람이 있다면 너겠지. 너만 입을 다물어준다면 괜찮을 것 같은데?"

은은한 살기가 전신으로 밀려들자 유신은 흠칫 놀랐으나 이내 입가에 미소를 걸었다. 자신을 죽이지 못할 것이란 사실을 알기 때문이다.

"훗!"

유신은 그렇게 가볍게 웃고는 물었다. 마치 그의 말을 비웃는 것처럼 보였다.

"정말이오, 명성을 얻고 강호인들처럼 그냥 그렇게 살겠다는 말이?"

"그렇다니까."

운소명의 말에 유신은 자리에서 일어서며 말했다.

"내 입은 무겁소. 하나 맹주님이 당신의 얼굴을 보게 된다면 분명 손을 쓸 것이오, 아무도 모르게."

"알고 있어."

운소명의 대답에 유신은 궁금증이 풀렸다는 듯 표정을 풀며 말했다.

"그거 아시오? 우린… 절대 빛으로 나갈 수가 없다는 거. 언젠가… 나도… 죽을 것이오."

쉭!

유신의 그림자가 빠르게 사라지자 운소명은 무심한 표정으로 잠시 동호를 쳐다보았다.
 '그럴지도 모르지…….'

 "와아아아!"
 함성 소리와 함께 위지세가의 대연무장에 모인 사람들은 무술대회에 열광하였다. 승자도 있었고 패자도 있었다. 하지만 눈에 띄는 강자들은 아직까지 모습을 보이지 않았다. 하지만 사람들은 그래도 무술대회를 재미있게 즐기고 있었다. 단순히 승패를 떠나 누군가가 자신이 하지 못하는 무공을 겨룬다는 것 자체가 놀랍고도 신기한 일이었다.
 위지세가가 대문을 개방했다는 것부터가 이 지역에선 큰 사건이며 대단한 일이었기에 지역 사람들은 마치 축제처럼 지금의 분위기를 즐기고 있었다.
 "와아아아!"
 함성 소리가 거세게 커질 때 정문을 들어온 운소명은 사람들 사이로 비무대를 쳐다보았다. 그 위에 올라서 있는 백색 무복의 여인이 눈에 띄었다.
 "이 여협이다!"
 외침 소리와 함께 함성 소리는 끝없이 이어졌다. 처음으로 유명인사가 비무대 위에 올라왔기 때문이다. 흥분한 사람들의 외침이 벽력처럼 운소명의 귀를 파고들었다.

 "이 소저도 유령도에 관심이 있을 줄은 몰랐구려."

비무대 위에 서서 심판을 보고 있던 위지세가의 총관 위지강은 의외인 듯한 표정으로 이자수를 쳐다보았다. 이자수는 위지상과의 약속이 있었기 때문에 올라온 것이었고, 그 약속을 지키기 위한 것이지, 유령도가 탐이 나서 올라온 것은 아니었다.

위지강의 말에 약간 기분이 나쁠 수도 있었으나 이자수는 담담한 표정으로 말했다.

"설마요. 누군가와 자웅을 겨루고 싶어 올라왔을 뿐입니다."

이자수의 말에 위지강은 그 누군가가 누구일지 생각하며 사람들에게 소리쳤다.

"자! 도전하실 분은 올라오시오!"

"제가 가겠어요!"

위지강의 외침이 끝나는 순간 위지상이 비무대 위로 올라오자 구경하던 사람들이 일제히 소리쳤다.

"위지 소저다!"

위지상이 비무대 위에 올라서자 위지강의 안색이 굳어졌다.

'그 누군가가… 설마 상아일 줄이야. 에이.'

위지강은 고개를 돌려 계단 위에 앉아 있는 십여 명의 명숙들 중 세가주인 위지영을 쳐다보았다. 위지영 역시 이마에 주름을 그리며 난색을 표하였다. 이자수와 싸워 진다 해도 그녀에게 시집을 갈 수는 없기 때문이다. 같은 여자인데 어찌 가능하겠는가?

"상아야… 허를 찌르는 비무로구나."

위지강의 말에 위지상은 검을 뽑으며 빙긋 미소 지었다. 마치 고소하다는 듯한 그녀의 표정에 위지강은 얼굴을 문지르며 비무대 밑으로 내려왔다. 곧 이자수와 위지상의 비무가 북소리와 함께 시작되었다.

금속음과 함께 현란하게 움직이는 이자수와 위지상의 모습에 사람들은 입을 벌린 채 쳐다보았다. 이자수는 단순하면서도 수많은 변초를 지닌 연성검법(延性劍法)을 펼치고 있었고, 위지상은 위지세가의 변화무쌍한 추풍삼십육검(秋風三十六劍)을 펼치고 있었다. 추풍삼십육검과 비견되는 검법이 있다면 화산파의 매화삼십육검이었다.

두 검법의 공통점이 있다면 바로 화려함과 변화무쌍하다는 점이었다. 그러한 추풍삼십육검의 변화를 맞이해 이자수는 단순한 움직임으로 검로를 막고 있었다.

"상당하군."

위지영과 함께 나란히 앉아 있는 제갈현은 섭선을 부치며 중얼거렸다. 그의 시선은 움직임이 거의 없는 이자수를 향하고 있었다.

"오른발을 축으로 해서 왼발만 움직이고 있는 것인가?"

제갈현의 말에 뒤에 서 있던 유신은 허리를 숙이며 대답했다.

"예, 이가의 반호보법(反好步法)입니다."

"그런 것 같군."

제갈현은 이자수의 모습을 쳐다보며 고개를 끄덕였다. 이자수는 오른발을 축으로 해서 왼발만을 좌우로 움직여 위지상의 검을 피함과 동시에 잠시간 드러나는 빈틈을 공격했기 때문이다.

"화려함만 있지, 의욕은 없는 모양이야."

옆에 있던 위지영의 중얼거림에 제갈현은 미미하게 고개를 끄덕였다. 그가 보기에도 위지상과 이자수는 마치 약속이라도 한 듯 겨루는 것 같았기 때문이다.

위지상의 검이 이자수의 목과 발목을 잘라가며 들어오자 이자수는 결국 검 그림자를 피하며 뒤로 물러섰다. 위지상의 신형이 그런 이자수를 덮쳐 가는 순간, 이자수는 번개처럼 앞으로 뛰쳐나왔다.

"봉황추익(鳳凰追翊)!"

외침과 함께 이자수는 기다렸다는 듯이 전신으로 강력한 검기를 일으켰다. 순간 그녀의 신형이 마치 한 마리 새처럼 변하며 위지상을 덮쳐 갔다.

땅!

허공중으로 위지상의 검이 높이 솟구쳤으며 어느새 앞으로 다가선 이자수는 빈손으로 앞을 겨누고 있는 위지상의 목을 검끝으로 겨누었다.

위지상은 잠시 멍하니 이자수가 마지막에 보여준 봉황추익의 호선을 떠올리고 있었다. 검이 하늘을 향하며 땅으로 떨어지는 것 같았다. 그때 검이 보여준 검기가 마치 새의 날갯짓처럼 보였고, 검광의 반짝임은 강렬했기에 똑바로 쳐다볼 수 없을 정도였다.
"졌어. 쳇!"
위지상은 정말 져서 화가 난다는 듯한 표정으로 비무대를 내려갔다. 그 순간 거대한 함성이 솟구쳤다.
"와아아아!"
사람들의 환호성이 거대하게 울리자 이자수는 검을 검집에 넣으며 포권하였다. 그녀의 인사에 사람들은 다시 한 번 열광하였다. 하나 그 가운데 여러 젊은 무인들은 탄식하였다. 위지상을 이기기 위해 이곳에 온 젊은이들도 있었기 때문이다. 그런데 위지상이 이자수에게 패했으니 헛걸음한 게 되어버린 것이었다.

"쯧!"
딸이 져서 그럴까? 위지영은 혀를 차며 수염을 쓰다듬었다. 표정이 과히 좋아 보이지는 않았다. 하지만 정작 다른 일 때문에 위지영은 기분이 좋지 않았다.
'이 기집애가 수를 써? 고얀……'
위지영은 위지상의 시집보내기 작전이 실패로 돌아가자 마음이 좋지 않았다. 그것을 아는지 모르는지 제갈현이 옆에서 입을 열었다.
"따님의 무공도 출중했습니다."

"과찬이오."

모래를 씹는 표정으로 위지영이 대답하자 제갈현은 슬쩍 유신을 쳐다보았다. 유신은 제갈현의 뜻을 알기에 허리를 숙였다. 그 모습에 만족한 듯 제갈현은 위지영에게 다시 말했다.

"아무래도 유령도는 무림맹이 가져가야 할 것 같습니다."

"호오, 자신이 있는 모양이오?"

"물론입니다. 저희 유 부단주도 아직 서른 전이라서요."

그 말에 위지영은 천천히 비무대로 걸어나가는 유신의 뒷모습을 쳐다보며 저절로 안색이 굳어졌다. 유신의 명성은 익히 들어서 알고 있었기 때문이다.

'범을 의식했더니, 곰이 나타났군.'

위지영은 이미 유신의 무공이 검강까지 구사한다는 것을 알고 있었다. 젊은 후지기수 중 최고가 있다면 바로 유신일 것이다. 거기다 그는 현재 무림맹주의 제자라는 소문까지 돌고 있었다. 그가 요 근래 무림맹주인 유수월을 통해서 낙영검법을 익히고 있다는 소문이 돌았기 때문이다.

위지강이 사람들에게 비무대에 올라올 것을 청하였으나 아무도 올라오는 사람이 없었다. 후지기수 중 발군이라는 이자수와 겨룰 젊은 무인은 거의 없었기 때문이다.

"호오."

운소명은 팔짱을 끼며 계단을 내려오는 유신을 쳐다보았다. 붉은 피풍의를 휘날리는 그의 모습에서 사람들의 시선이 일제히 그를 향하였다. 그만큼 그의 기도는 대단했고 좌중을 압도할 만했다.
"유신이다!"
"분광검!"
순간 여기저기서 커다란 외침이 터져 나왔다. 생각지도 못한 곳에서 굉장한 고수가 모습을 보였기 때문이다.

이자수 역시 걸어 올라오는 유신을 쳐다보고 있었다. 비무대에 완전히 올라온 유신과 눈이 마주치자 그녀의 오른팔이 미미하게 떨렸다. 과거 동소와 싸우던 그의 강인한 뒷모습이 떠올랐기 때문이다. 하지만 이렇게 그와 검을 겨루게 될 줄은 꿈에도 생각지 못하였다. 그녀의 눈동자가 차갑게 가라앉았다.
"무림맹 묵풍단 부단주 유신이라 하오."
유신의 포권과 인사에 사람들은 열광하였다. 유신의 무공을 볼 수 있다는 기대 때문이다.
"이자수예요."
이자수의 인사에 유신은 미미하게 고개를 끄덕였다. 곧 그녀가 검을 꺼내며 말했다.
"설마하니… 이렇게 보게 될 줄은 몰랐어요. 왜 하필… 지금인가요?"
그녀의 낮은 목소리는 잘 들리지 않았으나 유신의 귀에는 똑똑히 들려왔다. 유신은 어깨를 미미하게 떨더니 이내 정색한 표정으로 말했다.

"지금이 아니면… 두 번 다시 이 소저와 겨루지 못할 것 같았기 때문이오."

이자수는 그 말에 담담한 표정으로 고개를 끄덕였다. 그런 그녀의 입술이 미미하게 움직였다.

[못된 사람.]

유신의 귓불이 살짝 붉게 물들었다.

'둘이 연애하는 사이인가?'

운소명은 유신을 잘 알고 있었다. 무엇보다 그의 귓불이 붉게 변하는 것을 똑똑히 볼 수 있었다. 그런 변화를 읽었기에 운소명은 턱을 만지며 미소를 그렸다. 사소한 일이지만 중요한 정보로 보였다. 물론 특별히 이용할 만한 가치가 있는 것도 아니었다. 단지 유신에게 여자가 생겼다는 게 중요했다.

둥! 둥!

북소리와 함께 이자수의 검이 백색으로 변하며 유신의 전신을 쓸어가듯 날아들었다. 유신은 가볍게 뒤로 한 발 물러섬과 동시에 다가오는 이자수의 검을 아래에서 위로 잘라갔다.

팍!

검기와 함께 이자수의 검이 강력한 충격을 받은 듯 흔들렸다. 검과 함께 일어난 풍압이 밀려온 것이다. 이자수의 안색이 굳어졌다. 알고 지낸 지는 오래되었으나 검을 겨룬 것은 이번이 처음이었다. 심장이 크게 요동칠 수밖에 없었다. 긴장한 것이다.

쉬쉬쉭!

어느새 앞으로 나선 유신의 검이 송곳처럼 전신의 빈틈을 찔러오고 있었다. 그 수는 정확히 열 개였다. 열 개의 송곳이 찔러오자 이자수는 뒤로 물러서며 막을 수밖에 없었다. 순식간에 수세에 몰린 것이다.

'낙영비화(落英飛花)로구나. 그 뒤는 분명 낙영선화일 것이다.'

이자수는 물러서며 예전에 그가 보여주던 낙영검법을 떠올렸다. 비무가 아닌 그저 검무를 보여주었기에 그 초식의 변화를 이미 잘 알고 있었다. 하지만 알고 있다 해도 직접 눈앞에서 공격해 오는 것과는 전혀 다르게 보였다.

따다다당!

열 개의 송곳을 막았으나 손목이 아파왔다. 유신의 검압이 그만큼 강했기 때문이다. 그러는 동안 유신은 하체를 공격해오며 몸이 빠르게 회전하였다. 그 모습에 이자수는 자신의 생각처럼 이초식인 낙영선화인 것을 알자 눈을 빛냈다.

파파팟!

피풍의와 함께 회전하는 그의 모습은 화려하면서도 강한 압박을 전해오고 있었다. 이자수는 벌이 쏘는 것처럼 전신이 따가워지자 입술을 깨물었다. 견뎌야 했기 때문이다. 물러서는 순간 물밀듯이 그의 검기가 폭풍처럼 날아들 게 뻔했기 때문이다.
 물러설 수 없다는 생각에 진기를 모아 절초인 유선천익(流線天翊)을 펼쳤다. 순간 이자수의 전신에서 팡! 하는 소리와 함께 연기가 사방으로 퍼지더니, 어느새 빛과 함께 유신을 찔러갔다.

 '동귀어진!'
 놀란 위지영과 제갈현이 자리에서 일어섰고 무공이 높은 인물들 역시 모두가 놀라 자리에서 일어섰다. 이자수의 모습은 마치 제비가 날개를 접고 호수를 나는 것 같았기 때문이다.

 '신검합일!'
 유신은 이자수의 실처럼 변한 모습에 안색을 굳히며 회전하던 몸을 멈춤과 동시에 검면을 눈앞으로 들었다. 초식을 철회하고 바로 막아선 것이다.
 팍!
 이자수의 검끝이 유신의 미간 사이를 향했으나 검면에 막혀 앞으로 전진하지 못하고 있었다. 빛이 사라짐과 동시에 둥! 하는 소리와 함께 둘이 서 있던 자리가 밑으로 주저앉았다. 사람들은 어떻게 된 건지 영문을 몰라 눈만 멀뚱히 뜨고 있었다.
 삽시간에 일어난 일이었기 때문이다. 비무의 시작과 동시에 눈을 몇 번 깜박이는 순간 일어난 일이었다. 일수유에 일어난 일이기에 더욱 아리송한 표정을 지었다. 하나 비무대의 절반

가까이가 와르르! 무너지자 사람들은 매우 놀란 듯 눈을 크게
떴다.

이내 전신을 미미하게 떨던 이자수는 피를 토함과 동시에
비틀거리며 물러섰다. 그러자 유신은 어두운 표정으로 검을
내렸다. 자신 때문에 이자수가 내상을 입었기 때문이다.
"졌어요."
이자수가 검을 거두며 억지로 내상 입은 표정을 참고 말하
자 유신은 안타까운 표정으로 쳐다보았다.
"와아아아!"
함성 소리가 크게 울렸으나 유신의 귀에는 전혀 들어오지
않았다. 멀어지는 이자수의 뒷모습만 눈에 보인 것이다.

"대단하군. 역시 무림맹은 달라도 달라. 사량발천근(四兩發
千斤)의 수법인가?"
위지영은 자리에 앉으며 중얼거렸다. 사량발천근은 상대의
강한 공격을 받아치는 상승 무공으로, 무공이 절정에 이르지
못하면 발휘하기 힘든 무공이었다. 특히나 이자수가 펼친 무
공은 신검합일의 공격이었다.
그런데 그것을 사량발천근의 수법으로 받아치자 위지영은
내색하진 않았으나 절로 감탄할 수밖에 없었다. 그것도 오직
내력으로 받아친 것이다.
'사윗감으론 최고로군.'

무공만 놓고 본다면 정말 탐나는 인물이었다.
"아마 낙영검법의 오초인 낙영풍화의 스법일 것입니다. 낙영풍화(落英風花)는 이화접목과 사량발천근의 수법을 최대한 이용하는 초식이라 들었습니다."

추파영의 목소리에 위지영은 수염을 쓰다듬으며 고개를 끄덕였다. 곧 북소리와 함께 도전자가 없자 유신이 천천히 계단 위로 올라오고 있었다. 위지강은 비무대의 정비를 위해 한 시진의 휴식을 청하였고, 위지영은 잠시 두술대회를 중단하였다.

유신이 제갈현의 뒤에 서자 위지영은 자리에서 일어나며 유신에게 시선을 던졌다.

"낙영풍화인가?"

"그렇습니다."

"멋진 초식이었네."

"감사합니다."

유신의 대답에 위지영은 고개를 끄덕이며 사람들과 함께 내실로 향하였다. 그의 뒤로 다른 세가의 증년 고수들이 함께하였다. 그런 그들이 유신을 바라보는 눈동자엔 무수히 많은 말들을 담고 있었다.

第八章
강호초출

강호초출

"우엑!"

방 안에 들어오자 피를 한 사발이나 토한 유신은 자리에 앉으며 한숨을 길게 내쉬었다. 그리곤 내상약을 꺼내 먹은 후 가볍게 운기를 하기 시작했다.

아무리 그라 해도 신검합일로 달려드는 이자수를 섣불리 공격할 수는 없었다. 최대한 피해를 줄이는 방법으로 생각한 게 사량발천근에 이화접목을 한꺼번에 펼치는 것뿐이었다. 낙영풍화의 초식을 최대한으로 펼쳐야 했다. 낙영풍화로 본래는 이자수를 자신의 옆으로 날려야 했다. 방향만 바꾸고 되받아친다면 내상을 입지 않았을 것이다. 그런데 어떻게 그럴 수가 있겠는가? 결국 그로서는 무리할 수밖에 없었다.

문제는 그러한 수법을 펼친 자신이었다. 이자수는 자신이 공격한 내력의 절반 정도만 되받았다. 나머지는 고스란히 유신이 받은 것이다. 거기에 더해 자신이 펼친 낙영선화를 거두며 생긴 무리함이 있었고, 그러한 무리함 속에 낙영풍화까지 최대로 펼쳐야 했기에 보기와는 다르게 내상이 깊었다.

"휴우……."

일다경 정도 운기하자 조금은 내상이 가라앉은 것 같았다. 유신은 곧 자리에서 일어나 문 쪽을 바라보았다. 발걸음 소리가 크게 들렸기 때문이다.

"정말 너무해요!"

크게 소리치며 안으로 들어오는 막조희를 보자 유신은 안색을 찌푸렸다. 그녀는 이자수와 늘 함께 다니기 때문에 자신과 이자수가 자주 만났다는 것도 알고 있었다.

"어떻게 그리 언니를 무참히 이길 수가 있어요!"

양손으로 허리를 잡으며 화가 난 표정으로 대들 듯 말하는 그녀의 모습에 유신은 실소를 흘리며 한숨을 길게 내쉬었다.

"미안하오."

"쳇! 미안하면 다인 줄 아세요? 사람이 어떻게 그렇게 매정할 수가 있어요?"

그녀의 말에 유신은 침중한 표정으로 물었다.

"이 소저의 상태는 어떻소?"

"몰라요! 쳇!"

막조희는 신형을 돌리며 팔짱을 끼다 이내 눈치를 보더니 조용히 말했다.

"그냥 가벼운 내상이라고 했어요. 지금 운기 중인데… 그것 보다 마음의 충격이 더 큰 게 아닐까요? 아무래도 유 소협에게 그렇게 졌으니……."

"흠……."

유신은 한숨을 내쉬더니 곧 자리에서 일어섰다.

"갑시다."

"그렇게 나오셔야지."

막조희는 유신이 이자수에게 가자는 말에 웃음을 보이며 이내 앞장섰다.

이자수는 수림원에 있었다. 내상을 입었기에 방 안에서 운기 중에 있었다. 그곳에는 많은 후지기수들이 모여 있었는데 모두가 걱정스러운 표정이었다.

곧 월동문을 통해 들어오는 유신과 막조희를 발견한 그들은 이내 안색을 찌푸렸다. 그들로서는 이자수를 내상 입힌 유신이 곱게 보일 리 없었다.

"허! 이게 누군가? 무림맹의 떠오르는 신성, 유 형이 아닌가?"

그의 앞을 평소 이자수와 친한 막조희의 오빠인 막영이 막아섰다. 막영은 키가 커 유신보다 머리 하나는 더 올라와 있었다. 호리호리한 체형에 키가 큰 막영은 강한 투기를 눈동자에 담은 채 유신을 쳐다보았다.

유신은 그런 막영을 비웃기라도 하는 듯 비릿한 살기를 뿌리며 입술을 열었다.

"자네는 내 상대가 아니야."

낮은 저음에 막영의 안색이 굳어졌으나 이내 살벌한 투기와 함께 금방이라도 유신을 때려잡을 듯 숨을 들이마셨다. 그 모습에 모용세가 중간에 서며 말했다.

"그만두지. 여긴 위지 소저의 집이네."

모용세의 말에 막영은 유신을 잡아먹을 듯 노려보며 뒤로 물러섰다. 그의 말이 사실이었고 이곳에서 함부로 행동할 만큼 막영은 어리석지 않았다. 이곳에서 소란이 일면 위지상에게 민폐를 끼치기 때문이다.

"실례하겠네."

유신은 말과 함께 내실로 들어갔다.

내실 안으로 들어가자 모용지를 비롯해 위지상과 남궁옥이 앉아 있었다. 그녀들은 유신이 들어오자 자리에서 일어섰다.

"유 소협."

"걱정되었나 봐요?"

위지상과 남궁옥의 말에 유신은 고개를 끄덕였다.

"폐를 끼쳐 죄송하오."

유신의 낮은 목소리에 위지상은 안색을 찌푸렸다. 유신이 나타난 것이 달갑지 않았기 때문이다.

"듣기론 이 언니와는 꽤 가까운 사이라고 들었는데, 그것도 아닌 모양이에요?"

위지상의 말에 유신은 안색을 찌푸렸으나 남궁옥이 그런 위지상의 어깨를 잡으며 고개를 저었다.

"그렇지도 않아. 유 소협 덕분에 자수가 다치지 않았으니까."

"예? 그게 무슨 말이에요, 언니?"

남궁옥은 위지상이 눈을 크게 뜨며 쳐다보자 가볍게 미소를 그리며 위지상의 어깨를 밀었다. 그녀의 시선에 유신은 안색을 굳혔다. 남궁옥이 자신의 수법을 파악했기 때문에 놀란 것이다. 그만큼 그녀의 무공이 뛰어나다는 증거였다. 이곳에 있는 후지기수 중 그러한 수법을 알아본 자가 있을까?

그들의 행동을 볼 때 아무도 알아본 자가 없었다. 그런데 남궁옥은 사량발천근과 이화접목을 알아본 것이다. 의외였다.

'고수는 따로 있었군.'

유신은 밖으로 나가는 그녀들에게 포권하며 자리에 앉았다. 얼마 지나지 않아 운기를 마친 이자수가 방문을 열고 밖으로 나왔다.

"미안해요."

이자수는 유신의 맞은편에 앉으며 고개를 숙였다.

"내가 미안할 뿐이오."

유신의 말에 이자수는 고개를 젓고는 오히려 걱정스러운 듯 유신을 쳐다보았다. 비무가 끝난 후 그렇게 빨리 자리를 뜬 이유는 그녀도 유신의 내상을 알아보았기 때문이다.

"제가 너무 무리했던 것 같아요."

"아니오."

"그냥… 왠지 믿었다고 할까… 유 소협이라면 저를 막을 수 있을 거라고 확신했기 때문에 아마도… 그렇게 오기를 부린 모양이에요."

얼굴을 붉히며 이자수가 말하자 유신은 부드럽게 미소를 그렸다. 그런 그녀의 모습이 너무 예뻤기 때문이다. 내상도 사라지는 것 같은 기분이 들었다.

"미안하오."

유신은 짧게 말했다. 이자수와 비무를 해야 했던 것 자체에 대해서 미안했기 때문이다. 그 말에 이자수는 가볍게 웃으며 물었다.

"그런데 정말 저와 비무해야 했나요? 아무리 군사의 명령이라지만 거절할 줄도 알아야지요. 시키면 시킨다고 다 하는 게 어딨어요? 다음부턴 그런 일이 생긴다면 거절하세요. 부탁이에요."

"다음부턴 그렇게 하겠소."

유신은 미소를 보이며 대답했다. 자신을 배려해서 말해준 게 너무 고마웠기 때문일까, 유신은 한참 동안 이자수의 얼굴을 쳐다보고 있었다.

점심을 먹은 이후에야 비무는 다시 시작되었다. 생각보다 빠른 복구였고, 여전히 사람들은 많았으며 환호성은 줄어들지 않고 있었다.

"우승은 유신이 확정적이군."

운소명은 옆에 다가온 우룡의 말에 고개를 끄덕였다.

"그럴지도 모르지."

"엥? 그럼 다른 사람이 우승할 거란 말인가?"

"음……."

가만히 생각하는 듯 고개를 갸웃거리던 운소명은 이내 미소를 그리며 말했다.

"나?"

"……."

우룡은 어이없다는 듯 운소명을 한참 동안 쳐다보다 이내 무슨 미친놈 보듯 아래위로 살피더니 미친 듯이 웃기 시작했다.

"하하하하!"

"와아아아!"

"막씨세가의 막영이다!"

함성과 함께 들려온 말에 운소명은 다시 비무대를 쳐다보았다. 그러자 우룡이 옆에 바짝 붙으며 말했다.

"꿈 깨쇼, 으잉! 지금은 아직 초반이라 유명하지 않은 무인들이 좀 나왔다고 그런 말을 하는 것 같은데, 젊은 사람들 중에 유명한 고수들이 얼마나 많은데."

그렇게 말한 우룡은 운소명처럼 팔짱을 끼며 비무대 위에서 싸우고 있는 막영을 쳐다보았다.
"막가는 확실히 삼홍권으로 유명한 곳이었지?"
운소명의 물음에 우룡은 고개를 끄덕였다.
"소림사의 홍권을 가져와 독자적인 내가권으로 발전시킨 게 막가의 삼홍권이라 하지. 순수 내가권인데 한번 맞으면 그냥 오금이 저리고 뼈가 갈라지는 고통 속에서 몸부림친다고 들었어."
우룡의 말에 운소명은 웃으며 고개를 끄덕였다. 그의 호들갑스러운 말은 저절로 사람을 웃게 만들었다.

빡!
오른 가슴에 정권을 맞은 청년이 피를 토하며 바닥에 대자로 뻗자 막영은 곧 포권하며 사람들에게 인사했다. 사람들의 환호성에 화답한 것이다. 그 모습을 본 운소명은 신형을 돌렸다.
"이만 가겠네. 내일 보세."
"엥? 벌써 가는가? 아직 해가 지려면 멀었는데?"
"구경도 할 만큼 했으니 좀 쉴까 해서."
그렇게 말한 운소명은 우룡을 남겨두고 위지세가를 빠져나와 걸음을 옮겼다.

* * *

위지세가를 빠져나온 도자기는 한가롭게 걸음을 옮기고 있었다. 작은 키였기 때문에 움직이는 발은 조금 빨라 보였고, 볼살은 통통하게 올라와 있어 유복하게 먹고 자란 것 같았다. 그는 연신 콧노래를 흥얼거리며 등 뒤에 짊어진 꽤 큰 짐을 만족스럽다는 듯 두드렸다.
"이 짜릿함… 흐흐, 오랜만에 느껴보는 이 성취감."
길을 빠르게 걷는 그는 연신 기분 좋은 미소를 입가에 걸치고 있었다. 위지세가를 털었다는 만족감 대문이다. 거대 세가를 상대할 때 생기는 두려움과 긴장감은 말로 표현 못할 정도로 쾌감을 불러일으켜 주었다.
거기다 성공해서 나올 때의 그 짜릿함은 이 짓을 절대 그만두지 못하게 하는 중독성을 가져다주었다. 마치 아편에 중독된 것처럼 그는 도둑질에 중독되어 있었다.
'내가 이래서 이 짓을 그만두지 못한다니까. 크크크!'
흥겹게 시장길로 들어선 그는 안색을 살짝 찌푸렸다. 아까부터 뒤에서 들려오는 일정한 보폭의 발소리 때문이다. 처음에는 자신과 같은 방향이거니 했는데 시장에서까지 여러 발소리에 섞여 들어오자 자신에게 꼬리가 붙었다는 생각이 들었다. 강한 냄새였고, 자신의 감은 언제나 틀리지 않았다.
스슥!
도자기는 마치 미끄러지듯 사람들 틈을 지나쳐 빠르게 나아갔다.

숲길로 들어선 도자기는 어느 순간 그 자리에서 사라졌다. 그가 사라지자 마치 기다렸다는 듯 운소명의 신형이 길에 나타났다.

'흐음······.'

운소명은 안색을 찌푸리며 주변을 살피기 시작했다. 이렇게 갑자기 사라진 것이라면 은신술을 펼친 게 분명했다. 그리고 어딘가에서 자신의 모습을 유심히 살피고 있을 것이다.

운소명은 주변을 살피기 시작했다. 자신 역시 은신술을 익혔기 때문에 자신의 입장에서 생각을 하기 시작했다. 그리고 숲의 한쪽에 바위와 섞인 나무 그늘을 쳐다보며 입가에 미소를 그렸다.

"멀리 간 줄 알았는데, 꽤 가까이에 있었군."

운소명의 목소리에 수풀이 움직이는 것 같더니, 삼 장 떨어진 곳에서 도자기가 모습을 보였다.

"너는 뭐 하는 놈이냐!"

도자기의 큰 목소리에 운소명은 손을 들어 도자기의 짐을 가리키며 말했다.

"유령도."

순간 도자기의 안색이 미묘하게 변하더니 눈을 반짝이기 시작했다. 운소명의 드러난 모습에서 무공을 그리 깊게 익힌 것 같지 않았기 때문이다. 마치 무공을 익히지 않은 사람처럼 그는 평범했다.

"미친놈, 내가 누구인지 아느냐?"

"도둑을 굳이 알 필요가 있을까?"

운소명의 말에 도자기의 신형이 사라지더니, 어느 순간 운소명의 바로 코앞에 나타나 양손으로 복부를 가격했다.

"쌍장타(雙掌打)!"

그의 번개 같은 몸놀림과 강한 일격에 운소명은 저도 모르게 외치며 뒤로 미끄러졌다.

쾅!

허공을 친 도자기는 소리없이 미끄러지듯 운소명의 면전으로 다가와 공중으로 뜨더니 이내 얼굴을 왼손으로 쳐왔다. 운소명은 놀라 오른손으로 마주 쳤다.

쾅!

"크윽!"

안색을 굳히며 운소명의 신형이 뒤로 밀려 나가자 도자기는 살기 어린 미소와 함께 다시 미끄러지듯 날아왔다. 마치 뱀이 공중에 떠서 날아오는 것 같은 신기한 모습이었고, 놀랄 만큼 빨랐다.

"내 뒤를 밟은 것 자체가 네 명을 단축시킨 것이다. 죽거든 염라대왕에게 억울하다고 빌어봐라!"

외침과 함께 오른손과 왼손이 번갈아 얼굴을 쳐오자 운소명은 핏기 어린 표정으로 멍하니 그 모습을 쳐다보았다. 도자기는 성명절기인 구궁적양수(九宮赤陽手)로 운소명을 맹수처럼 몰아쳤다.

파팟!

"어?"

운소명의 얼굴을 치던 손에서 아무런 느낌도 들지 않자 무언가 잘못되었다는 기분이 들었다. 순간 금빛 실이 눈앞에 나타났다가 사라지는 것 같더니, 곧 등 뒤가 허전해졌다.

탁!

바닥에 내려선 도자기는 신형을 돌리며 붉게 달아오른 얼굴로 오 장이나 떨어진 곳에 서 있는 운소명을 쳐다보았다.

"이야, 보석도 있군."

운소명은 그런 도자기의 표정에 신경도 안 쓴다는 듯 짐을 풀어헤치며 안에 든 물건들을 확인하기 시작했다. 물론 유령도는 이미 허리에 찬 이후였다.

"너, 너… 이 개자식! 감히 나를 속였겠다! 이 내가 누구인지 아느냐! 도귀라고 불리며 우는 아이도 벌벌 떠는 도자기라는 분이시다!"

도자기가 울분을 참지 못하겠다는 듯 전신을 사시나무 떨 듯 떨며 운소명에게 광포한 살기를 뿌리고 있었다. 하지만 쉽게 접근하지는 않았다.

"아! 당신이었군, 삼귀 중 도귀(盜鬼)라는 사람이."

운소명의 시선이 닿자 도자기는 흠칫 놀라며 한 발 뒤로 물러섰다. 차가운 한기와 함께 운소명의 눈동자에 서린 살기 때문이었다. 아까와는 전혀 다른 사람처럼 보였다.

쉬이이익!

바람이 불었다. 분명 그 바람은 운소명이 일으킨 것이었고,

도자기는 그 사실을 알고 있었다. 기도만으로 바람이 일어났다.

"씹어 먹을 새끼… 고수였군. 그런데 그렇게 능청스럽게 연기를 해? 에라이, 후레자식아!"

도자기는 여전히 화가 난다는 듯 소리쳤다.

"미안하지만 나는 부모가 없으니 후레자식은 아닌 것 같소. 오히려 당신이 후레자식이 아니오? 사람들이 도귀를 부를 때 후레자식이라 하니 말이오."

"뭐야! 이런 쌍!"

욕과 함께 한 발 앞으로 나서던 도자기는 순간 미묘하게 반짝이는 운소명의 눈을 마주하자 손을 내리며 멈춰 섰다. 그 모습에 운소명은 살기를 거두며 짐을 챙겨 도자기에게 던져 주었다. 물론 유령도는 빠져 있는 상태였다.

"유령도는 이미 내가 찜한 거라 다른 사람에게 주기 싫어서 따라온 것이오. 당신이 도자기든 백자기든 나랑은 아무 관계 없으니 그건 돌려주겠소."

"내가 유령도 때문에 위지세가에 들어갔는데 네놈이 내 공을 뺏어? 그러고도 살기를 바라느냐?"

"으음, 어떻게 할까… 위지세가에 가서 도자기라는 후레자식이 몰래 숨어 들어와 유령도를 훔쳐 갔다고 알릴까? 아마… 위지세가는 무술대회를 중단하고 쫓을 텐데……. 물론 무림맹도… 보니까 무림맹에선 이 유령도를 회수하고 싶어하던데 말이오."

"흥! 무림맹이든 위지세가든 내 알 바 아니다. 난 단지 그 유령도를 누군가에게 갖다주면 그만이니까."

도자기는 말을 하다 이내 안색을 굳혔다. 자신이 말실수를 했기 때문이다.

"누군가?"

운소명은 안색을 찌푸렸다. 도자기 같은 자를 움직일 정도의 인물이 과연 강호에 있는지 생각하기 위해서다.

"더 이상 할 말 없다. 그 유령도를 내놓거라. 그리고 나는 훔치지 않았다고 하면 그만이야."

"발뺌해도 살아남겠소?"

"물론. 나는 도자기니까."

도자기의 미소 지은 말에 운소명은 복잡한 심정으로 도자기를 쳐다보았다. 그러다 자신의 허리에 찬 유령도를 한 번 튕기면서 약 올리듯 말했다.

"그거 아시오? 내 손에 들어온 건 내 거요. 뺏고 싶거든 힘으로 뺏어보시오."

운소명의 말에 도자기는 울분을 참지 못하겠다는 듯 전신을 빨간색으로 물들었다.

"하룻강아지 범 무서운 줄 모르는구나!"

스릉!

그 말에 운소명은 도를 꺼내며 차갑게 눈을 빛냈다.

"나는 범이오."

차가운 살기가 표출되자 도자기의 안색이 굳어졌다. 하나 물러설 수도 없었다. 이대로 돌아가면 약속을 지키지 못한 자신도 곤란해지기 때문이다. 수많은 생각과 갈등을 하던 도자기는 양손에 힘을 모으며 땅을 찼다.

"에잇!"

팍!

순간 그의 신형이 번개처럼 산속으로 사라지자 운소명은 잠시 그 모습을 보다 이내 고개를 저으며 도를 도집에 넣었다. 도자기의 신속하고 빠른 도망에 놀란 것이다.

'죽였어야 하나?'

문득 그런 생각이 들었으나 이내 고개를 저으며 천천히 위지세가로 향했다.

위지세가를 빠져나가는 도자기를 발견한 것은 우연이었다. 사람들 틈으로 모습을 보인 도자기는 어디선가 본 듯했다. 그리고 그게 유령도를 보던 복면인과 흡사하다는 생각이 들었다. 특징이 있다면 작은 키였다. 그리고 자연스럽게 그 뒤를 밟은 것이다.

그런 다음 도자기와 만나자 가벼운 연극과 함께 그를 속였다. 그리고 은살삼도와 비살삼검을 합친 소명삼식 중 일식인 금사영(金絲影)을 펼쳐 물건을 찾았다.

강호에 다시 나온 이상 은살삼도와 비살삼검을 펼칠 수는 없었다. 그렇기 때문에 두 무공을 하나로 합친 소명삼식을 개발한 것이다.

금사영은 쾌를 중시한 것으로, 도 없이 만들었기에 손으로도 펼칠 수가 있었다. 물론 도나 검을 들어서 펼치면 더 큰 위력을 가지는 초식이었다.

슥!

유령도가 놓여 있던 방에 들어온 운소명은 같은 물건이 걸려 있자 가까이 다가가 눈으로 확인했다. 겉으로 보기에는 같은 모습의 유령도였다. 하지만 손잡이를 만지자 질감에서 차이가 나는 것을 알 수 있었다.

"흙으로 만들었군."

운소명은 낮게 중얼거리며 어떻게 하루 만에 같은 것을 만들 수 있었는지 알게 되었다. 사실 도자기가 어떻게 하루 만에 같은 유령도를 만들어 바꿔치기 했는지 궁금했다. 그런데 그런 의문이 풀리자 문득 조잡하다는 생각이 들었다.

'애들도 아니고… 설마설마 했는데… 흙일 줄이야. 그래도 잘 만들었군. 직접 만져 보기 전엔 모르겠지.'

운소명은 생각 이상으로 정교한 모양에 고개를 끄덕이며 유령도를 본래의 자리에 놓곤 흙으로 만든 유령도를 손에 쥐었다.

팍!

약간 힘을 주자 흙으로 만든 유령도가 부서졌다. 만약 바꿔치기 당한 유령도를 손에 쥐었다면 이렇게 부러졌을 것이다. 그렇다면 그 기분은 어떠할까? 상상만 해도 끔찍한 기분일 것 같았다.

'악질이야.'

도자기에 대해 다시 생각한 운소명은 대충 방 안을 치운 후 소리없이 방을 빠져나갔다. 아침이 되면 방에는 가장 먼저 청소하는 시비들이 들어올 것이다. 그녀들은 흙을 발견하면 치울 것이다. 물론 위에는 알리지 않을 것이다. 유령도를 보관하는 방에 흙이 있다면 책임을 물어 화를 당할 게 분명했기 때문이다.

* * *

운소명은 이른 아침부터 분주하게 움직이는 시장길을 지나다 섭선을 팔고 있는 잡화점이 보이자 안으로 들어갔다. 곧 대나무로 만든 섭선 하나를 손에 쥔 운소명은 위지세가로 향했다.

예선 마지막 날이 되자 사람들은 더욱 열광하였다. 그리고 마지막 날 가장 먼저 비무대 위에 나타난 것은 모용세였다. 모용세가의 모용세가 나타나자 사람들은 열광하였고, 그는 가볍게 예선을 통과했다. 그 뒤로 개방의 소방주인 궁추봉이 등장했다.

궁추봉의 등장에 사람들은 대단히 놀라워했다. 차기 방주인 그의 무공은 이미 뛰어나기로 정평이 나 있었기 때문이다. 강남에 칠룡오봉이 있다면 강북에는 강북십기가 존재한다. 그

십기 중 한 명이 바로 궁추봉이었다.

궁추봉 역시 별 무리 없이 예선을 통과했다. 그들의 등장으로 열기는 더욱 뜨겁게 달아올랐다.

'궁추봉이라… 처음 보는군.'

운소명은 팔짱을 낀 채 말로만 들었던 궁추봉의 봉법이 어떨지 궁금했다. 하지만 그의 봉법을 누구도 일 초 이상 막지 못하고 나가떨어졌고 결국 본 건 아무것도 없었다.

궁추봉 역시 사람들의 환호성과 함께 예선을 쉽게 통과하였다. 그가 들어가자 다른 젊은이들이 기다렸다는 듯이 비무대 위에 올라섰다. 오늘은 어제보다 더욱 많은 사람들이 비무를 하기 위해 올라왔고 구경꾼들도 더 많아졌다.

"이게 누군가? 이번 무술대회를 우승하겠다고 호언장담하던 운 형이 아닌가?"

어느새 옆에 다가온 우룡이 놀리듯 말하자 운소명은 반갑게 그를 맞았다.

"우룡이로군. 아직도 이곳에 있나? 좀 전에 네 사형이 이겼는데 안 가봐도 되겠어? 그런데 정말 봉법은 멋지더군."

"헉! 궁 사형이 내 사형인 걸 어찌 알았어?"

"같은 거지잖아."

운소명의 말에 우룡은 피식거리며 고개를 끄덕였다.

"와아아아!"

거대한 함성과 함께 적색 무복을 걸친 젊은이가 바닥에 쓰러진 젊은 사내를 쳐다보며 오만하게 서 있었다. 그 모습을 보자 우룡이 말했다.

"자네는 비무 안 할 건가? 비무도 안 하고 어떻게 우승할 건데? 나는 운 형이 우승하는 모습을 보고 싶네. 크큭."

우룡이 재미있다는 듯 말했으나 운소명은 여전히 미소를 보이며 고개를 끄덕였다.

"슬슬 나갈까 생각했다."

"오호, 기대되는군. 뭐, 물론 우승은 못하겠지만… 잘해보라고."

"내가 만약 우승한다면 어떻게 할 건가?"

"푸하하하! 우승한다면 내가 자네의 동생이 되어주지. 아니, 하인이라도 되어주겠네. 말만 하게. 시키는 대로 다 해주는 충실한 개가 되어줄 테니까."

"훗! 후회할 거야."

운소명은 빙긋 웃음을 보인 후 천천히 비무대로 향했다.

"없소이까!"

위지강의 목소리가 크게 울렸다. 비무대 위에 올라서 있는 적색 무복의 청년은 오만한 표정으로 사람들을 살펴보고 있었다. 자신에게 감히 도전하려는 자가 있는지 없는지 확인하려는 듯 보였다.

둥! 둥!

북소리가 울리기 시작하자 사람들도 긴장하기 시작했다. 다섯 번의 북소리가 모두 울리면 적색 무복의 청년이 예선을 통과하기 때문이다. 이왕이면 좀 더 싸우는 모습을 보고 싶은 게 구경꾼들의 마음이었다.
"여기 있소."
북소리가 끝나갈 무렵, 백의를 입은 운소명은 섭선을 손에 쥔 채 천천히 비무대 위로 올라섰다. 그가 올라오자 사람들은 크게 환호성을 지르기 시작했다.
"무룡공자에게 도전자가 생겼다!"
"오오오!"
"대단한 용기다!"
사람들의 외침과 환호성에 운소명은 눈앞에 서 있는 적색 무복의 청년을 눈여겨 바라보았다. 가슴에 그려진 백룡의 모습이 눈에 띄었다. 이미 알고 있는 상대였다. 강북십기 중 한 명으로, 하남성 적룡문(赤龍門)의 소문주 적신위였다.
"운소명이라 하오."
운소명은 가볍게 미소를 보이며 포권하였다. 그러자 적신위 역시 눈을 반짝이며 마주 인사했다.
"적신위."
"잘 부탁하오. 아픈 건 싫어하기 때문에… 살살……."
운소명의 말에 적신위는 눈살을 찌푸렸다. 자신에게 도전한 것치곤 기개가 없어 보였기 때문이다. 비무를 앞에 두고 보통 무인들이 자신의 자존심을 상하게 하는 말을 할까? 절대 있을 수 없는 일이었다. 그런데 운소명은 그러한 말을 서슴없이 하였다. 그게 적신위는 마음에 들지 않았다.

무인의 기개라곤 눈곱만큼도 없는 놈이 자신을 상대하려 한다는 것에 화가 난 것이다.

"살살할 생각은 죽어도 없으니 안심하시게."

적신위가 양손을 늘어뜨리며 말하자 운소명은 섭선을 펼쳐 부채질을 하기 시작했다. 낯이 뜨거운지 얼굴도 조금 상기되었으며 더운 듯 길게 숨을 고르고 있었다.

"시작하게!"

위지강의 외침과 함께 거대한 함성 소리가 울렸다.

"운소명이라……."

제갈현은 그 이름을 어디선가 들어본 것 같다는 듯 중얼거렸다. 하지만 기억이 난다 해도 강호상에는 같은 이름이 많았다.

"약관으로 보이는군."

옆에 앉은 추파영의 입에서 낮은 목소리가 흘러나오자 제갈현은 그를 쳐다보았다. 비무를 보면서 그가 먼저 입을 연 적은 거의 없었기 때문이다.

"눈에 띄는가?"

"고수야."

추파영은 짧게 말한 후 비무대 위를 쳐다보았다. 제갈현은 안색을 굳히며 운소명을 쳐다보았다. 이제 갓 약관에 접어든 젊은이로 보이는데 추파영은 그를 고수라고 하였다. 그게 신경 쓰인 것이다.

'결국 나왔군. 명성을 얻기 위해서라면 당연히 나올 거라 생각은 했지만…….'

유신은 눈을 반짝이며 비무대 위에 서 있는 운소명을 쳐다보았다. 적신위가 아무리 고수라 해도 운소명을 절대 이길 수는 없을 것이다.

"강호초출인가?"
적신위가 자신을 알아보지 못하는 것 같자 물었다.
"그걸 어떻게 아셨소? 소인은 강호에 처음 나왔기 때문에 모르는 게 정말 많소이다."
"그랬군."
적신위는 자신의 예상대로 운소명이 강호 초행이란 것을 알자 왠지 의욕이 사라지는 것 같았다. 적어도 자신을 알고 나온 인물이라면 그만큼 무공에 자신이 있을 게 분명했기 때문이다. 하지만 초행이란 말에 화가 났던 감정도 어느 정도 식었다.

"흠! 이런 자리에서 강호초출을 상대로 먼저 움직일 수는 없으니 선배 된 입장에서 삼 초를 양보하겠네. 먼저 오게나."
상당히 자신있는 듯 뒷짐까지 진 적신위가 많은 사람들 앞에서 크게 말하자 모두들 환호했다. 후배에게 양보도 할 줄 아는 사려 깊은 적신위라는 말도 나왔다.
"정말 그래도 되겠소?"
걱정스러운 듯 운소명이 말하자 적신위는 비릿한 조소를 입가에 그리며 말했다.

"내가 그리 쉽게 선수를 양보할 사람으로 보이나? 흔히 있는 일은 아니니 염려놓게."

"그럼 사양하지 않겠소."

운소명의 대답에 적신위는 고개를 끄덕이며 오른손을 펼쳤다.

"오게."

빡!

쿠당!

"으음… 크윽!"

이마를 만지며 눈을 뜬 적신위는 머리를 흔들며 앉았다. 그러다 생각난 듯 눈을 부릅떴다.

"헉!"

"쯧! 쯧! 삼 초를 양보해?"

말소리에 고개를 돌린 적신위는 자신이 탕약 냄새가 진동하는 방 안에 누워 있다는 사실을 알게 되었다. 그리고 자신을 내려다보고 있는 궁추봉이 보였다.

"궁 형이로군. 어찌 된 건가?"

"정말 기억이 없나?"

궁추봉의 물음에 적신위는 안색을 찌푸리며 비무를 떠올렸다. 뭔가 희끄무레한 게 눈앞에 어른거리는 순간 세상이 까맣게 변했기 때문이다. 그리곤 눈을 떴을 때 궁추봉이 보였다.

강호초출 273

적신위의 그런 모습에 궁추봉은 자신의 이마를 만지며 말했다.
"이마에 정통으로 한 대 맞은 것뿐이네."
"내가 말인가?"
믿지 못하겠다는 듯 적신위가 쳐다보자 궁추봉은 고개를 끄덕였다.
"깨끗한 한 수였네. 섭선으로 자네의 이마를 때린 그 한 수는 물이 흐르듯 유연하면서도 빨랐지. 선인지로의 표본 같은 동작이었네."
궁추봉이 모든 검로의 기본이 되는 찌르기의 선인지로 초식을 들먹이며 말하자 적신위는 멍하니 천장을 올려다보았다.
"내가 이마에……"
"그나마 자네는 일찍 눈을 떴군."
"무슨 말인가?"
적신위가 쳐다보자 궁추봉은 신형을 돌려 옆에 일렬로 늘어서 자고 있는 네 명의 청년을 바라보았다. 그들은 공통적으로 이마에 혹이 하나씩 나 있었는데, 모두 기절한 채 눈을 뜨지 못하고 있었다.
"자네 다음으로 덤빈 네 사람인데… 다 자네처럼 이마를 가격당해 저렇게 되었지."
"풋! 푸하하하하!"
적신위는 혹이 난 네 청년의 얼굴을 보다 우스운지 참지 못하고 크게 웃었다. 그러자 궁추봉도 같이 웃었다. 하나 적신위는 이내 웃음을 멈추곤 궁추봉에게 말했다.
"내가 강호초출에게 완전히 당한 모양이군."
"그래도 자네는 이마에 혹이 없어 다행이네. 큭!"
궁추봉이 참지 못하고 다시 웃음을 흘리자 적신위는 자리에서 일어나며 말했다.
"이렇게 당해보기도 처음이군."
"그래서 다시 싸울 생각인가?"
궁추봉은 적신위가 얼마나 자존심이 강한 청년인지 잘 알고 있었다. 지고는 못사는 성격이었기에 조금 걱정된다는 듯 물어본 것이다. 하지만 적신위는 가볍게 웃으며 말했다.
"너무 어이가 없어서 화가 나지도 않네. 궁 형은 이런 기분 아는가? 훗! 이런 경험을 하게 될 줄이야… 나는 무림맹으로 가겠네."
"자네가 화를 안 내다니, 의외로군. 그런데 무림맹엔 벌써 가나?"
궁추봉은 적신위가 이대로 그냥 넘어간다는 게 조금 의외인 듯 보였다. 무림맹에서 열리는 무림대회가 목적이었기에 적신위가 내려온 것도 알고 있었다. 그는 무림맹으로 가는 길에 위지세가에 잠시 들른 것뿐이었다.
"무림맹에 가서 무림대회나 준비할 생각이네. 그놈도 참가한다면 더욱 좋겠지?"
"후후, 자네답군."
적신위가 다시 한 번 겨루기를 바란다는 듯 말하자 궁추봉은 이내 고개를 끄덕였다.

"맹에서 보세."

"그러지."

궁추봉과 인사를 나눈 적신위는 빠른 걸음으로 걸어나갔다.

"대단해……."

계단 위에서 비무대를 보던 남궁진은 자신도 모르게 중얼거렸다. 운소명의 행동은 단순했다. 넓은 보폭으로 한 발 앞으로 나오면서 섭선으로 상대의 이마에 때리는 게 다였다. 그리고 상대는 여지없이 이마를 강타당한 채 바닥에 쓰러졌다.

처음 적신위가 당할 때는 그저 우연이라고 생각했다. 적신위는 그렇게 쉽게 당할 인물이 아니었기 때문이다. 자신도 그와 겨룬 적이 있기에 잘 알고 있었다. 그런데 적신위를 단 일 초에 쓰러뜨린 것이다. 아무리 적신위가 방심하고 있었다지만 놀라운 일이 아닐 수 없었다.

그래도 인정할 수가 없었다, 강호초출이라는 신출내기가 적신위를 이겼다는 게. 그런 자신의 생각과 사람들의 생각이 맞았을까? 여기저기서 도전자들이 생겼으나 모두 바닥에 쓰러졌다. 이마에 커다란 혹을 매단 채 말이다.

"적 형이 방심한 것뿐이네."

모용세가 중얼거리자 모여 있던 젊은이들이 모용세의 말에 동조하며 고개를 끄덕였다.

"적 소협은 방심했기 때문에 당한 것뿐이에요. 다른 네 명은 그리 대단한 자들이 아니잖아요?"
"그렇다고 봐야지. 적 형의 일은 아쉽지만 아무리 상대가 초출이라도 방심하지 말라는 교훈을 준 것뿐이네."
막조희의 말에 그녀의 오라버니인 막영이 고개를 끄덕이며 호응해 주자 주변의 젊은이들이 조금 소란스럽게 떠들기 시작했다. 적신위의 방심에 대한 이야기들이었다.
'과연 방심했다고 해서 적 형이 그리 쉽게 당할까?'

"적가의 자식이 그렇게 쓰러질 줄이야. 이번 대회에서 가장 이변이라고 볼 수 있겠어. 후후, 그놈 참 고소하군."
평소 적룡문과 좋지 않은 관계였기에 적신위의 패배는 위지세가의 입장에선 꽤나 즐거운 일이었다. 위지영이 웃으며 말하다 옆에서 걷고 있던 위지강을 쳐다보았다. 그리곤 궁금한 표정으로 물었다.
"그 뭐냐… 운… 뭐시기가 금도문이라고?"
"그렇습니다. 산서의 금도문이라고 들었습니다."
"산서의 금도문이라… 산서 금도문……."
위지영이 중얼거리자 위지강이 다시 말했다.
"산서에만 금도문이 이십여 개 정도 있습니다. 그러니 전 강호를 통틀어서는 이백여 개 이상은 있을 것입니다. 거기다… 사라지고 새로 생기는 가장 흔한 문파 이름 중 하나이기 때문에 스승이 누구인지 알아야 어느 정도 내력을 파악할 수 있을 것 같습니다."

위지강의 말에 위지영은 아미를 찌푸리며 고개를 저었다.
"내가 가장 싫어하는 문파 이름이 뭔 줄 아나?"
"예?"
"쾌도문과 금도문, 쾌검문, 금검문이야. 제일 흔해."
"사람들이 금을 너무 좋아해서 그런 것이지요."
위지강의 말에 위지영은 고개를 저으며 다시 걸음을 옮겼다. 강호라는 곳 차체가 워낙 비밀스러운 고수들이 많은 곳이었고 기인이사들도 많다 보니 내력을 파악하는 것도 쉬운 게 아니었다. 거기다 위지강의 말처럼 사람들이 가장 좋아하는 게 금이다 보니 '금(金)' 자가 들어간 문파는 우후죽순처럼 많았다. 하다못해 작은 마을에 가서 도장을 찾으면 열 곳 중에 한두 곳은 '금' 자가 들어가 있었다.
"그런데 달리 특별한 놈은 없던가?"
"운이 좋았던 운 뭐시기만 제외하곤 대다수 올라올 만한 사람들뿐입니다."
"재미가 없어… 보는 놈들만 계속 보니."
위지영이 중얼거리며 자신의 처소로 걸어 들어갔다.

第九章

기억하는 사람

기억하는 사람

초대받은 손님을 제외하곤 해가 진 이후로 위지세가의 정문 안으로 출입할 수 있는 사람은 없었다. 하지만 운소명은 예선을 통과했기에 비무대에서 내려오면서 방을 안내받았다.

초대받지 못한 사람들 중 혹시라도 예선을 통과하는 무인이 생긴다면 내줄 생각으로 마련한 삼층 전각이었으나, 우연인지 머무는 사람은 운소명 한 명뿐이었다. 초대받지 못한 사람 중에 무술대회를 통과한 사람은 아무도 없었다.

그만큼 이름있는 명문들의 벽이 높다는 반증이었고, 무명 중에 특출 난 인재가 나오는 일은 드물다는 뜻이었다. 준비된 곳에서 준비된 고수가 나오는 게 무림이었다.

"설마 했는데… 정말 나 혼자로군."

운소명은 삼층의 가장 넓은 방을 얻게 되자 기분이 좋았다. 무엇보다 자신 혼자라는 게 마음에 들었고 그만큼 세간의 이목이 집중된다는 뜻이었기 때문이다. 만약 자신이 이번에 열린 위지세가의 무술대회에서 우승한다면 꽤 큰 명성을 얻게 될 것이다. 자신과 달리 예선을 통과한 다른 자들은 모두 이름 높은 명문가의 사람들이었기 때문이다.

옷을 갈아입고 창가에 앉은 운소명은 창밖을 쳐다보며 차를 마시다 안으로 들어오는 적색 무복의 여자를 발견했다.

"막조희!"

운소명은 창을 통해 막조희와 눈이 마주치자 안색을 굳혔다. 그녀 때문이 아니라 그녀의 뒤에서 걸어오는 유정향의 모습이 눈에 잡혔기 때문이다.

"어! 저기 있다!"

막조희가 운소명과 눈이 마주치자 손을 들어 보이더니 이내 땅을 차고 뛰어올랐다.

휘릭!

삼층이나 되는 높이를 단숨에 뛰어 오른 그녀는 창가에 기대앉은 채 놀라 눈을 부릅뜬 운소명을 쳐다보았다. 명문가의 자제가 문을 통하지 않고 창으로 들어오려 했기 때문이다. 보통 그런 행동은 명문이 아니더라도 하지 않았다.

"무슨 일이시오?"

운소명이 놀라 쳐다보자 막조희는 여전히 창가에 기대앉은 채 운소명을 노려보았다. 그러다 안색을 풀며 들어와 의자에 앉았다.

"너 몇 살이야?"

운소명은 여전히 놀란 표정으로 쳐다보고 있었는데 갑작스럽게 나이를 묻자 당황할 수밖에 없었다. 일순간 그는 도대체 이 여자를 어떻게 대해야 할지 갈피를 잡지 못하였다.

'이 여자의 성격은 종잡을 수가 없다더니.'

운소명은 생각하다 얼굴에 보기 좋은 미소를 그리며 당황한 듯 말했다.

"스, 스물한 살이오."

운소명의 말에 막조희는 매우 놀라는 듯 눈을 크게 뜨더니 이내 득의양양한 표정으로 말했다.

"내가 스물셋이니 누나구나. 누나라고 불러봐."

운소명은 그녀의 갑작스러운 말에 다시 한 번 당황해야 했다.

"갑, 갑자기 찾아와서 대뜸 누나라고 부르라니요. 너무 경우가 없는 게 아니오? 소저는 도대체 누구시오? 누구인데 이렇게 경우도 없이 쳐들어온단 말이오?"

"호오… 이것 봐라, 생각보다 강단있는데? 뭐, 좋아. 귀 씻고 잘 들어. 나는 막조희라 한다. 내 명성은 익히 들어서 알고 있겠지?"

"아……!"

운소명이 그녀의 말에 놀랍다는 듯 눈을 크게 뜨다 이내 고개를 저었다.

"제가 강호초출이라 잘 모르오."

순간 막조희가 전신에서 살기를 뿌리며 운소명을 노려보았다.

"나를 모르다니, 정말 아는 게 없는 햇병아리구나?"

"죄송하외다."

"뭐, 그건 용서하지. 쳐들어온 건 사실이니까."

막조희가 탁자에 앉아 차를 따라 마시며 말하자 운소명은 안색을 찌푸리며 맞은편에 앉았다.

"그런데 막 소저는 도대체 무슨 용무가 있기에 제 방에 이렇게 불쑥 온 것이오?"

"적 소협을 이긴 초출이 있다 해서 호기심에 온 것뿐이야."

"실, 실례하겠어요."

막조희의 말이 끝나자 밖에서 목소리가 들려왔다. 목소리를 듣는 순간 운소명은 유정향이란 사실을 알 수 있었다.

"어서 들어와."

막조희가 마치 자신의 방이라도 되는 듯 목소리를 높이자 유정향이 안색을 붉히며 안으로 들어왔다. 그녀는 막조희의 행동이 너무 창피해 차마 말을 못하고 있는 입장이었다.

"운소명이라 하오."

"유정향이에요."

유정향은 인사를 하며 운소명의 얼굴을 잠시 뚫어져라 쳐다보았다. 그녀가 이곳에 온 것은 무술대회를 본 것은 아니었으나 강호초출의 이름이 운소명이라 해서 온 것이다. 과거 자신이 아는 사람의 이름과 같았기 때문이다. 그렇기 때문에 빤히 운소명의 얼굴을 쳐다본 것이다.

"왜, 왜 그러시오?"

"아!"

운소명이 놀란 듯 당황해하자 유정향이 얼굴을 붉히며 뒤로 물러섰다.

"미안해요. 제가 아는 사람과 좀 닮아서요."

"그렇습니까? 이렇게 아름다운 소저께서 아는 분이라면 필시 멋진 분이겠지요?"

"아니에요. 닮았지만… 당신처럼 어린 분은 아니에요. 거기다… 실례하겠어요."

유정향은 조금 실망한 듯한 표정으로 신형을 돌리더니 밖으로 나갔다. 그녀가 나가자 막조희가 놀라 자리에서 일어섰다.

"어디 가? 야!"

막조희는 유정향의 뒤를 따라가다 문 앞에서 신형을 돌리더니 운소명에게 미소를 던졌다.

"오늘 반가웠어. 다음에 또 보자, 운 동생."

막조희는 말과 함께 문을 닫고 사라졌다. 그녀들이 나가자 운소명은 길게 숨을 내쉬며 의자에 앉았다. 그러다 생각난 듯 거울을 찾았다. 그리곤 자신의 얼굴을 쳐다보았다.

"확실히… 어리군……."

운소명은 무공이 높아지면서 외모도 변한 것을 알고 있었다. 누가 보더라도 십대 후반의 얼굴이었다. 그만큼 어려진 것이다. 또한 목소리도 전과 다르게 앳되었다.

"왜 그래? 이름은 똑같다면서?"
"이름만 같은 것 같아."
옆으로 다가온 막조희가 묻자 유정향은 고개를 저었다. 사년이나 된 일이었고 지금은 얼굴조차도 기억하기 어려웠다. 그런 사람을 다시 만난다 해도 알아볼 수 있을까? 문득 운소명이란 이름을 듣는 순간 혹시나 하는 생각을 하였다.
워낙 처음 운소명과의 만남 자체가 강렬했기에 잊혀지지가 않았다. 하지만 너무 상반되는 분위기였다. 또한 닮은 것 같지만 지금 만난 운소명의 얼굴은 너무 어려 보였고, 목소리 또한 앳되었다. 아직 소년티도 벗어나지 못한 청년이 아닌가? 실망할 수밖에 없었다.

"다행이군……."
창밖으로 멀어져 가는 유정향의 뒷모습을 바라보던 운소명은 그녀의 행동을 통해 자신의 과거가 완전히 지워진 것을 알 수 있었다. 세상에 비슷한 이름은 많았다. 같은 이름 또한 흔히 있는 일이었다.
운소명은 유정향을 보게 되자 오히려 그녀의 얼굴보다 그 옆에 서있던 신조영의 모습을 떠올렸다. 유정향은 분명 아름다운 여자였다. 하지만 왜 그녀보다 신조영의 얼굴이 더욱 기억에 남는 것일까?

신조영은 다른 여자와 달랐기 때문일까? 그녀의 얼굴과 목소리를 떠올리다 보니 홍천으로 활동하면서 무림맹에서 지내던 날들이 그립다는 생각이 들었다.

  지금까지 살아오면서 가장 아쉽고 가슴에 남는 일이 있다면, 문청청의 죽음을 자신이 못 보았다는 점이었다. 그게 가슴에 원통하게 남아 있었다. 문청청은 죽지 않을 거라 믿었기 때문이다.

  '유신을 제외하고 모두 죽었다…….'

  고사운의 얼굴도 떠올랐다. 말이 없는 친구였는데, 죽었다고 했다.

  "뿌득!"

  절로 어금니가 꽉 깨물려졌다. 복수를 잊은 게 아니었다. 지금까지 살아오면서 단 한 번도 죽은 동료들을 잊은 적이 없었다. 단지 살기 위해 그 누구에게도 표현하지 않았을 뿐이었다. 사는 게 가장 큰 이득이었기에 모든 목적을 사는 것에 맞추었다.

  그리고 이렇게 살아서 다시 강호로 돌아오게 되었다.

  '복수를 하는 게 아니라 가르치는 거다, 가르치는 거야…….'

  운소명은 어둠이 밀려오자 불을 밝힐 생각조차 않고 창가에 앉아 서편을 바라보고 있었다. 그의 머릿속엔 단 두 사람의 얼굴밖에 떠오르지 않았다. 맹주인 유수월과 복잡한 감정으로 쳐다보는 장림의 얼굴이었다.

'내가 무슨 짓을 해가면서 이렇게 구차하게 살아왔는지…
알게 된다면 웃을까…….'

운소명은 백화성의 손수수에게 잡힌 후 겪었던 일들을 생각했다. 아무리 생각해도 기억하기 싫은 일들이었다. 하지만 살기 위한 목적은 달성했다.

그거면 족했다. 오직 살아야 한다는 생각만 가지고 있었기 때문이다. 그러기 위해서 수단을 가리지 않았다.

흑마곡에 갇혀 손수수와 오랜 시간을 보내면서 생각한 것도 일단 살아남는 거였다. 그러기 위해서 손수수와 부부가 되려고 했다. 처음은 어려웠다. 손수수 역시 자신과 같은 동질의 인간이었기 때문이다. 순수함이라곤 어디에도 없었다.

그런 그녀였기에 더 끌렸는지도 모른다. 하지만 그녀를 사랑한다고 말한다면 사랑하는 것일까? 사랑이란 감정 자체를 모르기 때문에 확신할 수가 없었다. 그래도 그 당시에는 그렇게 말해야 했고 따라야 했다.

그녀의 무공이 더 강했기 때문이다.

그런데 예기치 못한 일이 생겼다. 자신의 무공 수준이 눈에 띄게 높아진 것이다. 손수수의 무공을 웃돌게 되자 밖으로 나가야 했다. 하지만 밖에 나가고 싶다 해서 나갈 수 있는 곳이 아니었기에 밖에 나간다면 어떻게 할 건지 계획을 세워야 했다.

그런데 이제 와서야 의문이 들었다. 그녀도 자신과 같은 동류의 사람인데 과연 자신을 사랑했을까? 그 당시에는 확신을 가졌는데 지금 생각해 보면 아닌 것 같았다. 그 당시에는 충실했지만 떨어지니 그녀의 행동에 의문이 들었다.

그녀는 혹시 일부러 자신을 놓아준 것이 아닐까? 자신과 무림맹과의 관계를 알고 있기 때문에 놓아준 것이라면 그녀는 대단한 여자가 분명했다.

백화성과 적대시되는 무림맹에 있어 자신의 존재는 커다란 약점임이 분명했다. 그 점을 알고 있는 그녀였다.

'그럴 리는 없겠지.'

가만히 고개를 저으며 생각을 접은 운소명은 곧 눈을 감고 잠을 청했다. 손수수의 모습을 떠올리자 그녀가 보고 싶었다.

*   *   *

백화성의 중추인 백문원에 많은 사람들이 모여 회의를 하고 있었다. 물론 그 자리의 중심엔 곡비연이 있었으며 백문원 이하 많은 간부들이 앉아 있었다. 대다수 내정에 관한 회의들이었고, 인사권에 관한 회의도 있었다.

대회의실의 뒤로는 거대한 정원과 함께 곡비연의 거처가 마련되어 있었다. 그곳에서 멀지 않은 곳에 손수수의 집이 있었다.

집 안에는 세 명의 여자가 앉아 있었다. 손수수를 비롯한 노화와 안여정이었다.

"회의는?"

"아직 끝나지 않았어요. 저녁이나 되어야 끝날 것으로 보여요."

노화의 대답에 손수수는 고개를 끄덕이며 안여정을 쳐다보았다.

"백무원주와 묵선령은 어때?"

"백무원주는 여전히 백무원 안에서만 지내고 있는데, 별다른 움직임은 없는 것 같아요. 묵선령은 얼마 전 호피를 하나 샀는데 금화로 오십 냥 주었습니다. 호피는 침실에 깔았구요."

안여정의 말에 노화가 뒤를 이어 말했다.

"종무옥은 칠성대와 함께 백화진을 연습하고 있어요. 밤이 되면 거처에서 술을 마시고 잠을 자는 게 버릇이에요."

노화의 보고에 손수수는 고개를 끄덕였다. 손수수는 곡비연을 지켜야 했고, 다른 세 사람을 감시해야 했다. 그러니 혼자서는 무리일 수밖에 없었으며 실력이 뛰어난 노화와 안여정을 부를 수밖에 없었다.

"이틀 동안 조사한 것치곤 수확은 없는 모양이다?"

손수수가 약간 실망한 듯 말하자 노화와 안여정은 부끄러운 듯 살짝 얼굴을 붉히며 고개를 끄덕였다. 미안한 마음 때문이다.

"워낙 그분들의 경비가 삼엄하다 보니 단편적인 것밖에 확인할 수가 없었어요. 인원이 더 필요해요."

안여정의 말에 손수수는 동의했다. 하지만 더 이상의 인원은 충당되지 않을 것이다. 어차피 하는 일 자체가 곡비연의 보호로 한정되었기 때문이다.

"특이한 게 있다면, 묵선령은 자신이 곧 후보가 될지도 모른다는 사실을 알고 있는 것 같아요. 요즘들어 장로들과 자주 만나고 백화성에 대해서 자세히 공부하고 있다는 말도 들렸으니까요."

"그랬군. 하나 묵가라면 대대로 본 성의 제일가문이 아니더냐? 당연히 장로원에 있어 가장 큰손이라고 봐야지."

안여정의 말에 손수수는 대답과 동시에 묵선령이란 사람에 대해서 생각하였다. 그러다 곡비연을 떠올리며 무언가 부족하다는 듯 한숨을 내쉬었다. 요즘 곡비연과 묵선명의 관계가 심상치 않았기 때문이다. 묵선명과의 관계 때문에 후보자에서 자진 사퇴할 경우도 생각해야 했다. 하지만 그것은 성주님이 바라는 게 아닐 것이다.

이런저런 생각을 하고 있을 때 문밖에서 사람의 그림자가 어른거리더니 목소리가 들려왔다.

"연소월이에요."

"어서 와."

연소월이 안으로 들어오자 손수수가 반갑게 맞이했다. 그녀가 들어오자 안여정과 노화가 자리에서 일어나 반갑게 맞이했다. 그녀는 손수수에게 인사를 한 후 자리에 앉았다. 그녀가 앉자 노화와 안여정은 눈치를 보다 밖으로 나갔다.

"이렇게 오라고 해서 미안하네. 많이 바쁠 텐데 말이야."

"무슨 말씀을 그리하십니까? 저는 죽었다고 생각했던 단주님이 살아 돌아와서 얼마나 기쁜지 모릅니다. 마음 같아서는 당장에라도 다시 부단주가 되고 싶은 게 사실입니다. 이 자리에 앉아 있는 게 많이 힘들거든요."

"그래도 할 만하지?"

손수수의 물음에 연소월은 빙긋거리며 고개를 끄덕였다. 삼 년 가까이 단주로 암화단을 이끌다 보니 정이 들어버렸다고 해야 할까? 솔직한 감정으론 단주라는 자리를 다른 사람에게 양보하기 싫었다.

"네 능력으로 앉은 자리야. 네가 능력이 없었다면 과연 성주님께서 그 자리에 앉게 해주셨을까? 네 능력이 없었다면 내가 복귀했을 때 성주님은 내게 다시 단주를 하라고 하셨을 거야. 그러니 신경 쓰지 않아도 돼."

"그리 말씀해 주시니 기분이 좋네요."

연소월이 미소를 보이자 손수수는 기분 좋은 표정으로 차를 마셨다. 그 모습을 물끄러미 바라보던 연소월이 조용히 말했다.

"그런데 전에 뵈었을 때도 그렇지만 단주님은 조금 달라진 것 같습니다. 전과는 다르게 향기가 난다고 할까? 여자처럼 느껴집니다."

연소월은 삼 년 만에 돌아온 손수수의 얼굴을 본 순간 상당히 놀랐었다. 그녀는 암화단의 단주였고, 본능에 충실한 여자였다. 거기다 누구보다 손수수에 대해서 잘 알고 있었다. 그런 그녀가 손수수의 변화를 눈치채지 못했다면 오히려 이상할 것이다.
 또 한 가지 본능적으로 느낀 것은 손수수가 여자로 보인다는 점이었다. 그녀도 같은 여자였다. 하지만 여자라 해서 다 같은 여자가 아니었다. 살인에 충실한 자신은 여자라고 볼 수가 없었다. 손수수 역시 과거에는 그랬다. 감정이 말라 버린 꽃이 향기를 낼 수 있을까? 말라 버린 꽃은 더 이상 꽃이 아니었다.
 "재미있는 농담이야. 여자라……."
 손수수는 가만히 중얼거리고는 시선을 창밖으로 돌리며 밝은 초록색 정원의 모습을 눈에 담았다. 과거의 자신이라면 여자라는 말을 들었을 때 기분이 나빴을 것이다. 그런데 지금은 여자라는 말이 기분 좋게 들려왔다.
 "본래라면 내가 찾아가야 했는데 오게 해서 미안하군."
 "단주님이 찾으시는데 제가 와야지요. 그런데 무슨 일로 부르셨습니까?"
 본론을 묻자 손수수는 망설이지 않고 말했다.
 "중원에 언제 나가는지 궁금해서 불렀어."
 "가까운 시일 안에 출발할 것 같습니다. 무림대회가 가까워졌으니까요."
 "그렇군."
 손수수는 단주로 지냈기 때문에 무림대회가 가까워지면 백화성에선 그들의 전력을 파악하기 위해 암화단원들과 함께 비밀 분타들을 움직였다. 후지기수들의 무공 수준이 곧 미래의 무림맹이기 때문이다. 그들의 실력을 파악해 두는 것은 어쩌면 당연한 것이었다.

"무림대회라……."

손수수는 분면 운소명도 그 자리에 나올 거란 생각이 들었다. 그는 강호에 나가 명성을 얻겠다고 말했다. 명성을 가장 빨리 얻는 방법 중에 하나가 무림대회였다.

"신경 쓰이는 것이라도 있습니까?"

연소월이 묻자 손수수는 고개를 저으며 말했다.

"나도 가보고 싶어서 그런 것뿐이야."

그렇게 말한 손수수는 가볍게 웃어 보이며 다시 말했다.

"중원으로 가기 전엔 특별히 할 일은 없겠네?"

"예. 몇 명을 제외하곤 쉬고 있어요."

"마침 잘되었군. 같이 성내를 돌아다니는 건 어때? 혼자 다니기 껄끄러웠거든."

"훗! 알겠어요."

연소월의 대답에 손수수는 고개를 끄덕였다. 하지만 연소월은 손수수의 내심이 어떤 것인지 궁금했다. 그녀가 아무런 이유도 없이 성내를 돌아다니려는 것일까? 연소월은 때가 되면 당연히 그녀가 말해줄 거란 것을 알기에 더 이상 이유를 묻지 않았다.

* * *

그늘이 짙게 드리워진 내실에 홀로 앉아 있는 제갈현은 쉬지 않고 부채질을 하고 있었다. 너무 더워 조금이라도 이 더위를 식히려는 듯 그의 부채질은 강한 바람 소리를 만들었다.

이미 날씨의 변화를 체감으로 느끼는 경지는 넘어선 상태였다. 더위나 추위 같은 것도 느끼지 못하는 몸이었으나 그는 부채질을 하였다. 제갈현을 잘 아는 사람이 그 모습을 본다면 그가 상당히 신경질적일 때 그런 행동을 한다는 것을 잘 알 것이다.

그는 지금 상당히 화가 나 있는 상태였다.

'도귀라는 이름이 우는군, 울어.'

손에 쥔 섭선을 비비자 곧 먼지가 되어 허공중에 사라졌다. 도자기의 임무가 실패로 돌아갔다는 보고 때문이었다.

유신을 믿지 못하는 게 아니었다. 단지 만약이라는 게 있기 때문에 다른 수까지도 손을 쓴 것이다. 지금까지 자신의 생각대로 되지 않은 일은 거의 없었다. 그런데 일이 틀어지자 자신도 모르게 화가 난 것이다. 물론 표정에는 그러한 마음이 전혀 드러나지 않았다.

제갈현은 이내 짧게 숨을 내쉬더니 차를 따라 마신 후 속을 식혔다. 그러자 마음이 어느 정도 안정을 찾았다.

'어차피 다음 수일 뿐, 유신의 무공이면 걱정은 없겠지.'

빡!

통렬하게 울리는 섭선과 이마와의 접촉은 많은 사람들로 하여금 입을 다물게 하였다. 비무대 위를 마치 자신의 방인 양 대자로 뻗은 청색 화의를 입은 청년은 기분 좋은 꿈이라도 꾸는 듯 웃고 있는 것 같았다.

 그 옆에 선 위지강은 잠시 멍하니 뻗은 청년을 쳐다보았다. 익히 아는 얼굴로, 이곳 호북에선 상당히 유명한 청년이었다. 화소공자(華笑公子) 추안원이라 불리는 청년인데, 이제 막 이름을 날리고 있는 인물이었다.

 '무당파에서 십 년 가까이 검을 수련한 인물인데 이렇게 쉽게 질 줄이야… 믿을 수가 없군.'

 조금은 어이없다는 듯 위지강은 운소명을 쳐다보다 곧 입을 열었다.

 "이… 이겼네."

 위지강이 운소명에게 손을 들어 보였다.

 "감사합니다."

 운소명은 예를 차려 사람들에게 인사한 후 천천히 비무대를 내려갔다. 그가 내려가서야 사람들은 정신을 차린 듯 일제히 환호하기 시작했다. 강호초출이라 불린 인물이 추안원을 단 일 초로 잠재웠기 때문이다.

 "대단한 건지… 아니면 운이 좋은 건지… 감을 잡지 못하겠어."

 운소명은 모용세의 옆을 지나치다 그가 말하는 소리를 듣곤 잠시 걸음을 멈추었다. 모용세가 있는 곳엔 꽤 많은 후지기수들이 모여 있었다. 그들의 떨떠름한 표정을 둘러보던 운소명은 곧 미소와 함께 허리를 숙였다.

"이름 높은 선배님들을 뵙게 되어 영광입니다. 운소명이라 합니다."

"좋은 한 수였네."

궁추봉이 선뜻 대답해 주자 운소명은 다시 인사와 함께 자신의 거처로 걸음을 옮겼다.

"반기지는 않는 모양이군."

운소명은 낮은 목소리로 중얼거리며 걸음을 옮기다 이름 모를 꽃향기에 잠시 걸음을 멈추었다. 그의 시야에 일 장 정도 앞에 서 있는 남궁옥의 얼굴이 잡혔다. 그녀와 눈이 마주치자 운소명은 재빠르게 포권하며 말했다.

"반갑소. 운소명이라 하오."

"반가워요. 남궁옥이에요."

"그럼."

운소명이 곧 그녀를 지나치자 뒤에 있던 다른 여자들을 볼 수 있었다. 운소명은 그녀들에게도 일일이 인사한 후 걸음을 재촉했다.

남궁옥은 잠시 신형을 돌려 걸어가는 운소명의 뒷모습을 쳐다보았다. 그러자 그녀의 옆으로 이자수와 위지상이 다가왔다.

기억하는 사람

"왜 그래?"

이자수의 물음에 남궁옥은 고개를 저으며 앞으로 걸었다.

"아니야, 아무것도."

"저 사람, 단 일 초로 적 소협을 눕힌 사람 아닌가요?"

"맞아."

이자수의 대답에 위지상은 놀랍다는 듯 운소명의 뒷모습을 쳐다보았다.

"이번에도 일 초로 이겼나?"

"그렇소."

위지상은 어느새 다가온 모용세의 모습에 깜짝 놀라며 한 발 뒤로 물러섰다. 하지만 그것보다 운소명이 단 일 초에 이겼다는 말에 곧 눈을 빛내기 시작했다.

"상대는요?"

"추안원."

"아! 무당파의 그 추 소협."

"웃는 게 조금 시끄러운 놈이지."

위지상의 놀라는 말에 막영이 팔짱을 끼며 낮게 중얼거렸다.

"이번에도 운일까요?"

막조희가 사람들을 향해 묻자 모두의 표정이 굳어졌다. 선뜻 대답해 줄 수 있는 입장이 아니었기 때문이다. 운이 아무리 좋다 해도 예선도 아닌 본선에서 그것도 단 일 초로 상대를 눕히는 게 가능할까? 그것도 여섯 번 연속으로 말이다.

"다음에도 그런다면 인정해 줘야 하지 않을까?"

모용세가 말을 하자 궁추봉은 심각한 표정으로 팔짱을 끼며 고개를 끄덕였다.

"다음이 나인데……."

순간 모든 젊은이들의 시선이 그를 향했으며 무언으로 무언가를 말해주는 것 같았다.

"왜? 왜 그래?"

"일 초는 버티게."

모용세가 궁추봉의 어깨를 두드려 주며 혀를 찼다.

"와아아아!"

창을 통해 들어오는 함성 소리는 메아리처럼 울렸다. 꽤 먼 거리인데도 사람들의 환호성은 줄어들지 않았다.

'생각보다 좋은데… 금사영.'

운소명은 지금까지 오직 금사영 한 초식으로만 싸워왔다. 언뜻 보기엔 그냥 단순한 찌르기의 초식처럼 보일지도 모르지만 그 한 수에는 금사영의 쾌와 변(變)까지 담고 있었다. 내공을 높이면 쾌, 변, 강(强), 압(壓)의 네 가지를 모두 갖춘 초식이 된다.

거기에 공방 일체의 연환까지 갖춘다면 금상첨화일 것이다.

저벅! 저벅!

환호성에 섞인 발소리는 상당히 단단한 느낌을 갖게 해주었다. 곧은 성격을 지닌 사람처럼 느껴지는 발소리였고, 저절로 힘이 느껴졌다.

운소명은 시선을 내려 걸어오는 유신의 모습을 쳐다보았다. 유신은 운소명의 시선이 느껴지지 않는 듯 천천히 안으로 들어왔다.

"들어가겠소."

말소리와 함께 대답도 하기 전에 유신은 문을 열고 들어와 운소명의 앞에 앉았다. 서로 간에 잘 아는 사이기에 인사는 없었다.

의자에 앉자 유신은 차를 따라 마시며 연무장 쪽으로 시선을 던졌다. 환호성이 연이어 들려왔기 때문이다.

"모용 형과 막 형의 비무인 모양이오. 아마 가장 볼거리가 많은 비무일 것이오."

"의외군."

운소명의 잠긴 목소리에 유신은 시선을 돌렸다. 그와 눈이 마주치자 유신은 슬쩍 미소를 던지며 말했다.

"무엇이 말이오?"

"네가 올 줄은 몰랐거든."

운소명의 목소리에 의문이 담겨 있자 유신은 고개를 끄덕였다.

"오고 싶어서 온 게 아니오."

"무엇 때문에?"

"어제 군사님께서 내게 오셨소. 유령도를 회수하라고 말이오. 유령도를 회수하려면 우승을 해야 하는데, 아무리 생각해도 당신이 걸림돌이오."

"오호라, 그래서 나보고 그냥 나가라는 것인가?"

운소명의 물음에 유신은 고개를 저었다.

"그냥 그렇다는 말이오."

"그럼 올 이유가 없지 않나?"

운소명의 낮은 목소리에 유신은 고개를 끄덕였다. 그러다 차를 다시 마신 후 입을 열었다.

"유령도는 포기하라는 말을 해주고 싶어서 온 것뿐이오."

"자신있는 모양이군."

운소명의 물음에 유신은 눈을 반짝였다. 순간 그의 주변에서 가벼운 훈풍이 불더니 이내 칼날 같은 경기가 운소명을 찌르기 시작했다.

"무공에 있어 다른 누구에게 진다고 생각해 본 적은 없었소."

유신의 목소리엔 자신감이 묻어 나오고 있었다. 그는 곧 기도를 거둔 후 천천히 다시 말했다.

"내가 부족했던 것은 이 고리타분한 성격이오. 남을 속일 줄도 모르는 이 성격 때문에 살아 있는 것 같소."

"그게 네 장점이었지. 그래서 네 무공이 고강한 것인지도 몰라."

운소명은 유신의 무공을 인정한다는 듯 대답했다.

"유령도는 맹에서 회수해야 할 물건이오. 당신 손에 유령도가 있다면 무사히 지낼 수 있을 거라 생각하시오?"

"유령도는 그냥 보도일 뿐이야. 그 이상도, 그 이하도 아니지. 그런데 왜 무림맹에서 그토록 유령도를 찾고 싶어할까? 도자기까지 이용해서 말이야."

"도귀?"

운소명은 천천히 고개를 끄덕였다. 유신은 안색을 찌푸린 채 무언가를 생각하는 것 같았다.

"뭐, 보도 하나쯤 들고 다니는 것도 나쁘지는 않겠지. 유명세를 떨치려면 그 정도는 있어야 하지 않을까?"

운소명은 가볍게 미소를 그리며 차를 마셨다. 그러자 유신은 고개를 저으며 자리에서 일어섰다.

"나 역시 질 생각은 없다는 것만 알아두시오. 또한 유령도를 포기하지 않는다면 나는 당신이 살아 있다는 것을 맹주께 알릴 것이오."

운소명은 유신의 말에 안색을 굳혔다. 하나 그것도 예상했던 말이기에 걸어나가는 유신의 등을 향해 말했다.

"너는 정직해서 남을 속이지 못하지. 하지만 신조영을 죽인 게 맹주라는 것만은 알아두거라."

유신은 잠시 걸음을 멈추었다. 그의 표정은 경직되었고, 눈동자는 흔들리고 있었다. 이미 알고 있는 사실이지만 운소명의 입을 통해서 신조영이란 이름을 다시 듣게 되자 자신도 모르게 심장이 멈추는 것 같았다.

"그 이름… 입에 올리지 마……."

유신의 목소리와 함께 차가운 한기가 방 안을 가득 채웠다.

유신이 나간 후 얼마 지나지 않아 위지세가의 무사가 찾아와 운소명을 비무장으로 안내하였다. 오후에 한 번 더 비무를 치러야 했기 때문이다.

운소명이 비무대에 모습을 보이자 수많은 사람들이 일제히 환호하기 시작했다. 이름도 없는 무명의 청년이 단 일 초만을 구사하며 여섯 번의 승리를 이끌었기 때문이다. 사람들은 언제나 승자만을 기억했다. 그에게 패한 사람들이 누구인지 그들은 별로 신경 쓰지 않았다. 중요한 건 단 일 초로 이겼다는 점이었다.

하지만 이번 상대에게 과연 통할까?

"궁추봉이라 하오."

궁추봉의 인사보다 그의 손에 들려 있는 검은 죽봉이 눈에 들어왔다.

"운소명이오. 잘 부탁드리오."

운소명은 마주 포권하다 그의 허리에 걸려 있는 호로병을 발견했다. 포권을 하며 허리를 들 때 찰랑거리는 물소리가 들렸기 때문이다.

'가득 채운 모양이군.'

운소명은 그가 술을 먹으면 보통 때보다 훨씬 고강한 실력을 지닌 무인이 된다는 사실을 잘 알고 있었다. 그렇기 때문에 최대한 빨리 끝내는 게 이득이란 생각이 들었다. 궁추봉이 술을 먹으면 귀찮아질 게 분명했다.

둥!

'선수필승(先手必勝)!'

생각과 행동은 동시에 일어났다. 궁추봉의 봉이 회전하며 강한 바람과 함께 운소명을 향했다. 그의 신형이 네 명으로 늘어나더니 사방을 점하고 강한 바람 소리와 함께 봉을 뻗어왔다. 궁가곤법(弓家棍法) 용음개벽(龍吟開闢)이었다.

쉬아악!

강한 바람 소리가 운소명의 고막을 찢을 것처럼 날카롭게 들려왔다. 절정에 이른다면 분명 바람 소리만으로도 상대방의 고막을 찢을 게 분명했다.

궁추봉보다 느렸지만 운소명 역시 북소리가 울리는 순간 바닥을 차고 금사영(金絲影)의 초식을 펼치며 일직선으로 나아갔다. 그도 궁추봉과 같은 생각을 하고 있었기 때문이다.

'피할 수 없을 것이다.'

궁추봉은 일직선상으로 다가오는 운소명의 모습에 자신에게 포위된 토끼를 떠올렸다. 피할 곳이 없었기 때문이다. 하지만 운소명의 신형은 눈 깜짝할 사이에 눈앞에 나타났다.

"……!"

궁추봉은 운소명의 신형이 어느 순간 눈앞에 나타나자 눈을 부릅뜰 수밖에 없었다.

운소명은 처음부터 환영 따윈 신경도 쓰지 않았다는 듯 자신의 앞을 노리고 들어오는 궁추봉을 향해 일직선상으로 내달렸다. 금사영의 쾌속함이 더욱 빨라지자 궁추봉은 놀랄 수밖에 없었을 것이다.

빡!

"큭!"

봉을 들어 이마를 막은 궁추봉은 자신도 모르게 충격을 이기지 못하고 뒤로 십여 걸음이나 물러섰다. 운소명 역시 충격이 있는 듯 이마를 막은 궁추봉의 묵봉과 부딪치자 허공으로 뛰어올라 뒤로 물러섰다.

"하하하하! 봤느냐! 설마 이 궁추봉이 일 초로 끝날 거라 여겼느냐! 응?"

궁추봉은 운소명의 번개 같은 일초를 막았다는 것에서 기분이 좋은지 득의양양하게 웃다 눈앞에 금색 실이 보이는 것 같은 착각이 일어나자 안색을 굳혔다. 그 순간 이마로 검은 그림자가 떨어졌다.

빡!

쿵!

사람들은 입을 다물지 못하고 있었다. 그저 눈 한 번 깜빡이는 순간 둘의 그림자가 사라졌다가 나타나더니, 어느 순간 궁추봉이 쓰러졌기 때문이다. 그 쾌속함에 모두들 놀랍다는 듯 비무대 위를 쳐다보았다.

"……!"

제갈현이 놀란 듯 자리에서 일어섰다. 자신도 모르게 일어선 것이다. 그뿐 아니라 그의 옆에 앉아 있던 위지영 역지 놀란 듯 어느새 자리에서 일어서 있었다.
"놀라운 보법……."
위지영의 중얼거림에 제갈현은 고개를 끄덕였다. 운소명이 펼친 것은 분명 이형환위에 가까웠기 때문이다. 처음 일 초를 펼친 운소명의 모습과 뒤로 물러선 운소명의 모습이 동시에 나타나 있었다. 그 상태에서 또 하나의 그림자가 궁추봉을 쓰러뜨리고 서 있었다.
보통 사람들의 눈엔 세 사람이 동시에 나타났다가 사라진 것으로 보였을 것이다.
"쓸 만하군……."
사람들의 환호성을 들으며 자리에 앉은 제갈현은 고개를 끄덕였다. 문득 운소명을 무림맹에 영입해야겠다는 생각이 든 것이다.

운소명은 열광하는 사람들에게 인사한 후 비무대 위를 내려와 거처로 향했다. 어차피 다음 상대는 정해져 있기 때문에 더 이상 비무를 볼 생각은 없었다.
'유신…….'
운소명은 유신에 대해서 잘 알고 있었다. 물론 유신 역시 운소명에 대해서 잘 알고 있었다. 서로 너무 잘 알고 있어서 문제라면 문제였다.

사람들의 이목이 집중될 수밖에 없었다. 개방의 소방주라 불리는 궁추봉을 이 초 만에 쓰러뜨린 것이다.

"믿기 힘들군."

모용세와 막영은 들것에 실려 나가는 궁추봉의 모습을 쳐다보며 심각하게 굳어진 표정을 지었다. 예상치 못한 패배였고, 설마하니 궁추봉마저 그리 쉽게 패할 줄은 몰랐기 때문에 더욱 놀라고 있었다.

"나도 참가할 걸 그랬나."

남궁진은 조용한 목소리로 중얼거리며 좌측 문을 빠져나가는 운소명의 모습을 쳐다보았다.

운소명은 어느 정도 성공적인 비무대회라고 생각했다. 사람들에게 자신의 이름을 정확하게 각인시킬 수 있는 기회였기 때문이다. 이 정도라면 사람들은 자신을 기억할 것이다.

'쉽군.'

슬쩍 미소를 그리며 객청의 문을 넘던 운소명은 잠시 걸음을 멈추고 우측을 쳐다보았다. 코끝으로 이름 모를 꽃향기가 전해졌기 때문이다. 어떤 꽃의 향기인지 알 수는 없으나 천하에 이런 향기를 뿌리고 다니는 여인은 단 한 명뿐이었다.

"오랜만이에요."

은행나무에 기대선 남궁옥은 나뭇잎 그림자 사이로 한 걸음 다가왔다. 그녀의 눈동자는 반짝이고 있었으며, 긴 흑발은 살랑거리며 흔들렸다. 빼어난 미모 때문일까, 운소명은 잠시 입

기억하는 사람 307

을 열지 못하였다. 그런 모습이 재미있는지 남궁옥은 다시 한 걸음 다가오며 말했다.

"다른 사람은 몰라도 저는 속일 수 없어요… 무살."

"훗."

운소명의 눈동자에 차가운 살기가 맴돌았다. 순간 남궁옥은 자신도 모르게 어깨를 떨어야 했다. 마치 온몸이 얼어버린 것 같은 착각이 들었기 때문이다. 저도 모르게 등줄기를 타고 식은땀이 흘렀으며 솜털이 곤두서는 느낌이 전신을 스쳤다.

'이거였어… 이 느낌…….'

남궁옥은 무살을 처음 만났을 때의 모습을 떠올리며 뒤로 물러섰다.

운소명의 얼굴은 전혀 다른 사람의 얼굴이었으며 그의 전신에서 흘러나오는 살기는 오직 남궁옥만을 향했다. 남궁옥의 안색이 창백하게 변하자 운소명은 곧 앞으로 걸음을 옮기며 낮게 말했다.

"너무 다가오지 않는 게 좋아. 이번엔… 죽일 테니까."

"……!"

『홍천』 제5권에 계속…

잡조(雜組)가 간다! 잡조행(雜組行)!

천하제일상단의 소외자들, 무능력자와 부적응자로 분류되어 조직에서 낙오된 자들.
그들은 자신들에게 붙여진 갑조(甲組)라는 이름 대신
차라리 잡조(雜組)라 스스로를 정의했다.

강산(江山), 상단 생활 이십 년차의 만년 말단.
무기력하게 하루하루를 살아가던 어느 날, 난데없는 낙뢰 두 방이 그의 인생을 바꾼다.
그리고 다시 우연한 인연으로 전신에 새긴 삼백육십 개의 기이한 주문,
삼백육십관(三百六十關).
그 불가사의의 관문들이 하나씩 돌파되어 가면서 강산은 점차로 변모해 간다.

김대산류(金大山流)!
그 독특한 이야기 세상의 일곱 번째 마당!
잡조행(雜組行)! 잡조(雜組)가 간다!

 유행이 아닌 자유추구 -
WWW.chungeoram.com

Book Publishing CHUNGEORAM

태룡전

김강현
新무협 판타지 소설

『마신』, 『뇌신』에 이은
작가 김강현의 또 하나의 대작!!
『태룡전』

내가 이곳 미고현에 위치한 천망칠십오대에
온 지도 벌써 두 달이 넘었거든.
그런데 아직도 이해하지 못한 일이 하나 있어.
그게 뭐냐고? 우리 대주 말이야.
우리 대주님이 가장 좋아하는 게 뭔지 아나?
바로 침상에서 좌우로 데굴데굴 굴러다니는 거야.
그다음으로 좋아하는 게 그렇게 뒹굴다 잠드는 거고…….
나려타곤(懶驢打滾)!
더도 덜도 아닌 딱 우리 대주님을 지칭하는 말일세.

천망칠십오대 대주 단유강!!
격동의 무림은 그에게 휴식을 허락하지 않는다.
단유강, 그의 일보가 천하를 떨쳐 울린다.!

유행이 아닌 자유추구 -
WWW.chungeoram.com
Book Publishing CHUNGEORAM

오채지 新무협 판타지 소설
천산도객

마도대종사의 죽음.
마침내 끝이 난 이십 년간의 정마대전.
하지만 전 무림이 까맣게 모르는 것이 있었으니…

대종사가 마지막까지 숨겨두었던
마도백가(魔道百家)의 비밀 병기.
패잔병으로 북방을 떠돌던 어느 날
신비로운 사내 비파랑을 만나는데…

"항주의 금룡관(金龍館)에… 이걸 전해주십시오."
"눈치챘겠지만 난 마인이오."
"어쩐지 당신이라면… 약속을 지켜줄 것 같아서……."

한 번의 짧은 만남이 만든 운명 같은 행보.
그의 위대한 강호행이 시작된다.

 유행이 아닌 자유추구 -
WWW.chungeoram.com

Book Publishing CHUNGEORAM

화공도담 畵工道談

촌부 新무협 판타지 소설

예(禮)와 법(法)을 익힘에 있어
느리디느린 둔재(鈍才),
법식(法式)에 얽매이기보다 마음을 다하며,
술(術)을 익히는 데는 느리지만
누구보다 빨리 도(道)에 이를 기재(奇才).

큰 지혜는 도리어 어리석게 보이는 법[大智若愚]!

화폭(畵幅)에 천지간(天地間)의 흐름을 담고
일획(一劃)에 그리움을 다하여라!

형식과 필법을 익히는 데는 둔하나
참다운 아름다움을 그릴 수 있게 된
화공(畵工) 진자명(陳自明)의 강호유람기!

유행이 아닌 자유추구 -
WWW.chungeoram.com
Book Publishing CHUNGEORAM

War Mage

워메이지

김재한 퓨전 판타지 소설

사람들이 인식하는 상식의 세계 이면,
짙은 어둠이 드리워진 그곳에 사는 괴물들이 있다.

문명이 드리운 그림자 속에서, 전투기계들과
인간의 사념으로부터 태어난 마물들이 격돌한다.
마법과 주술이 난무하는 초현실적인 전장,
소년은 그곳에 서는 대가로 인생을 잃었다.
운명의 노예가 되어 가족과 인성을 잃어버린 소년, 진유현.

총염(銃炎)과 검광(劍光)이 뒤얽히는
어둠의 거리에서, 운명의 족쇄를 끊고 나온
소년의 눈이 살의를 발한다.

유행이 아닌 자유추구 -
WWW.chungeoram.com
Book Publishing CHUNGEORAM

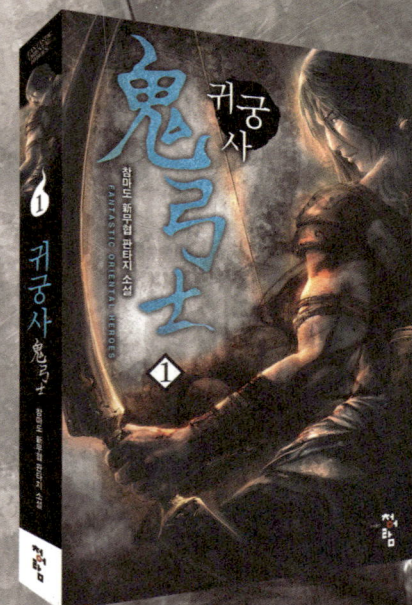

참마도 新무협 판타지 소설

참마도 작가!! 그가 『무사 곽우』에 이어
다섯 번째 강호 이야기를 새롭게 풀어내다!!

"길의 중앙에서 떳떳하게 서서 당당히 걸어가래.
사람으로 태어난 이상 그 누구도 당당하게 살아갈 권리는 있다고 말이야."

단야의 오른손이 꽉 쥐어졌다. 별것도 아닌 말이다.
하나 이토록 마음에 남는 소리는 없었다.
사람으로 태어나서…….

요물, 괴물.
나이를 먹지 않는 월홍과 얼굴이 징그럽게 망가진 단야.
그들 앞에 펼쳐진 강호란……!

유행이 아닌 자유추구 -
WWW.chungeoram.com
Book Publishing CHUNGEORAM

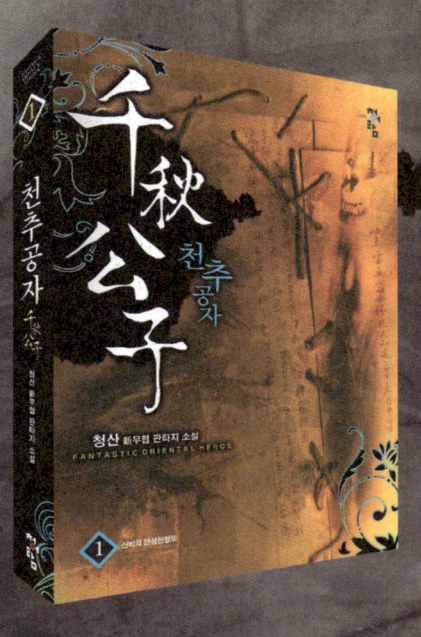

운명을 뛰어넘는 담대한 도전!

황제마저 농락한 숭문세가의 공자 문천추(文千秋).
용문에 이르기 전까지 그는 시문과 서화를 즐기며 대하를 누비는
한 마리 커다란 잉어였다.
그러나 운명은 그를 용문(龍門) 앞에 이끌었다.
용문의 드센 물살을 거슬러 올라 용(龍)이 될 것인가,
아니면 용문점액의 상처를 입고 추락할 것인가.

죽음의 하늘 사중천(死重天)!
오로지 파괴와 살육만을 일삼는 사마악(邪魔惡)의 결집체.
사중천의 어둠은 태양마저 가리며 천하를 뒤덮는다.
마침내 죽음의 하늘과 맞서는 용 울음소리.

천추(千秋)에 빛날 문무제일공자의 호쾌한 행보가 시작되었다.

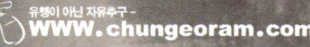

BOOK PUBLISHING CHUNGEORAM

少林棍王
소림곤왕

한성수 新무협 판타지 소설

감동의 행진을 멈추지 않는 작가 한성수!
구대문파 시리즈의 두 번째 이야기 『소림곤왕』!!
그 화려한 무림행이 펼쳐진다

"너는 지금부터 날 사부님이라 불러야만 하느니라.
소림사의 파문제자인 나, 보종의 제자가 되어서 앞으로 군소리없이 수발을 들고 모진
고통을 이겨내며 무공 수련을 해야만 한다."

잡극계의 천금공자 엽자건!
소림의 파문제자 보종의 제자가 되다!!

역사와 가상.
실존의 천하제일인과 가상의 천하제일인에 도전하는 주인공!
이제부터 들어갑니다. 부디 마음껏 즐겨주시기 바랍니다.
- 작가 서문 中에서.

유행이 아닌 자유추구 -
WWW.chungeoram.com
BOOK PUBLISHING CHUNGEORAM